Der gelbe Flüchtlingshund

Meinen Eltern und all meinen Hunden, die mich ein Stück meines Weges begleitet haben.

Marietta Morenga

Der gelbe Flüchtlingshund

Eine Geschichte über Verantwortung und Glück

Bibliografische Information der Deutschen National-bibliothek:
Die Deutsche Nationalbibliothek verzeichnet diese Publikation in der Deutschen Nationalbibliografie; detaillierte bibliografische Daten sind im Internet über http://dnb.dnb.de abrufbar.

© *2016* **Marietta Morenga**

Herstellung und Verlag: BoD – Books on Demand, Norderstedt

*ISBN: 978-3-**7431-6293-8**

Geburt

Ich bin ein Flüchtlingshund.
Dass es so etwas gibt, wusste ich auch nicht, als ich geboren wurde in einer lauen Frühlingsnacht unter gelb-rundem Vollmond, eingekuschelt zwischen den warm pulsierenden Leibern meiner Geschwister. Ich war noch etwas matt - auf diese Welt zu kommen, ist ganz schön anstrengend. Doch jetzt lag ich hier, inmitten meiner Familie, und fühlte mich wohlig geborgen, obwohl ich schon ahnte, welche Schwierigkeiten vor mir lagen.
Meine Mama leckte mir das Fell sauber. Eine große, stattliche, cremefarbene Dame mit schwarzer Maske. Sie hatte bereits 12 Kinder zur Welt gebracht. Vater? Die Väter? Unbekannt. Moderne Zeiten! Patchwork nennt man das. Aber würde das nicht heißen, dass Papa Verantwortung übernimmt für sein neues Rudel? So ein Typ war mein Vater wohl nicht. Weit und breit keine Spur von ihm. Ein One-Night-Stand, ach was, ein paar Minuten waren es bestimmt nur gewesen. Womöglich würde meine Mutter ihn gar nicht wiedererkennen, sollten sich ihre Wege irgendwann einmal kreuzen. Meine Mama hatte keinen Namen. So ist das, wenn man auf der Straße lebt. Wir hatten hier keine Namen; wir waren die Namenlosen. Einen Namen bekommt man, wenn man einen festen Wohnsitz hat - mit einem Plätzchen vor einem Ofen und einem Herdfeuer, auf welchem Menschen knusprige Mahlzeiten brutzeln. Menschen geben Hunden Namen. Hunden, die für immer bei ihnen leben. Das ist mein Ziel, überlegte ich, während ich an meiner namenlosen Mutter trank. Ich möchte eines Tages einen wunderschönen, einen klangvollen

Namen tragen. Einen Namen, auf den ich gerne hören würde. Einen Namen, der nur mich meinte und zu dem eine Adresse gehörte mit einer Nummer und einem Schild an der Tür: Mein Haus, mein Garten, meine Familie! Doch bis dahin war es ein weiter Weg. Und dafür musste ich meine Heimat verlassen.

Griechenland ist ein schönes Land. Es war einst ein noch schöneres Land für Hunde wie mich, als es noch Menschen gab, die uns brauchten. Ich denke, ich bin eine Mischung aus Herdenschutzhund mit Unbekannt. Aber ganz bestimmt sehr viel Herdenschutzhund. Meine Mutter hatte Geschmack bewiesen und musste etwas auf sich halten. In unseren Adern fließt der Kangal, eine prächtige und stolze Rasse mit Ursprung Türkei. Meine Vorfahren hatten ganz sicher ein auskömmliches Leben. Sie bewachten die Schafe ihrer Menschen und verteidigten diese gegen Eindringlinge von außen. Ja, sogar gegen Wölfe! Kangale sind mutige Hunde! Einer meiner Ahnen – es könnte meine Urgroßmutter gewesen sein - war nach Griechenland ausgewandert, beziehungsweise wurde ausgewandert. Vielleicht eingetauscht gegen ein paar Flaschen Retsina, jenen ausgefallenen weißen Wein mit einem harzigen Unterton, der nur unter griechischer Sonne so richtig gut schmeckt. Heutzutage bekommt man Retsina an allen Ecken und Enden der EU und weit darüber hinaus. Auch Hunde bekommt man an allen Ecken und Enden. Was man an allen Ecken und Enden bekommt, verliert seinen Wert. Da kann Hund noch so schön sein, noch so treuherzig dreinschauen, noch so gute Qualitäten haben. Der Konkurrenzkampf um einen festen Wohnsitz ist groß.

Ein heißer Tag schwirrte über die Hügel, als meine vierte Lebenswoche ins Land ging. Meine Mutter tat ihr Bestes, uns durchzubringen. Sie war viel unterwegs, dort, wo Menschen ihre Abfälle achtlos im Straßengraben liegen ließen. Manchmal roch sie ein bisschen nach Retsina. Leere Flaschen lagen überall herum. Man musste vorsichtig sein bei all dem Glas. Das Zeug konnte höllisch scharf sein und übelst in die Pfoten schneiden. Letzte Tropfen aus den offenen Hälsen weißer Flaschen beträufelten die Erde und durchtränkten manch ein Fleischrestchen. Gleich daneben glitschige Bananenschalen, Taschentücher und ähnlicher Plunder sowie messerkantige Becher mit vertrockneten Joghurtresten. Mülltrennung war hier wohl noch kein Thema. Und Hund durfte nicht wählerisch sein. Das waren wir auch nicht. Tapfer tranken wir Milch, die jeden Tag anders schmeckte. Je nachdem, welche Beute meine Mutter gemacht hatte. Heute schmeckte unsere Mahlzeit cremig süß. Könnten Honigkuchen mit dabei gewesen sein. Gezuckerte, gebrannte Mandeln oder Pfannkuchen, bestrichen mit Zimt und Apfelmus. Genug Kalorien, um einen Wachstumsschub zu schaffen. Schließlich sollten wir unserer Mama nicht zu lange auf der Tasche liegen. Keine lange sorgenfreie Kinderstube … wir mussten früh ran und wurden gleich ins Praktikum gesteckt. Fördern, aber auch fordern, so war das in unserem Leben. Eigenverantwortung war gefragt, langer Atem und eine große Frustrationstoleranz. Das System wurde uns mit der Milch ins Blut gegeben. Manche schafften es, andere nicht.

Ein Gewitter zog auf. Leise grummelten rollende Töne durch die Stille unseres Hains. Berge von Wolken warfen Schatten auf meine Geschwister, züngelnder Wind umspielte unsere Nasen. Ein leicht salziger Geschmack

vom Meer und von endloser Weite. Weite wohin? Ins Nirgendwo. Lag dort das Paradies? Wer hat es je gesehen? Ein nasser Tropfen platschte mitten auf meine Stirn. Ein nächster kugelte in meine Nase. ´Panta rhei`, so hatte Heraklit gesagt. Hat irgendwie, irgendwas mit Wasser zu tun. Alles fließt. Du steigst niemals in den gleichen Fluss, alles ändert sich. Die Griechen haben doch einiges zu bieten in Sachen Kultur. In was für einem erlesenen Land ich doch geboren war! Nur: Davon kann man sich keine festen Mauern um einen Herd und einen Schlafplatz bauen. Trotzdem schöne Worte!
Meiner Mutter wurde es langsam zu bunt oder zu nass, was ich eher annahm; sie packte jeden von uns im Nacken und transportierte uns unter eine Brücke. Hier war es wenigstens trocken. Wir mussten uns neu eingewöhnen in unserer Zufluchtsstätte, der Abend trudelte bereits herein. Mama war besorgt. Panta rhei, wollte ich ihr noch tröstend zuflüstern. Alles wird gut. Nur anders. Man muss sich den Umständen anpassen, mit den Zeiten gehen. Aber da fielen mir schon vor Müdigkeit die Augen zu und ich schlummerte den Schlaf der jungen Welpen und den der Träumer.

Mit 12 Wochen fingen wir an, meine Mutter bei ihren täglichen Shopping Touren zu begleiten und die Grundzüge des Überlebens in freier Wildbahn zu erlernen. Das Konzept war einfach zu verstehen: möglichst viel, in kurzer Zeit und mit geringem Anstrengungsaufwand ergattern. Passte zu unserem Low-Budget-Haushalt. Genau genommen Zero-Budget. Zu weit zu laufen, kostete Kalorien. Umso mehr müssten wir finden. Ein Teufelskreis!
Wir speisten halb vergammelte, in Marinaden ertränkte Pseudo-Fleischkrümel, aus mit Neonlettern beschrifte-

ten Tüten herausgefiltert. Manchmal auch mit Tüte. Ökologisch abbaubar stand da drauf. Recyclebar. Unser Unternehmen kümmert sich um die Umwelt. Klang doch super! Wen interessierten da noch Tütenfetzen im Magen? Wir fühlten uns wie Gott in Frankreich.

Nach einem kurzen Verdauungsnickerchen war mir so richtig nach Spielen zumute, Kalorien verlieren hin und her. Junge Hunde sind manchmal unvernünftig. Ich schlug eine tolle Rolle, wälzte mich im Gras, lief einer Zikade hinterher und sog die Frische der Luft in vollen Zügen ein. Hhhhm, das war schön! Mein Bruder x lag untätig in einer Mulde. Er war mein Lieblingsspielkamerad und mein Lieblingsbruder.
„Hey, komm tollen", zwickte ich ihn ein bisschen und versuchte, ihn herauszufordern. Keine Reaktion. Nun ja, keine Krabbel-Kita heute. Zumindest nicht mit ihm. Ich erkundete ein wenig die Landschaft. Von einem Felsen konnte man weit über die Weinberge schauen. Ganz in der Ferne zogen Schiffe vorbei – bestimmt waren das Vergnügungsfahrten ins Blaue. Und bestimmt wurde viel gelacht und auch gut gegessen.
Hatten Menschen auch so viele Brüder und Schwestern wie wir? Blieben sie immer zusammen oder trennten sich ihre Wege? Fanden sie neue Spielkameraden? Wann gründeten sie Familien – und wie oft? Wie kamen Vater und Mutter zusammen? Zogen sie viel um oder blieben sie für immer an einem Ort? Und wer entschied darüber? Der Rudelführer? Oder wurde das demokratisch diskutiert?
Es sollte doch eine gemeinsame Entscheidung sein, dachte ich. Das ganze Leben! Jeder gleiches Stimmrecht. Schließlich befand ich mich in der Wiege der Demokratie. Genug sinniert. Es dämmerte bereits und ich machte

mich auf, mal nach Bruder x schauen. Er hatte doch gar zu seltsam dreingeschaut. Ich schlug einen schnellen Lauf an. Plötzlich sorgte ich mich sehr, mein Puls schnellte in die Höhe.

Die Familie war schon versammelt.
Mama in der Mitte, wir kranzförmig um sie herum drapiert. Alle waren satt und zufrieden. Bruder x kauerte immer noch recht teilnahmslos auf einem Fleck. Ich vermisste das leuchtende Feuer in seinen sonst so strahlenden Augen. Wird schon wieder werden. Erstmal schlafen. Morgen ist ein neuer Tag. Noch paar Minuten erzählen, Pläne machen. Wir sollten umziehen. Das stand auf der Liste der abendlichen Besprechungsrunde. Vielleicht in die Nähe eines Campingplatzes. Dort gibt es mehr zu essen. Natürlich entschieden wir alle zusammen - demokratisch eben. Macht ein gutes Gefühl, so eine demokratische Entscheidung. Zieht wohlig durch den Bauch. Nur meinem Bruder x war offensichtlich alles egal. Macht, was ihr wollt, schien er zu sagen, ich schließe mich der Mehrheit an.
Okay. Wir wünschten uns zufrieden eine Gute Nacht.
Es war die Nacht, in der mein Bruder starb.

Tzzzz ... mich juckte etwas ganz fürchterlich. Schnell fuhr ich auf, untersuchte meine Schenkel und knabberte mein Fell durch. Da, dort war es. Ein recht widerliches kleines, schwarzes Teilchen hatte sich festgebissen und saugte mir mein Blut aus. So ein Schmarotzer, dumme kleine Zecke! Kann sich doch einen anderen Platz suchen. Die Welt ist voller Möglichkeiten. Chancen überall! Ich beschloss, das positiv zu sehen. Was musste ich doch für ein außergewöhnlich schickes Kerlchen sein, dass grade ich auserwählt wurde! Trotzdem echt nervig.

Nochmal knabbern – half nichts. Irgendwann fallen die Dinger von selbst ab, hatte ich gehört und dann würden wir wieder getrennter Wege gehen. Vielleicht ganz nett, ein paar Tage gemeinsam zu verbringen. Passiert ja sonst nicht so viel hier in unserer Gegend. Passiert nicht viel?!
Ein Blick über meine Geschwister – sie schlummerten noch alle; ihre Brüste hoben und senkten sich sanft wiegend im Rhythmus ihres Herzschlages. Nur einer der Leiber war sonderbar reglos. Ich sprang auf, um mir das mal genauer anzusehen.
„Hey, kleiner Bruder. Ein neuer Morgen erwacht. Hörst du, wie es lustig summt und zirpt?"
Immer noch keine Regung. Ich stupste ihn mit meiner kühlen Schnauze. Uuuuuih, sein Körper war noch kühler und ganz bretthart. Da pochte nichts mehr. Mir wurde ganz mulmig. Üble Umdrehungen im Magen. Schmerzendes Fiepen entwich mir, ich konnte nichts dagegen tun. Meine Geschwister und meine Mama erwachten. In meinen Augen konnten sie es lesen: Es war etwas Schreckliches passiert.

Zwei Stunden später hatten wir eine kleine Grube ausgebuddelt und meinen kleinen Bruder mit allen Ehren und allen Tränen vergraben. Panta rhei, dachte ich bei mir, es hilft nichts, alles ändert sich und auch Hunde werden geboren und sterben. Aber: Doch nicht jetzt schon!! In ein paar Jahren, okay. Nicht jetzt! Hätten wir doch bloß einen Tierarzt in der Nähe gehabt. Menschen wissen ja manchmal doch mehr als wir und können helfen. Hunde, die einen Namen haben, gehen mit ihren Menschen zu einem Tierarzt.
Wir wollten an diesem Ort mit diesen traurigen Erinnerungen nicht mehr bleiben. Der Familienrat beschloss,

jetzt endlich den bereits angedachten Umzug auszuführen, Richtung Campingplatz. Bestimmt gab es genug Essen dort und für die, die es jetzt wollten, Gelegenheit, sich einen Menschen zu suchen. Und bestimmt gab es dort auch irgendwo einen Tierarzt. Für den Fall der Fälle. Wir wollten nicht noch einen aus unserer Mitte verlieren.

Zwei Tage später hatten wir einen der größten Campingplätze dieser Gegend erreicht. Wir hätten es auch in ein paar Stunden geschafft, aber wir hatten ein wenig getrödelt und offenbar waren wir in einem Halbkreis gegangen. Vielleicht waren wir auch einfach nur in Gedanken wegen der Trauer um meinen Bruder.
Es war Spätsommer, der Platz war noch ausreichend gut besucht. Bunte Fähnchen flatterten überall, kunterbunte Zelte dicht an dicht gereiht, daneben standen herrschaftliche Wohnwagen und riesige Wohnmobile, so eine Art Häuser auf Rädern. Bungalows gab es auch. Eine super Ecke für uns, das war ja fast schon, wie ein Zuhause haben. Wir bezogen da gleich mal Quartier. Eine der Hütten war auf Stützen gebaut, man konnte drunter krabbeln. Einfach ideal! Gut geschützt vor Sonne und Regen und schien auch unbewohnt zu sein, da würde uns keiner fortjagen. Wir drehten eine erste Expeditionsrunde über das Gelände. Eine ganze Menge Vierbeiner waren hier unterwegs. Ich hatte noch nie so viele Hunde auf einem Haufen gesehen. Kleine, Große, Schlanke, Dicke, Muskulöse - und welche auf 3 Beinen gab es auch. Ein strammer Rüde, schwarz glänzendes Fell, stolzes Auftreten, interessierte sich gleich mal für unsere Mama. Sie lehnte dankend ab.
Was wären die Folgen? Wieder hungrige Mäuler durchzubringen. Nein, nein, drei Würfe waren erstmal genug.

Da konnte der schwarze Prachtkerl noch so verlockend um sie herumtänzeln und sie umwerben. Noch zwei Versuche startete er, dann akzeptierte er ihre Abfuhr. Es gab ja schließlich noch andere Damen hier, welche, die williger waren.

„Willi", rief eine hell tönende Stimme. Gemeint war ein kleiner Dackel. Er hatte ein schickes Band um den Hals. Mit Kärtchen mit Telefonnummer, Namen und Adresse. Tolle Sache! Klare Strukturen. Der wusste - und jeder andere wusste es auch -, wo er hingehört. Willi trabte um die Ecke. Es gab Mittagessen für ihn. Sehr hübsch und sehr liebevoll angerichtet in einer silberfarbenen Schüssel. Das sah wirklich edel aus und roch verdammt gut. Uns lief das Wasser in den Lefzen zusammen.

Willi hatte uns bereits bemerkt. Mit einem bedrohlichen Knurren gab er unmissverständliche Ansage: „Weg hier, das ist mein Topf. Das ist im Übrigen auch meine Familie. Und was wollt ihr überhaupt? Ich habe Stammbaum, super Papiere, sehe klasse aus. Mit euch gebe ich mich nicht ab und meine Menschen auch nicht."

Hmmh, ja, ja, verstanden. Also mal weiter zur Abfalltonne. Da ist bestimmt noch einiges rauszuholen. Dort speisten wir zu Mittag. Feudal geht anders, aber besser als nichts.

Ein kleines Mädchen kam auf uns zu. „Ach wie süß", trällerte sie, „kann ich euch streicheln?" Klaro, bisschen Fellmassage ist immer gut. Das Mädchen strich mir über meinen Kopf, meinen Rücken und kraulte meinen Bauch. Könnte ich mich dran gewöhnen, dachte ich genießend grunzend. Weiter, schön, aaahhhh … einfach zum Träumen und Zeit Vergessen. So, das war es aber auch schon. Das Mädchen hörte abrupt auf. Es gab jetzt

Spannenderes: Badesachen holen, in den Pool springen, Jungs in die Haare ziepen, Eis essen - irgendwas.
Sind Menschen immer so treulos? Erst Vertrauen geben, erst liebevoll und richtig nett sein und dann: zack, weg? Wie hat das der Dackel gemacht? Wie ist der an seine Familie gekommen? Es wird sein Stammbaum sein!

Rückwärts kamen wir wieder an ihm vorbei. An diesem aufgeblähten Stammbaum-Träger. Nanu, der kleine Mann gebärdete sich plötzlich recht aufgeschlossen. Mit sattem Magen sieht die Welt gleich anders aus. Da hat man auch mal Zeit für soziale Themen wie zum Beispiel, sich mit Streunern abzugeben.
Schnüffelnd umkreiste er mich. Schon mutig, ich war bereits dreimal so groß wie er mit meinen vier Monaten. „Riecht alles gut an dir, so lass uns spielen", säuselte er. Wunderbar, da ließ ich mich nicht zweimal bitten. Mein liebster Spielkamerad war schließlich tot. Ach, ich vermisse ihn doch unendlich! Da tat Ablenkung gut.
Willi zwinkerte und blitzte mit seinen Äuglein, knickte seine vorderen Beinchen ein und stellte seinen wohlgeformten Hintern in die Höhe. Der kann ja richtig charmant sein, jubilierte ich - und schwupps drehten wir schwungvolle Kreise kreuz und quer, zwickten uns ein bisschen, mal der eine, mal der andere, warfen uns kugelnd ins Gras und hatten so richtig super viel Spaß.

Ob wir das öfter machen könnten? Ob wir länger zusammen bleiben könnten? Ob ich auch seinen Menschen gefallen könnte?
Meine Familie war schon weitergetrabt zu unserem Quartier. Eine gute Gelegenheit für mich, mich als Single bei seinen Leuten vorzustellen. Wer nimmt schon Achter-Pack? Mama inclusive. Ganz und gar undenkbar!

Ich schaute mich mal genauer um. Und hörte auch genauer hin. Die beiden Menschen, Frau und Mann, Willis Leute, sprachen in wohlklingenden Tönen miteinander. Angenehme Stimmlage, ein hübsches Sing-Sang, kein Gezeter, kein lautes Geschrei, was ich hier auch schon vernommen hatte. Ein großes Auto stand vor ihrem Wohnwagen. Hinten drauf ein Kleberchen: Refugees welcome! Mein englisch, das ich hier und da aufgeschnappt hatte, war ausreichend, die Botschaft zu verstehen. Optimal! Die hatten ein Herz für Fremdlinge wie mich. Oder ob das nur für Menschen galt? Und ob das nur schöne Worte waren oder handelten diese beiden netten Menschen auch danach? Schöne Worte sind schöne Worte. Handeln ist wesentlich besser.

Auf dem Weg zum Campingplatz waren wir an sonderbaren Barracken vorbeigekommen. Sie waren gruselig überfüllt und verschiedene Sprachen schossen durch die Luft, ein Sammelsurium an Kulturen, wild durcheinander. Manche stiegen in einen Bus, fuhren auf und davon, andere drängten nach. Menschen mit verängstigten Gesichtern, erschöpfte Menschen, Menschen, die Schlange standen an einer Stelle, wo Essen überreicht wurde. Da war kein Platz für uns gewesen. Sie hatten wohl selbst zu kämpfen.

Ab und an hörte man das Wort Refugee. Hatten sie auch keinen persönlichen, keinen ganz speziellen, eigenen Namen? Und hatten sie auch schon mehrfach den Wohnort gewechselt? Seit wann waren sie unterwegs und wie lange noch?

Manche Menschen scheinen das gleiche Schicksal zu haben wie wir, ich und meine Familie. Mit keinem anderen Besitz als dem blanken Körper laufen, laufen, laufen … eine bessere Futterstelle suchen. Diese Refugees hatten bestimmt auch hier und da Fußtritte oder

Schlimmeres erleiden müssen, auf ihrem weiten Weg hierher. Schauerlich! Ich fühlte mich diesen Leuten irgendwie verbunden. Ich konnte ihnen aber nicht helfen - und sie mir nicht.

Warum fuhren diese Leute von Willi in ein solches Land? Die Sonne genießen? Ich hatte gehört, früher kamen noch viel mehr Menschen mit Zelten und Wohnwagen hierher. Griechenland hatte auf der Liste der beliebtesten Urlaubsziele ganz weit oben gestanden. Jetzt kamen nicht mehr so viele wie früher. Das hatte wohl was mit diesen mürben Scheinen aus Papier zu tun, welche die Menschen eintauschten gegen was zu essen oder die sie hergaben, um gigantische Bauwerke betreten zu dürfen. Unsere Tempel der Antike beispielsweise. Auf einem kleinen klappbaren Tischchen bei Willis Leuten lagen dicke Wälzer über die Akropolis und ähnliche Themen herum. Sie schienen sehr gebildet zu sein. Das ist gut! Dann haben sie bestimmt auch einen guten Job und ein schickes Haus im Grünen mit einem eigenen Garten in Deutschland. Ein dickes ´D` stand auf dem Nummernschild ihres Autos.
Es war schon richtig spät geworden. Ich verabschiedete mich von Willi, wir verabredeten uns für morgen und ich lief zu meiner Familie.

In dieser Nacht träumte ich von silberfarbenen Schüsseln, wohlgefüllt mit duftendem Fleisch, von kuscheligen Decken in hübschen Körbchen, so wie ich es bei Willi gesehen hatte. Ich träumte von Sorglosigkeit und davon, den Tag einfach Tag sein lassen - einfach mal chillen -, ich träumte von Sicherheit und Verlässlichkeit, von dicken Autos, die einen herrlich bequem von A nach B kutschieren für tolle Ausflüge, um einfach mal was anderes zu sehen. Den Horizont zu erweitern, bildet ungemein. Ich träumte von freundlichen Worten und sanft strahlenden Gesichtern. Das komplette Wohlfühlprogramm. Alles in einem Paket. Ich träumte davon, mein Bäuchi gekrault zu bekommen, von einem Menschen, der sich richtig viel Zeit dafür nimmt. Als Dank würde ich ihm auch den Arm abschlecken. Ganz bestimmt. Geben und nehmen! Beziehung kann nicht einseitig sein.

Am liebsten wäre ich aus diesem Traum nicht mehr erwacht. Ist Träumen in der Nacht nicht besser als das Leben am Tage? Oder wo ist der Unterschied? Alles in meinem Traum kam mir so greifbar real vor. Allerdings sagen manche: Träume nicht dein Leben, lebe deinen Traum. Aha! Leben scheint doch eine etwas schwierigere Angelegenheit zu sein und das findet am Tage statt. Aber ich hatte eine Wahl, meine Tage und auch mein Leben zu gestalten. Ich konnte etwas dafür tun, damit es mir besser gehen würde. Ich musste selbst aktiv werden!

Der frühe Vogel fängt den Wurm - schwammig lagen diese Worte in meinen Gedanken, irgendwo zwischen dämmeriger Schlaftrunkenheit und klärendem Erwachen. Auf geht's, schnell zu Willi. Wer weiß, ob er noch da ist. Vielleicht waren sie schon abgereist. Manche Versprechen können wirklich trügerisch sein. Aber ein Willi, ein Wort! Er hatte sich soeben aus seinem Körbchen geschält und machte ein paar Yoga Stretch-Übungen. Frühsport ist immer gut, ölt die Gelenke. Ganz ein Profi, empfing er den Tag mit einem perfekt ausgeführten Sonnengruß. Gleich darauf kam auch schon diese super schöne silberfarbene Schüssel ins Spiel. Frühstück! Und ein Streicherli vom Frauchen. Was für ein Service! Ganz wie das Idyll in meinem

Traum. Nur wo war ich dabei?

Es war klar, silberfarbene Schüsseln wurden von Menschen gereicht, zu denen Hund gehört. Höchste Zeit, mich nochmal Willis Frauchen vorzustellen. Vielleicht sollte ich mal auf die Mitleidsdrüse drücken? Bisschen fiepen? Hmmh, nein, das ging auch eleganter. Stummes Zuschauen mit leicht traurigem Gesichtsausdruck dürfte genügen, sofern dieser Mensch Empathie für Straßenhunde hatte. Und es funktionierte!

„Möchtest du auch etwas? Gehörst du zu keinem?"

Ja und nein. Klar doch möchte ich auch etwas und nein, ich gehöre zu keinem. Ähh, ein wenig schon, ich habe paar Geschwister und eine Mama, aber daran darf ich jetzt nicht denken. Verschieben wir es auf später. Es gab - uuuihhh – Dosenfutter für mich. Etwas gewöhnungsbedürftig, aber es war steril, absolut keimfrei und kein Stück vergammelt. Für mich gab es keinen schimmernden Napf aus kostbarem Material. Von der Sorte gab es nur einen und der war vergeben. Willi hing mit seinen zottigen Barthaaren tief im silbrigen Etwas. Für mich gab es einen Plastikteller in leuchtend blau. Blau wie das Meer. Das war doch auch was Feines. Ich liebte kräftige Farben.

Willi hob seinen Kopf. ´Was ist das denn? Bekommt der jetzt auch Essen von uns? Und was weiter? Will er dann etwa in meinem Körbchen schlafen? Brauche ich das? Will ich das?` Grübel, zzzzrrrhhhh … knurrrrr …

„Aber Willi, wir haben genug und dieser hübsche Kerl hat bestimmt auch Hunger."

Nettes Frauchen von Willi. Willi ließ sich beschwichtigen. ´Na ja, soll mir ja keiner nachsagen, dass ich asozial sei. Aber ich bin und bleibe die Nummer eins, verstanden?` Seine Gedanken standen ihm auf der Stirn geschrieben.

Vollkommen klar, Willi, du hast die älteren Rechte und überhaupt: Was sorgst du dich? Ich habe grade mal ein kleines Frühstück bekommen. Was will das heißen? Das machen Menschen hier so und dann ziehen sie weiter. Manchmal bekommt man auch das Bäuchlein gekrault, einmal, zweimal – und dann machen sie was anderes und kümmern sich nicht mehr um mich. Kenne ich schon. Ich habe Hoffnungen, ich habe Träume, aber ich bin nicht naiv.
Halt! Wie war das noch mit dem Träume Leben? Etwas dafür zu tun, alles zu versuchen?! Okay, ich durfte mich fortan nicht mehr hier wegrühren. Jede Sekunde musste ich nutzen, mich beliebt zu machen. Mich persönlich vorstellen, meine schönsten Seiten präsentieren und hartnäckig bleiben, statt untätig zu warten, dass sich was änderte und man auf mich zukam. Ich musste aktiv sein. Und ich zog alle meine Register!

Willis Leute packten einige Dinge zusammen.
Oha! Wollten sie schon fort? Nein, ein Tagesausflug stand auf dem Plan. Nicht umsonst lagen diese ganzen Wälzer auf dem Tischchen herum. Willis Frauchen schaute nochmal nach mir. Und … sie streichelte mich, aber so richtig schööön.
„Keine Sorge, wir kommen wieder. Heute Abend gibt es wieder ein gutes Essen für dich, wenn du magst."
Was für eine Frage?! Bedurfte, dachte ich, keiner Antwort. War wohl auch nur rhetorisch gemeint. Willi drehte noch eine kurze Kugelrunde mit mir. Sein Frauchen und sein Herrchen schienen etwas zu besprechen, während sie uns zuschauten. Ich vernahm Wortfetzen wie „zwei", wie „nicht geplant", wie „groß", wie „aber möglich", wie „wollen wir?". Was auch immer das bedeuten sollte.

„Gelber Hund, komm mal her", lockte mich die Frau zum Auto und patschte mit ihrer Hand auf die Ladefläche. „Hopp!"
??? Ach, da sollte ich wohl rein? Erstmal inspizieren. Riecht ja ganz nett. Aber, neh, weißt du, bisschen eng irgendwie.
Aber sie ließ nicht locker. Sie redete mir gut zu und war sehr geduldig; es klappte aber immer noch nicht. Dann wurde Willi als mein Lehrer herangezogen. Er sprang mit einem Satz in das Auto.
„Schau, so macht man das." Vollkommen klar, wer so perfekt den Sonnengruß stretchen kann, der kann so mancherlei. „Und nun du", lockte Willi.
Okay, ich will ja keine Memme sein und kann ich mir - nebenbei bemerkt - auch gar nicht leisten. Ich habe Schlimmeres erlebt, ich habe unter Brücken geschlafen, ich bin durch enge Röhren gekrabbelt, um Abfall zu ergattern, da werde ich ja wohl in so ein doch recht großes Auto steigen können. Da gibt es auch Fenster, da zischt immerhin noch kühle Luft durch.
Zack, drin war ich. Ich bekam auch gleich dickes Lob. „Super gemacht!" Prima, danke, reicht aber fürs erste. Ich spring mal wieder raus. Mehr wurde auch nicht von mir erwartet. War wohl so etwas wie ein Test, ob da überhaupt was ging. Es gab zwei Probleme: Problem Auto und Problem Willi. Beides musste langsam trainiert werden. Die Frau war prima und wusste, dass man uns beide nicht überfordern durfte, mich nicht und auch Willi nicht. An Zuwachs musste man ihn langsam heranführen mit ganz kleinen Schritten, aber mit klarer Richtung. Ihm schwante ja schon, dass er fortan nicht mehr allein sein würde mit seinen Leuten.
´Kann ja auch richtig schön werden, richtig, richtig schön`, schien er sich mantra-artig einzureden. Erst der

Sonnengruß, jetzt dieses Mantra! Er kannte sich offenbar mit fernöstlicher Philosophie richtig gut aus. Was wundert´s? Er kam bestimmt viel rum. Ein Kosmopolit, dieser wohlhabende Dackel.
„Ja, ganz bestimmt wird es schön mit einem vierbeinigen Kumpel an meiner Seite", gurgelte es weiter und jetzt deutlicher. Mantras sind unendlich oft wiederholbar. Na ja, hoffentlich blieb er bei seiner Meinung! Mir blieb nur, diesbezüglich Gebetsstöße an den Olymp zu schicken. An wen genau dort, wusste ich nicht, da hausten ja eine ganze Menge schräge Typen. Null Schimmer, wer da für mich zuständig war.

Meine neue Familie in spe war jetzt unterwegs. Paar Stunden, so hatten sie versprochen, dann wären sie wieder zurück. Gut, Wohnwagen stand ja noch. Gutes Gefühl. Da stand ein großer Spiegel auf einem Tischchen. Ich nahm an, Willis Frauchen hielt einiges auf sich und kontrollierte dort ihr Antlitz und ihre Erscheinung. Das tat ich auch. Erstaunt - ich gebe zu, sehr positiv erstaunt - stellte ich fest: Ich war doch ein wirklich richtig hübscher Kerl! Wie hatte Willis Frauchen gesagt? Gelber Hund? Das konnte ich jetzt nicht so im Raume stehen lassen. Vielmehr schimmerte meine dichte Fellpracht cremefarben mit einem Hauch von Champagner - man könnte es auch weizenblond nennen. Einzelne silberne Fäden lockerten meine Gesamterscheinung auf. Bernsteinfarbene Augen blitzten mich freundlich an. Richtig sattes Bernstein. Mein Gesicht umzierte eine schwarze Maske. Klasse Typ! Zum Verlieben! Ich war hochzufrieden mit mir und der Welt und das stärkte mein Selbstbewusstsein ganz ungemein. Aber jetzt nur nicht eitel werden, sagte ich mir, das kommt vielleicht doch nicht so gut. Gesundes Selbstbewusstsein okay,

aber um Gottes willen nicht eitel. Ich versuchte, mich zu mäßigen. Etwas schwierig, schließlich stand ich meinem Spiegelbild zum ersten Mal gegenüber und so schön hatte ich mich doch nicht vermutet. Warum eigentlich nicht? Ist ja nicht nur ein Hund mit Stammbaum und ausgezeichneten Papieren schön.
Plötzlich fand ich meine ganze Familie schön und meine Mutter ja sowieso. Ihr war ich wie aus dem Gesicht geschnitten. Ganz ihre Gene, ganz halber Kangal. Vielleicht auch nur zu einem Viertel. Aber nein, äußerlich im Prinzip hundert Prozent Kangal. Viertel, Hälfte, ganz? Egal! Sowieso Luxusprobleme, über die ich grade nachdachte. Äußerlichkeiten sollte man nicht so viel Wert beimessen. Das sagte noch gar nichts über den Charakter aus und wie man sich durchschlagen konnte im Leben. Hatte ich doch noch mal die Kurve gekriegt, nach meinem ersten Laufsteg Auftritt nicht hochmütig zu werden.

Ich trabte zum Bungalow meiner Herkunftsfamilie. Vorbei an quietschbunten Zelten, bevölkert von quietschenden Kindern. Was für ein Lärm! Man, war ich froh, dass meine Familie in spe keine Kinder hatte. Das nahm ich zumindest an. Womöglich waren sie zuhause in Deutschland geblieben? Bei Großeltern geparkt oder es waren Patchwork Kinder, die grade beim anderen Elternteil waren?
Dazu müsste ich mal Willi interviewen, wie das Umfeld im fernen Lande war. Ob das wohl zu mir passte? Überhaupt, bislang hatte nur ich mich meiner neuen Familie vorgestellt, eine ziemlich einseitige Geschichte. Jetzt, wo ich mein wundervolles Aussehen erblickt hatte, hielt ich es für angemessen, dass auch um mich geworben wurde. War ja auch nicht irgendjemand. Einen

Reststolz durfte man auch als Straßenhund haben, der grade drauf und dran war, aus seiner Heimat zu flüchten und sich ins Ungewisse zu begeben. Eine Flüchtlingsversion light zugegebenermaßen, mit bequemem Transfer im Auto.
Dennoch: Ich war bereit, alles aufzugeben, was mir lieb und teuer war. Meine Heimat, meine Mutter, meine Geschwister und - ach, nicht zu vergessen - das Grab meines Bruders x könnte ich auch nicht mehr besuchen. Da konnte man schon mal nachfragen, wer sonst noch zu Willis Familie gehörte, um sich mal ein genaues Bild von der Lage zu machen.
Ich mochte sie ja schon, diese kleinen Kinder, aber manchmal … manchmal reichte es einfach. Mein Trommelfell war sehr empfindlich. Vielleicht auch geworden. Wenn man Nacht für Nacht im Freien schläft, da kann man sich durchaus mal eine Entzündung mit Folgen zuziehen. Plötzlich war ich ganz in Gedanken, was mir in Deutschland bevorstehen würde. Mit etwas hängender Rute schlich ich in unser Revier. Von meiner Hunde-Familie waren alle da - sie hielten Siesta. Ich wurde erstmal rauf und runter beschnüffelt.
„Ja, ja, riecht fremd, riecht neu."
Ich roch nach Dackel, nach Menschen, nach blauen Plastiktellern, nach benzinigem Auto und - nach Hoffnung. Eine ganz neue Mischung, eine patentverdächtige Rezeptur. Ich roch wohl auch nach Abschied. Oder nach der Möglichkeit eines Abschiedes. Das war nicht mehr zu überriechen. Leise Nuancen von Wehmut, gepaart mit blumig-frischer Aufbruchsstimmung mit einem holzig-warmen Abgang der Klangfarbe ´alles wird gut`.
Alles wird anders: panta rhei. Ach, der gute alte Heraklit!

Familienrat war eigentlich erst morgen Abend. Doch ich war so übervoll und es ahnten ja sowieso schon alle. So begann ich meine Rede:

„Hört zu, ich denke, ich habe eine Gelegenheit, aus diesem Land zu kommen. In ein Land, wo Hunde nicht auf der Straße leben. Und ihr wisst, ich würde doch so gerne einen Namen bekommen von ´meinen` Menschen. Diese Leute von Willi scheinen wirklich sehr okay zu sein. Am liebsten würde ich euch alle mitnehmen. Dass das nicht geht, wissen wir alle. Leider! Ach, mir ist zum Heulen zumute. Obwohl ich mich auch freue. Was für ein Durcheinander in meinem Bauch. Bitte sagt doch was."

Betretenes Schweigen. Verständnis und Trauer mischten sich in den aufmerksamen Gesichtern meiner Liebsten zu einem ganz merkwürdigen Gemälde. Ich selbst sah wohl genauso aus.

Meine Mutter ergriff das Wort:

„Wir wissen, dass du uns verlässt. Und es ist gut so. Ich habe meinen Kindern immer ein besseres Leben gewünscht, als ich selbst es führe. Du hast jetzt die Chance, ergreife sie! Wir können dir nichts anderes mitgeben als allein unsere Liebe. Und ich gebe dir einen guten Rat aus meiner Lebenserfahrung: Versuche, dich zu integrieren, aber gib dich nicht auf. Niemals! Sei dir deiner Wurzeln bewusst. Du weißt, wer du bist und du bist etwas sehr Wertvolles.

Erinnerst du dich an die Baracken, an denen wir vorbeigekommen sind auf dem Weg hierher? Erinnerst du dich an die vielen Menschen dort, die auf einen Bus oder Zug warteten, um dieses Land zu verlassen? Viele möchten gerne dorthin, wo du jetzt hingehst. Nach Deutschland. Viele haben einen noch viel weiteren Weg hinter sich als wir. Sie kommen aus Ländern jenseits des

Meeres. Erinnerst du dich auch noch an die Schiffe, die du so gerne von deinem Felsen nahe unseres Haines, wo du geboren wurdest, beobachtet hattest? Das kam dir alles so schön vor! Ausflugsschiffe, dachtest du. Ja, mag sein. Es waren bestimmt viele dabei. Aber es gibt auch Schiffe, die nicht wirklich Schiffe sind. Auf diesen kamen viele der Menschen aus diesen Baracken über das Meer. Es sind Menschen, die ihre Heimat verlassen haben, weil es ihnen dort sehr schlecht ging, man nennt sie Flüchtlinge. Manche haben die Überfahrt nicht überlebt. Viele mussten ihre Familien zurücklassen. Auch wir sind so etwas wie Flüchtlinge. Wir sind aus unserem Hain geflohen. Wären die Bedingungen, dort überleben zu können, nicht so schlecht gewesen, dann wären wir bestimmt in dieser schönen Landschaft geblieben. Du wirst jetzt deine Reise fortsetzen. Und vielleicht kommst du eines Tages zurück mit deiner neuen Familie und besuchst uns oder kannst uns sogar nachholen. Falls wir dann noch hier sein werden.
Wer weiß, was aus uns wird, wohin das Leben uns führt. Die Zeiten ändern sich und nichts bleibt, wie es ist. Panta rhei, sagte ein alter Grieche. Alles fließt, alles entsteht neu, alles ändert sich."
Uuuuihhh, Heraklit! ... Noch nie war ich meiner Mutter so nah.

Wir hatten trotz des Schmerzes wegen Trennung und Veränderung eine herrliche Mittagspause. Jetzt nicht an morgen denken, einfach aufgehen im Augenblick, uns erspüren und erfühlen, uns riechen und schmecken und uns hören, mit allen Sinnen und jeder Faser unseres Herzens.
In gleichem Rhythmus wiegte sich unser eng zusammen geschmiegtes Knäuel aus Fell auf und ab, dehnte sich

aus und zog sich zusammen. Was für ein beruhigendes Gefühl ... wie das Auf und Ab der Gezeiten, diese stets gleich bleibenden Gesetze der Natur, ein Hauch von Ewigkeit im Hier und Jetzt, ein kurzes Anhalten von ´Alles wird anders`...
Herzschlag rauf, Herzschlag runter. Puuuh ... zzzssttt ... puuuh ... zzzssttt - keine Melodie könnte schöner sein. Ein Köpfchen auf meiner Brust, eine Pfote um mein Gesäß geschlungen, eine feuchte Nase dicht an der Meinen. Summende Töne in meinem Ohr ... puuh ... zzzssttt ... puuuh ... zzzssttt ... Wunderbar!
Auch die Gäste des Campingplatzes hielten Siesta oder waren zum Baden fort. Dichte, schwere Ruhe überall. Fast konnte man diese Stille anfassen und sich von ihr davontragen lassen - einmal alle Muskeln entspannen und sich ganz vertrauensvoll hingeben dem kuscheligen Kissen, auf dem wir schwebten ... puuuh ... zzzssttt ...
Bbrrrummmmm ... Ein jähes Ende unseres Schlummerstündchens. Ein Auto fuhr mit scheppernden Geräusch vor dem Bungalow gegenüber vor. Neue Gäste? Nein, alte Gäste. Es wurde eingeräumt. Töpfe klapperten, Holz quietschte unter stampfenden Schritten, Kanonenknaller von zugeschlagenen Fenstern. Was für eine Aufführung! Sprechen könnte man im Übrigen auch etwas leiser. Mit Respekt auf die, die Siesta hielten. Okay, Siesta Stunde war eigentlich vorbei. Fehlplanung auf unserer Seite.
Diese Aktion gegenüber währte noch eine Stunde, dann waren sie fort. Gen Heimat, wo auch immer das für sie war. Alle fuhren jetzt fort, nach und nach. Es gab eine Lücke hier, dort war noch ein Zelt, eine Lücke da drüben, Lücke, Lücke. Die Ferienzeit näherte sich dem Ende. Es waren ja auch schon die Herbstferien. Das hatte ich in einem bekritzelten Kalender in einer der

schicken Tonnen gelesen. Die kalten Monate würden bald an die Pforten klopfen. Bei zwei Gespannen Auto-Wohnwagen konnte ich dieser Tage beobachten, wie ein Vierbeiner mit einstieg. Nein, bei dem einen war es sogar ein Dreibeiner. Viel Glück, wünschte ich ihnen hinterher. Und freute mich insbesondere für den Dreibeiner. Da geht was. Selbst mit Handicap schafft es der eine oder andere, hier fortzukommen. Meine Geschwister hatten sich einfach nicht ausreichend bemüht. Besser gesagt: gar nicht. War es ihnen egal? Aber warum? Kann Heimatliebe größer sein als die Aussicht auf ein gesicherteres Leben in einem warmen Haus und mit stets vollem Napf? Ja, offensichtlich.

So, meine Leute kamen zurück. Das Motorengeräusch hatte ich schon abgespeichert. Es klang ganz speziell und noch viel spezieller für mich. Ich war schon regelrecht konditioniert auf dieses Geräusch. Manche Dinge gehen sehr schnell. Hat wohl was mit Interesse an der Sache zu tun und wie man diese bewertet; womit man Gutes verbindet, das verankert man ganz tief im Unterbewusstsein. Gut, es gab auch unschöne Dinge, die ich nicht vergessen würde. Aber das war ein anderes Thema. Darüber wollte ich jetzt nicht weiter nachdenken. Jetzt wollte ich Schlechtes lieber vorbeifließen lassen. Vielleicht konnte mir ein Sonnengruß dabei helfen. Yogaübungen zentrieren ungemein und machen den Geist kristallwach. Und, noch viel wichtiger: Sie stimmen positiv. Ich dehnte mich in voller Länge, gen Boden und wieder zurück und gähnte herzhaft - das kurbelte meinen Kreislauf an und brachte frischen Sauerstoff in meine Adern – und dann federte ich mit elastischem Schritt rüber zu meiner neuen Familie. Eine kurze, aber sehr anrührende Begrüßung folgte. Von Willi und auch von seinen Leuten. Das muss ich doch mal festhalten. Nicht, dass ich mir da was vorgemacht hätte. Eine Fata Morgana, ein Spuk, ein Traum, aus dem ich wieder erwachen würde. Ich sollte mich mal ins Bein zwicken. Nein, nein, alles real. Sie betrachteten mich so vertraut, als wäre ich schon lange einer der Ihren. Es gab auch gleich ein Knabberstängchen, eine Art Five O´Clock Tea. Für die Menschen auch. Für sie wurde allerdings noch mehr aufgetischt; sie breiteten einen luftigen Kuchen auf dem kleinen Tischchen aus und Kaffee brodelte glucksend in einer Maschine. Wäre interessant, das mal zu probieren. Bislang hatte ich nur davon gehört, aber eingeladen gewesen zu so einem gemütlichen Kaffeeklatsch, das war ich noch nie. Nun ja, die Idee, mit am Kuchenbuffet teilzunehmen, blieb reiner Wunschgedanke. Menschen scheinen nicht nur mehrfach am Tag zu essen, sondern dieses auch getrennt von ihren zottigen Mitbewohnern zu tun. Willi war das vollkommen klar. Er probierte gar nicht erst, eines dieser süßen Teile zu erhaschen. Er kannte die Regeln des Zusammenlebens Mensch und Hund. Hmmmh, mal überlegen, welche Strategie ich anschlagen könnte. Wie hatte meine Mutter mir geraten? Passe dich an, integriere dich. Was so viel hieß wie: Beobachte die anderen, lerne von ihnen, verhalte dich ebenso. Mit den Wölfen heulen, beziehungsweise in diesem Fall mit Willi. Neues Leben, neue Gesetze. ´Sonst solltest du besser hierbleiben`, hatte meine Mama gesagt. Unbezahlbare Weisheiten meiner klugen Mutter. Und das ganz ohne Besuch einer Hundeschule. Das Leben auf der Straße ist ein guter, aber auch strenger Lehrmeister.

Ende der Teestunde. Klappernd schepperte das benutzte Geschirr in einer Wanne gegeneinander, mit welcher

Willis Herrchen sich zur Abwaschstelle aufmachte. Ich hatte immer gedacht, sowas machen die Frauen bei den Zweibeinern. Diese beiden waren richtig modern, Arbeitsteilung auf der ganzen Linie.
„Kommt ihr mit?" fragte Willis Herrchen. Wer ihr? Wir waren gemeint. Willi und ich. Einer für alle, alle für einen, alle ein Team. Und ich gehörte jetzt dazu. Der Wahnsinn! Geschirr spülen kann richtig Spaß machen, wenn man im Team ist. Gut, wir konnten nicht viel helfen, aber ich hatte den untrüglichen Eindruck, dass Herrchen die Sache viel fröhlicher von der Hand ging, als wenn er allein gewesen wäre. Deshalb hatten Menschen wohl Hunde. Entweder arbeiteten sie für sie, so wie meine Vorfahren in der Türkei die Schafe bewachten, oder aber sie brachten einfach nur helle Lichtstrahlen in das Leben der Menschen. Andere glücklich zu machen, ist schon eine ganze Menge. Das Beste wäre natürlich, einen klasse Job zu haben und (!) Glück zu verbreiten.
Mal sehen, ob die beiden in Deutschland ein paar Schafe in ihrem Garten hatten. Immer nur Müßiggang kann auch ganz schön anstrengend werden. Eine Aufgabe braucht der Hund. Das fördert seine Ausgeglichenheit und stärkt das Selbstbewusstsein. Es sollte ja Hunde geben, die Herrchen die Zeitung holen und ihm die Pantoffeln vors Bett legen. Da stellte ich mir doch ein bisschen was Anspruchsvolleres vor. Und vor allem etwas, wo ich mir den Wind ums Gesicht pusten lassen könnte, etwas draußen, eine Tätigkeit inmitten der Natur. Für ein paar Stunden täglich.
Aber ich war ja noch jung. Das würde sich alles finden, bestimmt hatten meine Leute auch daran gedacht. Auch daran, dass ich noch ganz schön wachsen und auch sehr kräftig werden würde. Und eben, dass ich eine Beschäf-

tigung brauchen würde. Abends dann ein gemütlich warmes Körbchen, das regensicher im wohligen Heim steht. Das wäre ideal!

Konnte meine neue Familie schon meine Gedanken lesen? Als wir zurückkamen zum Wohnwagen stand dort ein zweites Körbchen gleich neben Willis. Gekauft auf dem Markt der nächsten Ortschaft. Ah, meine Leute hatten nicht nur einen interessanten Ausflug gemacht, sie hatten auch an mich gedacht. Wie reizend! Wie nett! Ich hätte sie doch glatt von oben bis unten abschlecken können. Das Körbchen roch recht seltsam. Irgendwie nach Plastik. Mit Plastik kannte ich mich gut aus. Monatelange Abfallspeisung trainiert die Geruchsnerven. Roch auch irgendwie nach Farbe, dieses Körbchen. Wahrscheinlich Billigproduktion made in China. Unter Qualität stellte ich mir echt was Anderes vor. Immerhin war ich jetzt wer, ich war ein Hund, um den sich jemand kümmerte.
Die penetrant nach egal-was-drin-ist-Hauptsache-günstig riechende Farbe war aber zugegebenermaßen recht hübsch. Und passte zu meinem Fell, in einer etwas dunkleren Nuance. Meine Leute hatten doch Geschmack, ekliger Geruch hin und her. Das Körbchen war noch nicht alles. Es gab noch ein Geschenk für mich. Das war ja fast wie Weihnachten! Ich hatte zwar noch keines erlebt, aber ich hatte gehört, dass es da ganz viele tolle Sachen gibt. Ganz, ganz viele! Jedenfalls, wenn man ein Zuhause hat. Mein zweites Geschenk schimmerte grün. Grün wie griechische Oliven im Sonnenschein. Es war ein mittellanges, grünes Band mit einem Verschluss am Ende. So etwas hatte ich schon an Willi bemerkt, als ich ihn kurz in die Nasenflügel zwickte. Nur seines war in einer anderen Farbe und aus einem

anderen Material, dunkelbraun und aus Leder. Meines war aus Textil: ein Halsband. Hmmh, engt das nicht ein? Ich war oben ohne gewöhnt. Und warm genug war es auch hier. Wozu brauchte ich was zum Anziehen?

„Gelber Hund, komm, Halsband anlegen." Da musste ich jetzt wohl durch, schien Hund auch zu brauchen. Wo sonst sollte dieses tolle Schild mit Namen und Adresse, das Willi trug, befestigt werden?!

Okay. Auf ging´s. Frauchen machte das auch ganz behutsam. Sie musste noch hier und da was umstellen, etwas kürzen und wieder verlängern, das brauchte ein wenig Zeit. Fertig! Jetzt fand ich das alles ganz nett. Sehr praktisch und durchaus auch kleidsam, diese Halsbänder, die Hunde bekommen, die ein Zuhause haben. Ich erblickte mich wieder im Spiegel, der auf dem Tischchen stand. Wow! Sah doch richtig edel aus. Sogar so eine Variante aus Textil kann anmutig aussehen. Der Inhalt macht die Verpackung. Nicht die Verpackung den Inhalt. Ein so schöner Hund wie ich gibt sogar einem Stoffhalsband eine kostbare Aura. Und mir gab das Halsband eine neue Identität. Jetzt gehörte ich endlich wohin.

Ach, ich hatte in meiner Euphorie doch fast vergessen, dass ich immer noch namenlos war. Wird schon noch kommen, dachte ich, gib deinen Menschen Zeit, die warten bestimmt auf einen kreativen Einfall. Sie müssen dich ja auch erstmal genauer kennenlernen und sehen, was zu dir passt. Neue Namen vergibt man ja nicht über Nacht. Körbchen und Halsbänder kann man schnell mal kaufen, aber Namen vergeben, das ist schon eine größere Aktion. Was Bedeutungsvolles! Bedeutungsvolle und wertvolle Dinge müssen immer erst reifen. So wie der griechische Wein. Da pflückt man ja auch keine Traube und sagt umgehend Retsina zu ihr.

Diese Nacht schlief ich zum ersten Mal in meinem neuen Körbchen, dicht bei meinen Leuten. Willi durfte im Wohnwagen nächtigen. Ich vermute mal, da gab es ein extra Bett für ihn. Die meisten Wohnwagen haben zwei Seiten. Auf der einen Seite schlafen die Menschen, auf der anderen der Hund. Ich musste draußen bleiben. Das Konzept lautete ja Schritt für Schritt. Erst das eine, dann das nächste.

Der nächste Schritt war nicht besonders angenehm, das muss ich echt mal sagen, war aber wohl notwendig. Tags drauf fuhren wir nämlich in die Stadt, zu – und jetzt kommt´s – einem Tierarzt.
Grrrh, das hatte ich mir doch empathischer, weicher, netter vorgestellt. Jemand, der sich kümmert, dass Hund gesund bleibt, der sollte sich Zeit nehmen und mit mir fühlen. Vielleicht erstmal einen kleinen Aperitif anbieten oder was ähnlich Hübsches, um das dichte Angstgespinst in Hunds Magengrube zu entwirren.
Griechische Tierärzte haben offensichtlich keine Zeit oder sie sind nicht empathisch - oder beides zusammen. Die Fahrt im Auto meisterte ich perfekt. Da hätte ich mir wirklich gerne mal selbst auf die Schulter geklopft, wenn ich das gekonnt hätte. Angekommen auf dem Parkplatz der Praxis, wurde mir eine Leine angelegt. Das war also der zweite Sinn eines Halsbandes. Man konnte Namensschilder dran befestigen, die besagten, wer man ist und wo man lebt, und man konnte eine Leine einhängen. Ich hätte sonst fahnenflüchtig werden können, was angesichts dessen, was mich erwartete, tatsächlich zu überlegen war.
Scharfer Medizingeruch schwängerte die Luft. Das konnte ich von weitem riechen. Ekelhaft! Ich pinkelte

erstmal einen Baum an und nahm mir so richtig viel Zeit dafür. Bisschen rumtrödeln und Minuten gewinnen oder Sekündchen. Korrektes Pinkeln will aber auch gelernt sein. Das braucht nun mal Zeit. Wie elegant der Willi sein Hinterbeinchen hob und zielsicher das Objekt seiner Begierde beschoss … Wow!
Baum, Bungalowwand, Autoreifen, irgendwas. Nur hoch sollte es liegen. Erwachsene Rüden können echt seltsam sein! Nichtsdestotrotz versuchte ich, es Willi nachzumachen. Das klappte noch nicht wirklich, ein warmes Rinnsal rieselte meine Schenkel herunter. Ich war schließlich noch jung, würde schon werden.
So, jetzt aber lange genug Verzögerungsstrategie gefahren. Irgendwann kommt selbst aus der best gefülltesten Blase kein Tropfen mehr raus. Willi tröstete mich: „Muss sein, braucht Hund, halb so schlimm. Nur das erste Mal kommt es dir schlimm vor. Danach kennst du dich aus. Habe ich alles hinter mir und glaub mir, kann man gut überleben. Wir sind bei dir."

Die ganze Aktion ging dann sehr schnell: Tür auf, paar Worte gewechselt - auf englisch, interessant, lenkte ein wenig ab -, Spritze rein, jaul, fiep, Zähne zusammenbeiß - und raus mit eingeklemmter Rute.
Es hatte sich gelohnt. Jetzt war ich stolzer Besitzer eines Impfpasses. Darin standen meine Rasse – man einigte sich auf Kangal Mix -, mein geschätztes Alter von fünf Monaten, Datum, Ort, Unterschrift des Arztes und der Name meiner Leute. Es war der 13. September. Dreizehnte sollen furchtbare Tage sein! So sagt man. Allerdings war es kein Freitag. Meine Leute hießen Katrin und Stefan Müller. Müller?! Was für ein häufiger Name. Das kratzte jetzt etwas an meinem Selbstbewusstsein. Unverwechselbarer Hund sucht unverwechselbares

Zuhause mit unverwechselbarem Namen. Stattdessen Katrin, Stefan und Willi Müller.
Uuups, ich hatte noch immer keinen Namen bekommen. Jetzt wäre doch die (!) Gelegenheit dafür gewesen. Aber ich war noch immer ´Gelber Hund`. Ein 13ter, ich sag es doch! Langsam ahnte ich, dass Familie Müller nicht meine Endstation sein würde. Da war es wieder, das Panta Rhei. Leben ist Veränderung, alles unterliegt einem steten Wandel.

Ich beschloss, aus meinem folgenden Lebensabschnitt das Beste zu machen. Womöglich waren die Müllers mitsamt Willi nur eine Lebensabschnitts-Gefährtenschaft, für einander und auch für mich. Wusste man das? Mein rosaroter Blick trübte sich und wurde schattenschwer. Ich wurde realistisch. Immerhin waren diese Abschnittsleute und dieser Stempel mit dem 13ten drauf meine Basis für eine Übersiedlung nach Deutschland. Ins Land der Häuser mit festen Mauern und Heizung im Winter. Und Dosenfutter statt keimgefährdetem Reste-Zeug. Noch ein paar Tage zogen und dufteten ins Land. Ich sog tief den mir so vertrauten Geruch von wilden Gewürzen, von Piniennadeln und griechischem Himmelblau ein. Schnauze in die Luft und alles aufnehmen. Hhhhmh … ahhhhh … So viel mitnehmen wie geht. Diese Erinnerungen nahm mir keiner mehr. Sie gehörten nur mir!

Ende September fuhren wir los. Es war ein langer Urlaub für die Müllers gewesen. Könnte aus zusammengekratzten Überstunden zustande gekommen sein. Viele zusammengekratzte Stunden, die sie richtig nutzen wollten. Oder aber, es war womöglich ein Urlaub als Chance der Lebensabschnitts-Partnerschafts-Erhaltung. Den

Freizeitmodus einschalten, das Eingefahrene hinter sich lassen und sich neu Wieder-Finden. Ob das klappen würde? Vielleicht war auch ich nur Mittel zum Zweck, eine offenbar poröse Sache zu kitten. Manche planen in der Scherbenphase ein gemeinsames Kind, andere schaffen sich einen zweiten Hund an.
Irgendwie war da plötzlich der Wurm drin. Oder der Wurm war nie weg, nur überdeckt in den Wochen unter der griechisch-leichten Sonne. Das ging schon bei der Planung der Rückroute los. Katrin wollte dies, Stefan wollte das. Dagegen waren unsere demokratischen Familienentscheidungen in meiner Herkunfts-Hundefamilie eine wunderschöne harmonische Melodie. Und diese machte so ein gutes, warm-wohliges Gefühl im Bauch. Hier bei Katrin und Stefan, da hörte es sich nach brodelnden Böen an. Kein Zweiklang, kein Einklang - atonal, verstörend und schrill. Dann folgten Stille und Schweigen, zum Schneiden dickes Schweigen, lautes Schweigen, laute Worte.
Zum ersten Mal erlebte ich hautnah, wie Menschen sich schreiend anschweigen können – ich hatte richtig Gänsehaut unter meinem dicken Fell. Ach, Menschen sind doch wirklich kompliziert! Willi und ich zogen uns zurück. Soweit das ging. Pfote auf die Ohren und nichts mehr Hören Wollen. Zu zweit ertrug man das besser. Willi und Gelber Hund. Das monotone Motorengeräusch schaukelte uns in einen erholsamen Schlaf.

Ein paar hundert Kilometer waren geschafft, als wir wieder erwachten. Das war ein langes Nickerchen gewesen. Schrilles Schweigen kann aber auch wirklich erschöpfend sein, das macht unendlich müde und fast depressiv. Katrin war auch eingeschlafen, Stefan steuerte das Lenkrad. Ein Blick nach draußen, durch milchig

beschlagene Scheiben von viermal Atmen – es gab wohl keine Klimaanlage hier -, die Autobahn, auf der wir uns befanden, war voll. In dicht gereihten Perlenschnüren folgten ein Auto, ein Auto mit Wohnanhänger, ein Wohnmobil mit Fahrrädern hinten drauf und wieder ein Auto dem anderen. Die Gegenfahrbahn leer. Alle drängten gen Norden, zurück zu Heim und Arbeit, Kind und Kegel, Freunden und Alltag.
„Sag mal, Willi, wie ist es da so zuhause bei denen? Und vor allem: Haben sie Kinder? Erwarten uns quietschende Stimmen und Hände, die an uns rumzupfen, die uns ziepen und uns das Ohr zuflöten?"
„Ach jeh", wand sich Willi von links nach rechts und wieder zurück. „Da fängst du ein Thema an! Sie hatten ein Kind, ja, aber es ist mit knapp über einem Jahr gestorben. Das war ein Drama, sage ich dir. Plötzlicher Kindstod nannten die Ärzte das. Eines Tages bin ich aufgewacht und unser Baby war nicht mehr. Sie versuchten nie wieder, ein Kind zu bekommen. Das Ganze ist jetzt drei Jahre her. Seitdem klingt es manchmal schrill im Haus. Schrill und leer. Leere fällt so richtig auf, wenn da mal was da war. Verstehst du?"
Ja, das verstand ich sehr gut.
„Ich habe meinen Bruder x verloren. Das war furchtbar. Wir sind daraufhin geflohen von dem Platz, der sich so entsetzlich leer anfühlte. Aber sonst hätten wir beide uns nie gefunden, du und ich. Eine Tür schließt sich, die andere öffnet sich."
„Ja, wie schön, dass du jetzt bei mir bist. Das wird mich ungemein trösten, wenn es wieder durch die Flure schrillt. Auch ungeweinte Tränen können furchtbar sein. Geweinte Tränen sind nicht so laut. Aufarbeitung, Trauerarbeit nennen Psychologen so etwas, das habe ich mal irgendwo gehört. Leider haben das meine Leute nie

gemacht. Sie versuchen, alles zu verdrängen und zu vergessen. Weiß nicht, ob das gut ist?!"
Ich schätzte mal schnell Willis Alter. Fragen wollte ich ihn nicht, da sind manche recht empfindlich. Sechs Jahre konnten hinkommen. Nach dem, was er erzählte. Schöne glücklich jubelnde Zeiten, dann kurze Zeit mit Kind, Kind tot, drei Jahre her. Ja, ein Alter von sechs kam gut hin bei Willi. Ich erfuhr auch, was unsere Leute so machten, den ganzen Tag. Herrchen Stefan war bei einer Immobilienfirma beschäftigt. Die Geschäfte liefen aktuell nicht besonders gut. Grusel. Das machte ihnen Angst und war ein weiterer Streitpunkt zwischen den beiden. Angst essen Seele auf. Was auch immer Angst für Menschen bedeutet. Ausreichend Essen war noch da, auch feste Mauern und eine warme Heizung. Aber dennoch grummelte leise die Angst in ihnen. Sie hatten Angst, ihr großes Auto gegen ein kleineres und älteres eintauschen zu müssen – was wohl schon passiert war, sonst hätte dieses eine Klimaanlage gehabt.
Da gab es noch diverse andere Ängste. Ängste, ihr Haus nicht behalten zu können, nicht mehr in den Urlaub fahren zu können, Prosecco statt Champagner trinken zu müssen und Freunde zu verlieren. Was für eine Menge Ängste, da konnte einem ja ganz schwindelig werden. Aber Freunde verlieren? Kamen Menschen-Freunde nicht auch in eine kleine Hütte zu Besuch? Auf einen Trockenkeks und ein Gläschen erfrischendes Leitungswasser? Das ist doch was! Allemal mehr als unsere Mulde im Hain mit Kurzurlaub in den Abfalltonnen.
„Nun, manche Menschen wollen mehr als eine kleine Hütte. Sie wollen ein dickes Bankkonto und so komische Aktienpakete, das ist was, was nicht wirklich da ist. Man kann es jedenfalls nicht sehen und nicht beschnüffeln", klärte Willi mich auf. Äußerst merkwürdig, dachte

ich. Und dann hatten diese Menschen so eine goldene American Express Karte, mit der sie was bezahlen konnten. Ein Teil aus Plastik, das roch fast so wie mein komisches Körbchen. Gut für die Menschen, dass sie nicht so scharf riechen können wie wir Hunde. Eine Gnade der Natur!

Bestimmt würde dennoch mein Körbchen bald durch ein besseres ersetzt werden, weniger Geld bei den Müllers hin und her. Ich stellte mir eines aus Weidenruten vor. Aus echter Weide, biegsam und geschmeidig, mit natürlicher Patina versehen und wohlduftend. Am besten von zehn Fingern geflochten in altem, traditionellem Handwerk. Kostete einen Bruchteil mehr als mein Plastikkorb, aber, hey, der würde auch viel länger halten. Ich stand nun mal auf Qualität, auch wenn ich ein Straßenhund gewesen bin. Und das wäre auch eine langfristige Investition, denn mein lumpiges Körbchen würde keine acht Monate halten. Länger hielt so ein Zeug nun mal nicht. Chemisch verklebt, statt liebevoll geflochten. Mein Traum-Weidenkörbchen dagegen würde ich noch meinen Urenkeln vererben können. Man wollte doch schließlich was weiterzugeben haben, jetzt, wo man wusste, wo man hingehört. Meine Mutter hatte mir nichts mitgeben können; das Gleiche sollte mir nicht passieren.
Ich setzte ein besseres Körbchen sofort auf meine Weihnachtswunschliste, die mit blumig gemalten Lettern vor meinem inneren Auge entstand. Nach Willis weiteren Was-macht-Familie-Müller Aufklärungsgeschichten änderte ich umgehend das Datum Weihnachten diesen Jahres in Weihnachten nächsten Jahres - oder eines der folgenden Jahre.
Katrin hatte grade ihren Job verloren. Sie war Sachbear-

beiterin bei einer großen Firma, die jetzt nach Polen umzog. In Polen sind Sachbearbeiterinnen wie Katrin einfach für weniger Dosenfutter - oder was auch immer der Mensch gerne aß – zu bekommen. Und das fand die Firma klasse. Katrin fand das ganz und gar nicht klasse. Sie war jetzt 42 Jahre alt. Und es war nicht einfach, in diesem Alter eine neue Stelle zu finden, von welcher man schmackhaftes Essen kaufen konnte. Ich fand Katrin ja echt knackig und attraktiv, aber viele Firmen, die neue Katrins in Polen arbeiten lassen, die fanden, dass Katrin eine richtig alte Schachtel war.

Unverschämt, so etwas, dachte ich bei mir. Das Leben von Menschen schien auch nicht einfach zu sein. Ob ich mit Willi darüber diskutieren könnte? Aber Willi wollte davon nichts wissen. Er war ein Bessere-Zeiten-Hund. Seine ersten Jahre waren diese mein Haus, mein Garten, mein Pool, meine goldene American Express Jahre gewesen. Arroganter Schnösel. So gern ich ihn auch hatte, Spuren eines egozentrisch bespiegelten Das-ist-mein-Eigentum-Stolzes ergaben leichte Minuspunkte in seinem von mir erstellten Persönlichkeitsprofil. Er würde sich noch wundern, jetzt, wo der wirtschaftliche Abstieg seiner/unserer Leute an jeder Ecke zu riechen war.

Es gab auch bescheidenere Versionen, rund und zufrieden zu sein mit sich und der Welt. Schließlich gab es zum Beispiel öffentliche Wälder und Wiesen. Es musste ja keine eigene Ich-heb-hier-mal-das-Beinchen-an-meinen-Baum-Grünfläche sein. Wäre doch auch langweilig. Wer will schon jeden Tag seine Eigenverlags-Zeitung lesen? Viel besser ist rausgehen, Kontakte pflegen, Klatsch auf den neuesten Stand bringen. Man kann sich ja nicht nur um sich selbst drehen.

Auf jeden Fall hatten die doch die soziale Marktwirtschaft in Deutschland, das hatte Mama mir gesagt, verhungern würde da keiner. Und weniger haben und kaufen, Downshifting, war sowieso der Trend der Zukunft, das stand in total vielen Zeitschriften, die Katrin so las. Was brauchte man schon zum Leben? Essen, schlafen, eine Aufgabe und Liebe. Von allem ist genug da, wenn man es sehen mag. Hört ihr, Katrin und Stefan? Hört auf, euch zu streiten und auch zu ängstigen.

Wir machten eine Pause. Wurde auch mal Zeit. Ein Stück abseits von der dröhnenden Fahrzeugschlange ein paar Schritte durch die Pampas laufen - das erdet, das entspannt. Auch Katrin und Stefan liefen mit ruhigem Atem und ruhigen Tönen neben uns her. Oder wir neben ihnen. Das ist Ansichtssache. Ein köstlicher Hase sprang mutig vor uns aus dem Gestrüpp. Wir beide, Willi und ich, genossen grade leinenlose Freiheit. Schwupp, wir beide machten einen Sprung, setzten in vollem Spurt dem Hasen hinterher. Ganz unterdrücken konnten wir unsere Triebe nun auch nicht. Willi vor mir, Willi hinter mir, Windschatten geben beschleunigt ungemein. Strategisch betrachtet, waren wir aber echte Nieten. Von zwei Seiten kommen, das Objekt in die Mangel nehmen, einkreisen, das wäre effektiv gewesen! Fiese Masche, zugegebenermaßen, effektiv aber allemal. Nach Stunden des Dösens im Auto kann Hund aber nicht mehr klar denken, geschweige denn vorrausschauend jagen. So ging das Ganze in die Hose. Was ein Glück für den Hasen war.
Ein heller Pfiff brachte uns in die Realität zurück.
„Willi, gelber Hund, hier!" Klar und deutlich tönte Stefan mit dem Brummen der Autokolonne um die Wette. Leiser hätte auch genügt. Wir waren ja nicht taub. Schuldbewusst trabten wir zurück. Wir erwarteten das Schlimmste. Harte Worte, Streichelentzug für Tage,

vielleicht sogar leere Näpfe - das mögliche Strafregister ist lang. Aber nein! Beide knieten sich in die Hocke, knuddelten uns so richtig durch und säuselten: „Brave Hunde. Prima!"
Und dann fielen sie sich in die Arme. Eine übersprudelnde Freude, uns wiederzuhaben. Was für eine Erleichterung! So ein Jagdausflug in fremdem Land, in fremdem Gelände hätte üble Folgen haben können. Allerdings hätte ich Willi mal zeigen können, wie Überleben ohne vier Sterne Service im silbernen Napf geht. Ich war auch schließlich wer. Von mir konnte man gut was lernen. Ich hätte Expeditionen anbieten können, geh an deine Grenzen, entdeckte ungeahnte Kräfte, finde den Wolf in dir oder so was ähnliches. Für übersättigte oder gestresste Zivilisationsdackel.
Unsere Menschen freuten sich weiter. Und wir freuten uns, sie so glücklich zu sehen. Manche Ereignisse relativieren alles. Wir waren eine glückliche Familie, die zusammenhielt. Wie wundervoll!

Für den Abend suchten wir einen Campingplatz. Wir fuhren einige Kilometer von der Autobahn weg. Der Platz war ziemlich klein und ziemlich voll, gelegen in einem kleinen Gebirgstal, umspült von einem eiskalten, gurgelnden Bach. Stefan hatte richtig aufs Gaspedal gedrückt, abwechselnd mit Katrin, wir waren schon in Kroatien. Ich fand die Landschaft wundervoll. Und tolle Luft hier. Tief durchatmen, herrlich! Hunde waren auch ausreichend hier. Super!
Willi und ich gingen erstmal eine Runde tollen und so richtig die Muskeln lockern und das Fell ausstauben. Zack hatten wir acht Gefährten an den Fersen. Die zeigten uns erstmal die schönsten Ecken dieses Platzes. Dunkle Nadelbäume, manche sehr niedrig, bestens ge-

eignet zum Bein-hoch-Pinkeln-Üben. Der große Swimmingpool war für uns tabu. Macht nichts, auf zum Bach, zum Frischmachen.

Brrrh, ganz schön kalt. Musste aus höheren Gefilden kommen, dieses kristallklare Nass. Dafür war es sauber wie frisch gefallener Schnee. Hunde merken sowas sofort. Das staatliche Wasseramt hätte seine Freude daran gehabt. Oder die Plastikflaschen Wasserindustrie. Pures Gebirgsquellwasser nach höchstem Reinheitsgebot. Nein, wäre eindeutig zu schade, in Plastik eingesperrt zu werden. Lassen wir es leben, wo es ist. Freiheit für das Sprudel schlagende Wasser. Ich nahm eine Stelle, wo ein glitzernder Strahl mutig über einen Felsen hüpfte, genauer unter die Lupe. In einer Stunde wollte ich mir das wieder ansehen. Ein Vergleichsfoto hatte ich abgespeichert.

Ah ha, das Szenario hatte sich ein klein wenig geändert, noch nicht auf die Ferne zu erkennen, aber wenn ich ganz nah ran ging, war es mehr als deutlich: Die gewaltige Kraft der Strudel hatte ein kleines Steinchen umgeworfen. Ein Ast war hängengeblieben und versuchte, sich zu befreien. Was alsbald gelang. Der Ast trug das Steinchen noch ein Stück mit sich fort und ließ es dann erschöpft niederplumpsen. Alles ändert sich, das war hier Panta Rhei ganz experimentell belegt: Du steigst niemals in den gleichen Fluss.

Weiter unten sammelte sich das Wasser in einem kleinen Becken, tankte Ruhe und entspannte sich. Auf der glasglatten Oberfläche spiegelte sich mein Antlitz.

Ach, Mama, wie geht es dir? Wenn du mich jetzt sehen könntest, ich sehe aus wie du. Mir geht es gut. Ich wachse täglich und ich verstehe mich super mit Willi und seinen/unseren Leuten. Allerdings bin ich immer noch gelber Hund. Sind eben farbenblind, meine Leute.

Oder sie haben kein Wort für unsere Farbe creme. Wenn dieser Fluss noch ein paarmal sein Bett geändert hat, wenn viel Wasser heruntergeflossen ist und wenn ich einen Namen trage, dann hole ich dich nach.

Wir blieben zwei Tage auf diesem Platz. Am Abend öffneten Katrin und Stefan eine Flasche Retsina, eine von vielen aus einer großen Holzkiste. Diese war ihr Mitbringsel für ihre Nachbarn, die nach dem Rechten in ihrem Haus geschaut hatten. Der Wein meiner Heimat schmeckte den beiden sehr gut. Sie verbrachten einen gemütlichen Abend. Ich lief noch einige Male zu meinem Fluss-Experiment; ein jedes Mal war eine leichte Veränderung zu verzeichnen. Die Steine schienen nicht flussaufwärts springen zu können, nur flussabwärts. Andere Steine kamen aber nach, größere und kleinere. Die Kleineren hatten es leichter, mit der Veränderung zu schwimmen und ihren Platz zu finden. Ob das auch für Hunde galt? Ich würde noch ziemlich groß werden, wenn ich so an meine Mama dachte, der ich so ähnlich war.

Der Morgen dämmerte neblig daher, als wir uns aufmachten. Schnell noch den Sonnengruß stretchen - das machten Willi und ich bereits perfekt im Team - und auf ging es. Wieder umsäuselte uns monotones Motorengeräusch, einfach nur zum Einschlafen! Kilometer für Kilometer rauschten wir dahin, abends Campingplatz suchen, Pinkelbäume inspizieren, ausländische Hundezeitung lesen - wer war hier schon? -, früh morgens Weiterfahrt. An einem Abend übernachteten wir an einem Riesenfluss in Kärnten. Diese Drau war aber auch wirklich riesig. Gewaltig breit, donnernd und tösend zog sie ihres Weges und trug dabei richtig schwere

Äste mit sich fort. Zumindest an dieser Stelle. Ich wusste mittlerweile ja, dass Flüsse überall anders aussahen, auch der gleiche Fluss. Bestimmt hatte auch die Drau spiegelruhige Stellen. Aber hier?! Nein, nicht geeignet für eine Fortsetzung meiner alles-fließt-alles-wird-anders experimentellen Überprüfung. An dieses schäumende Ungetüm, da wagte ich mich nicht näher heran.
Meine Mama hatte von den Menschen-Flüchtlingen erzählt, die über das Meer mit Booten gekommen waren. Ob sie auch solche Ungetüme an Flüssen hatten überwinden müssen? Mich schauderte allein schon bei dem Gedanken. Was hatte ich es doch gut, als Flüchtling light mit Transfer auf vier Rädern.

Am folgenden Tag passierten wir die Grenze zwischen Österreich und Deutschland. Das dauerte sehr lange, fast so lange, wie die Fahrt von der Drau hierher. Es wurde kontrolliert, es wurde durchsucht. Das brauchte ungeheuer viel Zeit. Autos wurden untersucht, Busse wurden untersucht. Es gab eine Menge Reisebusse und Busse mit Flüchtlingen drin. Es gab auch Lastwagen mit Flüchtlingen drin. Wenn man solche fand, hinter Kisten und Tonnen, in denen vielleicht Dosenfutter drin war, dann gab es einen Riesen Tumult. Und nochmals wurde durchsucht, von hinten nach vorne und nochmals zurück. Ausweise und Pässe mussten vorgelegt werden. Manchmal gab es keine. Dann gab es einen noch größeren Tumult. Es gab Tränen, es gab erschöpfte Blicke, es gab Diskussionen, es gab Ratlosigkeit. Endlich waren wir an der Reihe. Langsam rollten wir zum Schlagbaum vor.
Auf der anderen Seite flatterte munter eine Fahne im Wind: schwarz-rot-gold. Die griechische ist schöner, registriere ich kurz, mit ihrem frischen Blau, aber was

soll´s. Ich wollte Deutscher Kangal werden, da musste ich die Flagge wohl akzeptieren. Ich schätzte mal, es gab keine doppelte Staatsbürgerschaft für Flüchtlings-Hunde. Katrin und Stefan hatten unsere Papiere schon parat. Ich sag´s ja: deutsche Gründlichkeit. Da hatte alles seine Ordnung, kein Chaos wie es das Leben auf der Straße mit sich bringt. Der Beamte warf einen prüfenden Blick auf uns. Auf uns vier. „Hübsche Kerle", sagte er und nickte Willi und mir zu. „Beide geimpft? Gut. Ich wünsche gute Weiterfahrt und dir, mein Lieber, viel Glück." Womit ich gemeint war. Aus meinem Impfpass konnte er sehen, woher ich kam und dass ein neuer Lebensabschnitt vor mir lag. Er musste ein Herz für Hunde aus dem Süden haben. Sehr sympathisch, dieser Mann und sehr sympathisch, dieses Land.

Hinter der Grenze, in weiter Ferne, konnte ich Baracken sehen. Das kannte ich schon von der Vorbeireise aus Griechenland. Hier handelte es sich um ein erstes Auffanglager für die vielen Menschen aus den Bussen und den Lastwagen. Wo kamen sie hin? Wohin würden sie weiterreisen? Blieben sie als Familien zusammen? Waren sie überhaupt als Familien hier hergekommen oder holten sie erst später ihre Liebsten nach? So, wie ich meine Mutter nachholen wollte. Ich war sehr froh, in diesem Auto neben Willi zu liegen und nicht in einer dieser Baracken bleiben zu müssen.

Noch einmal mussten wir auf dem Weg nach Hause übernachten. Am Chiemsee. Wasser und Berge so weit das Auge reichte - was will man mehr? Noch einmal die Seele baumeln lassen, wie das im Urlaub so ist. Schnell ein Bad nehmen in dem herrlichen Süßwasser. Ein warmer, großer, ruhiger See. Es gab hier extra Hunde-

Badebuchten, das waren Schwimmabteile erster Klasse sozusagen. Ganz exklusiv! Dort waren nur Hunde erwünscht - mit ihren Menschen. Menschen ohne Hund war der Zutritt verboten, das stand da auf einem kleinen Schild, das weiß ich genau. Die können uns sowieso mal gern haben, total uninteressant, solche Leute ohne Pfotenanhang. Und was sollten die hier auch? Die hatten keinen Stallgeruch und in seine heimische Badewanne würde man ja auch nicht jeden x-Beliebigen mit hineinnehmen. Ich fand die Verordnung super!
Lustig und komisch fand ich dagegen, dass Frauchen und Herrchen mir jetzt mit einem knisternden Plastikbeutel hinterher rannten, wenn ich mein großes Geschäft erledigte. Sowas muss auch gelernt sein – sie konnten es. Die Hand in den Beutel stecken, Beutel über mein tolles Häufchen stülpen, umklappen, fertig. Häufchen im Beutel! Das war noch richtig dampfend warm. Und ab damit in die nächste Tonne.
Uuuuih, wie gruselig, wenn man hier in Abfalltonnen auf dampfende Häufchen stieß statt auf absolut noch genießbare Reste von zu üppig ausgefallenen Essgelagen.
Nun, das hatte ich ja nicht mehr nötig, in Tonnen zu stöbern. Was sollte ich noch darüber nachdenken? Stattdessen galt es, deutsche Sauberkeit zu erlernen. Das hatte ja auch was für sich. Und ich musste wirklich noch einiges lernen. Nicht nur, weil ich blutjung war – da ist eben Lernen, Lernen, Lernen angesagt -, sondern weil das hier ein neues Land war mit anderen Regeln. Vielleicht würde es hier eine Art Willkommens-Einführungs-Kurs für mich geben?! Mal sehen ... Am Morgen holte Stefan Brötchen, Orangensaft und Weißwürste zum Frühstück vom Kiosk des Platzes. Die Weißwürste waren für uns, für Willi und mich. Kein

Dosenfutter heute, heute frisch gebrühte Weißwürste. Eigentlich pellte man die Haut dieser weißen Würste ab. Das schmeckte sonst wohl dem menschlichen Gaumen nicht. Uns war das egal. Pelle hin, Pelle her, Bayern schmeckte prima. In Deutschland Ankommen schmeckte prima!

Stau auf der Autobahn. Es war ein Sonntag. Nicht nur Urlaubsrückreisende, auch Wochenendausflügler oder Wochenend-Beziehungs-Partner waren unterwegs. Nun ja, half ja nichts. Durchhalten, die Zeit vertreiben. Willi und ich spielten: Ich sehe was, was du nicht siehst. Das ging über Hund im Folgeauto sichten bis hin zu einer lästigen Fliege auf Stefans Schulter. Amüsant, das Ganze, irgendwann aber langweilig. Katrin spielte auf ihrem Smartphone herum. Musste ja echt spannend sein. Auf dem nächsten Rastplatz wechselten die beiden die Plätze. Katrin fuhr jetzt und fortan spielte Stefan auf seinem Smartphone. Vielleicht hatten Menschen Spiele auf ihrem Smartphone? Oder sie schrieben anderen Leuten? Kurze Zeilen an Leute, die jetzt nicht hier bei uns im Auto waren. Komische Menschen! Saßen nebeneinander und sprachen schweigend mit anderen Leuten, die man nicht sehen konnte. Das ging die ganze Strecke so und wirkte auf mich regelrecht so, als ob die beiden Entzugserscheinungen hatten. Hier in Deutschland hatten sie wieder ihr Datenpaket zur Verfügung. Das ging im Ausland nicht so einfach, das hätte sie extra was gekostet. Offenbar gab es da jetzt eine ganze Menge nachzuholen.
Wenn ich auch so ein Teil hätte, könnte ich dann meiner Mutter schreiben? Ich wollte mal drüber nachdenken, ob das ein passendes Weihnachtsgeschenk für sie wäre. Ich hatte mir die Adresse des Campingplatzes

gemerkt. Dort könnte ich also etwas hinschicken, sofern der Platzwart meine Mutter suchen und sie auch finden würde. Ein Foto von mir sollte als Anhaltspunkt reichen. Ich sah ja aus wie sie.

Am späten Abend kamen wir an, dort, wo Katrin und Stefan wohnten. Es war eine Reihenhaussiedlung. So eine Art Bungalowkarawane auf Mauern. Die Häuser sahen alle recht ähnlich aus und standen arg dicht zusammen. Es gab jeweils einen kleinen Vorgarten. Nichts von wegen großer, hauseigener Wiese. Aber es gab gleich vor dem Haus eine schöne Weide. Das Gras war längst gemäht, unzählige Heuballen lagen dicht an dicht und trockneten vor sich hin. Der Boden war seit einiger Zeit als Bauland ausgeschrieben, bald würden auch auf dieser Wiese die Häuser dicht an dicht stehen. Unsere Häufchen mussten hier genauso hübsch verpackt werden wie am Chiemsee. Die kamen alle in diese knisternden Tüten. Häufchen im Heu, das hatten die Bauern nicht so gern. Dunkle Tannenreihen standen im Hintergrund. Super, da ging es also in einen großen, tiefen Wald. Immerhin etwas, wenn wir schon keine eigenen Tannen hatten auf unserem kleinen Garten-Teil mit raspelkurz gehaltenem englischen Rasen.
Katrin und Stefan packten das Nötigste aus. Der Wohnwagen käme morgen dran. Erstmal das, was man für die erste Nacht daheim brauchte. Aus dem Wohnwagen brauchten wir für uns nur unsere Körbchen. Willis kam in das Wohnzimmer, meines in ein kleines Zimmer. Das schien Katrins Arbeitszimmer oder eine Art Bibliothek zu sein. Es standen jedenfalls mächtig viele Bücher in den Regalen. Während ausgepackt wurde, hatte ich Zeit, mich umzusehen in meinem neuen Heim. Es gab noch eine Küche – Küchen sind was

absolut Feines und sehr Sinnvolles -, es gab ein Wohnzimmer, es gab Katrins Arbeitszimmer und es gab ein kleines Bad. Zwischen allem lag eine schöne Diele. Im ersten Stock lagen das Schlafzimmer und Stefans Arbeitszimmer, das ziemlich groß war. Bestimmt zweimal so groß wie Katrins. Arbeitszimmer scheinen ungerecht verteilt zu sein bei Menschen, meist bekam der Mann das größere. Nun ja, dafür gab es noch ein weiteres Zimmer, das Katrins Revier war: Das Bügel- und Wäschezimmer.

Hoppla, ich erinnerte mich an unseren gemeinsamen Teller-Wasch-Gang mit Stefan auf dem Campingplatz. Super Arbeitsteilung, hatte ich damals gedacht. Dieser Mann denkt modern. Im Alltag schienen andere Regeln zu gelten, da macht die Frau die Bügelwäsche. Vielleicht können Männer ja einfach nur nicht bügeln oder nur mit ganz vielen unschönen Falten. Und ein großes Bad gab es oben noch. So mit Badewanne für die kalten Wintertage.

Alsbald ging es ins Bett. Willi schnarchte wie ein Walross in seinem Körbchen - ich konnte es bis in mein kleines Zimmerchen deutlich hören. Auch meine Augen fielen zu, trotzdem ging nichts, an Schlafen war noch nicht zu denken. Ein neues Heim ist einfach zu aufregend. In den Regalen entdeckte ich einige Yoga-Bücher. Katrin schien Yoga zu machen. Kein Wunder, dass Willis Sonnengruß preisverdächtig war. Und ich entdeckte Hermann Hesse in einem Gedichtband, welcher aufgeschlagen auf dem Schreibtisch lag. Da konnte ich Hesses Gedicht von den Stufen lesen:

´Und jedem Anfang wohnt ein Zauber inne, der uns beschützt und uns hilft zu leben ... doch sollen wir an keinem wie einer Heimat hängen. So Herz, nimm Abschied und gesunde.`

Hmmh, die Botschaft klang so ähnlich wie Heraklits Panta Rhei ... Aber irgendwas war anders, an diesem Hesse. Er klang irgendwie pessimistischer. Über diesem Gedanken schlief ich endlich ein.

Stefan verließ sehr früh das Haus. Er musste seiner Arbeit nachgehen. Katrin blieb noch eine Woche zuhause und sortierte dicke Mappen, die den Briefkasten überschwemmten. Absagen über Absagen an Bewerbungen lagen auf ihrem Schreibtisch. Sie musste sich ja etwas Neues suchen. Ihre alte Firma residierte mittlerweile in Polen. Katrin machte sich nichts vor. Etwas Neues zu bekommen, war mehr als schwierig. Sie war nicht mehr 25 Jahre alt. So würde sie erstmal ab der kommenden Woche Yoga-Kurse an der Volkshochschule geben. Ah ha, nicht umsonst diese Flut an Yoga Literatur in ihrem Zimmer. Stefan kam gegen 20 Uhr nach Hause. Bis dahin hatten wir mit Katrin den Tannenwald durchstreift, das Haus aufgeräumt beziehungsweise ein wenig durcheinander gebracht mit unserem Gummi-Spielzeug, nochmal den Wald durchstreift und Abendessen gebrutzelt für Stefan und uns. Die Nachbarn hatte ich auch schon kennengelernt. Wir brachten die verbliebenen Retsina Flaschen zu ihnen rüber. Ein nettes Paar und: Sie mochten Hunde! Gut für mich. Gute Nachbarschaft ist immer gut. Sowas erleichtert das Leben ungemein. Ich schnüffelte sie von oben bis unten durch. Abgespeichert! Das waren unsere Nebenbewohner im Reihenhaus. Am Wochenende wurden sie zum Essen bei uns eingeladen. Alles wirkte sehr vertraut, sie kannten sich schon länger und sie mochten sich. Besonders Stefan und die Nachbarin schienen einander sehr zu mögen. Ein Hund spürt so etwas einfach. Gut! Fein! Sich zu mögen, das macht sehr gute Nachbarschaft.

Am Montag begannen Katrins Kurse. Sie gab Nachmittags- und Abendkurse und kam erst um 22 Uhr zurück - und das bis einschließlich Freitag. Am Nachmittag blieben wir nun allein. Das konnten wir ganz gut und am Abend war Stefan für uns da. Meistens jedenfalls. Manchmal kam auch er etwas später. Man(n) musste ja auch mal Freunde treffen, auf ein Bierchen gehen oder in Gemeinschaft Fußball sehen.

Es war ein Donnerstag, als der Schlüssel kurz vor 16 Uhr in der Haustür klimperte und Stefan zurück war. Nanu? Jetzt schon? Wir freuten uns unbändig und sprangen an seinem Bein hoch. Du riechst aber sonderbar, dachte ich. Noch mal schnüffeln ... d a s kommt mir sehr bekannt vor.
Oha, Stefan roch nach unserer Nachbarin, aber so richtig! Das hatte nichts Gutes zu bedeuten, da war ich mir sicher. In den Geruch der Nachbarin mischte sich Stefans Geruch und noch etwas anderes. Er roch nach Aufregung und Abenteuer, er roch nach wohliger Erschöpfung, aber auch nach Schuldbewusstsein - eine ganz eigenartige Mischung.
Tja, Mann, was machst du für Sachen? So intensiv riechen solltest du nur nach Katrin! Ich schaute ihn entsetzt an. Wie dumm kann man sein? Ich glaubte nicht, dass Katrin dieser Geruch gefallen würde. Ganz ehrlich, so prickelnd fand ich diese Komposition auch nicht. Doch ganz so dumm war Stefan nicht. Er verschwand erstmal eine Stunde unter der Dusche und schrubbte sich das Ich-rieche-nach-fremder-Frau und das Ich-rieche-nach-Schuldbewusstsein ab. Eine volle Stunde! Mich wunderte, dass seine Haut das überstand, ohne Rillen und Dellen zu bekommen. Menschen müssen eine wirklich dicke Haut haben. Manche zumindest. Ich

besprach das Ganze mit Willi.

„Ach herjeh", meinte er, „das habe ich schon lange vermutet. Der hat was mit der Nachbarin. Ich habe aber dicht gehalten, schließlich ist das hier mein Zuhause und ich möchte, dass die beiden zusammen bleiben. Wenn das mal bloß nicht rauskommt. Dann sieht es schlecht aus für uns. Bitte, bitte schweig."

Ja, ich konnte seine Ich-weiß-von-nichts-Taktik gut verstehen. Also setzten wir beide unsere Unschuldsmiene auf – das konnten wir genauso gut wie Stefan – und harrten der Dinge. Stefan machte einen Hackfleisch Auflauf mit Auberginen, öffnete eine Flasche harzigen griechischen Wein und deckte den Tisch für Katrin. Was für ein schöner und liebevoll gestalteter Empfang. Wer würde da auf schräge Gedanken kommen?!

Das Ganze klappte noch ein paarmal, dann war Schluss mit sich Durchwuseln. Selbst ein allerbest inszeniertes Schauspiel mit einem aufwändig gestalteten Drei-Gänge-Menü täuscht irgendwann nicht mehr über Schuldgefühle hinweg.

Im Gegenteil: Stefan machte sich verdächtig. Katrin wurde hellhörig, hellsichtig und ihr Geruchssinn war auch auf höchste Stufe geschaltet. Plötzlich konnte sie sehr gut riechen. Das muss ich als Hund mal mit Bewunderung bemerken. Ihre Nase meldete ihr die ersten vagen Zweifel – letztendlich ausschlaggebend aber war, was sie sah.

Das berühmt berüchtigte Haar, von dem Menschen so gerne reden, das klebte an Stefans Aktentasche. Feuerrot erstrahlte es unter der Neonlampe und zersplitterte in ein ganzes Prisma an roten Zwischentönen. Ein Griff in die Tasche – Stefans Smartphone summte grade – wusch ... da flatterte eine SMS über den Bildschirm: 'Danke für vorhin, vermisse dich. Kuss, bis bald. Deine

A.`
Ah ha! Katrin kämpfte. Sie kämpfte mit Schamgefühlen, Stefans Handy kontrolliert zu haben - normalerweise machte sie das nicht und das gehörte sich auch nicht - und sie kämpfte mit Gefühlen der Wut. Beides machte sie rot. Scham und Wut! Rot wie das leuchtende Haar lief ihr Gesicht binnen Sekunden an. Noch mehr rot wäre schon schwarz gewesen. Stefan kam herein. Er registrierte kurz die Szene und alles war klar: Seine Affäre war entdeckt. Die folgende Auseinandersetzung war so schauerlich, dass Willi und ich uns mit pfotenversiegelten Ohren in die hinterste Ecke des Wohnzimmers verzogen. Dort war der Ofen und dort war es schön warm.
Wumm, knallte eine schwere Decke auf das ausziehbare Sofa neben dem Kamin. Stefans Bleibe für die nächsten Nächte. Danach zog er aus. Bitten um Vergessen und Verzeihen, Bitten, Erklärungen anzuhören, waren nicht mehr möglich. Vielleicht später, aber nicht jetzt.
Es war im Dezember, Weihnachten war nicht mehr weit entfernt. Klasse! Kein erstes Heiliges Fest für mich in meiner neuen Familie, unter einem knisternden Baum mit ganz vielen Geschenken darunter. Stattdessen landete ich im Tierheim. Ich wurde ein Trennungshund.

Willi hatte Glück. Er war ein kleiner Hund und er hatte sowieso die älteren Rechte. Katrin und Stefan würden jeweils neue Wohnungen suchen, jeder für sich und ohne Vorgarten. Zeit für einen Hund hatte nur noch Katrin. Für Willi. Für mich wurden die Sachen geregelt. Na ja, immerhin. Es soll auch Leute geben, die ihren Hund einfach auf die Straße setzen. Insbesondere vor Weihnachten, wenn es für manche wieder in den Urlaub geht, in die Karibik oder irgendwo hin, weit weg, um in

der Sonne zu brutzeln.
So waren die Müllers dann doch nicht. Obwohl ich schon sagen muss, dass ich schwer enttäuscht war, dass es so etwas wie Trennungshunde gibt und dass die Müllers so etwas mit mir machten. Erst war ich ein Flüchtlingshund, jetzt ein Trennungshund. Machten Menschen das mit ihren Kindern genauso? Kamen die auch ins Heim, wenn die Eltern sich trennten? Hmmh??? Half alles nichts, ich wurde mit meinem Körbchen, meinem Halsband, meiner Leine und mit meinem Impfpass, in welchem stand, von wie weit her ich komme, in so einen Flachdach-Schuppen kutschiert. Der sah fast aus wie diese flachen Flüchtlingsbaracken, die ich gesehen hatte.
„Es tut uns so leid, aber hier kümmert man sich um dich. Du hast hier ein Dach über dem Kopf und regelmäßiges Essen", sagte Katrin unter Tränen.
Galten diese Tränen tatsächlich mir oder den sich im Nebel auflösenden Jahren mit Stefan?
„Wir kommen dich besuchen, wann immer es geht. Nur nicht mehr täglich. Und du wirst ein neues Zuhause finden. Dafür sind die hier da. Es wird nur ein anderes Zuhause sein."
Ja klar, rede du mal schön, brauchst mir gar nichts mehr zu erklären. Wieder alles anders. In diesem Moment hasste ich Heraklit!

Aus den Besuchen meiner Ex-Familie wurde nichts. Das Tierheim wollte das nicht. Wer seinen Hund als Trennungshund rausschmeißt, der sollte diesem den Abschied auch nicht länger schwer machen, indem er ihn noch hoffen ließ. Recht hatten sie! Obwohl ich meinen Leuten keine Träne nachweinen sollte, fiel ich trotzdem erstmal in einen tiefen Abgrund. Ich verspürte Lustlosigkeit, Apathie, Abgeschlagenheit und hatte so ein mulmiges Gefühl im Magen. Trauerarbeit nennen Menschen das. Die, die sich trauen, Trauerarbeit zu machen. Da musste ich nun durch. Manche, die sich mit seelischen Wunden auskennen, sagen, diese aufzuarbeiten sei besser, als alles zu verdrängen. Nur so wirst du frei, wieder klar in die Zukunft sehen zu können. Leider ist das ein langer Prozess. Und ich hatte kein Trostpflaster, auf welches ich jetzt zurückgreifen konnte. Meine Herkunftsfamilie war weit, weit weg, meine Durchgangsfamilie war futsch.

Ich wurde einfach in eine jaulende Menge gespült, die mir so konzentriert neu war und die mir echt auf die Nerven ging! Ich denke auch, dass mir nicht alle Insassen hier freundlich gesonnen waren. Das konnte ich gleich riechen. Und das fand ich etwas befremdlich; so etwas hätten wir uns in Griechenland gar nicht erlauben können. Da waren wir untereinander sehr gut sozialisiert, das mussten wir einfach, wir mussten gut miteinander auskommen. Davon hatten manche dieser Tierheimhunde wohl noch nichts gehört. Ehrlich gesagt, war das ein ganz schöner Mist hier. Ohne Worte! Das schlug mir zusätzlich aufs Gemüt.

Der Ablauf war schnell klar: Früh um 7 Uhr gab es Essen, dann gegen 17 Uhr nochmal. Danach Schotten dicht. Tierheim geschlossen! Und die Türen zu den einzelnen Zwingergängen waren dann ebenfalls dicht. In den Gängen lebten wir in Einzelhaft an Einzelhaft. Für Rudelhaltung war das Tierheim nicht gebaut. Es gab modernere Bauten - davon erzählten mir andere Hunde, die, die schon mehrere Tierheime kennengelernt hatten. Aber ich war nun mal hier gelandet. In meiner Einlieferungszeit, kurz vor Weihnachten, kamen nicht so viele Menschen vorbei, in diesen Stunden zwischen Schotten auf und Schotten dicht. Wenigstens hatte ich so etwas Zeit, mich einzugewöhnen. Die Menschen teilte man in zwei Kategorien. Es gab so genannte Gassigeher und es gab Interessenten. Ah ha, hier suchte der Mensch sich seinen Hund, nicht umgekehrt. Wollen wir doch mal sehen. Tief in meinem Bauch war ich mir sicher, dass wir Hunde diejenigen sind, die sich ihren Menschen erwählen.

Am Tage wurden wir auf eine große Wiese gebracht. Nicht alle zusammen, klar, das klappte ja nicht mit jedem, so manch einer hatte sein Feindbild tief verankert. Und das war schwer wieder rauszubekommen. Das ginge nur mit Geduld und einer entspannten Haltung. Was wiederum in dieser eingepferchten Stress-Situation schwer zu schaffen war. Gemeinsame Yogastunden in der Früh könnten vielleicht helfen?! Zusammen den Sonnengruß stretchen beispielsweise. Allein dazu fehlten hier die therapeutischen Kapazitäten. Ich kam mit einem Dackel und einem deutschen Schäferhund auf die Wiese. Der Pfleger beobachtete uns kurz – ging wunderbar mit uns, alles bestens. Nach ein paar Runden im langgestreckten Galopp – immer mussten wir aufpassen, dass wir den Dackel nicht überrannten - war Zeit zum Plauschen in einer Ecke.

„Mein Herrchen ist gestorben", weinte der Dackel. „Zehn gute Jahre haben wir zusammen verbracht. Darüber bin ich immer noch nicht hinweg. Ich bin nicht mehr der Jüngste. Ich mache mir große Sorgen, ob ich dieses Etablissement nochmal verlassen werde. Wer will schon einen alten Dackel?" Er klang ziemlich verzweifelt.

Ich versuchte, ihn zu trösten. Das wird schon, wollte ich sagen. Dann besann ich mich eines Besseren. Verdrängen und Verleugnen ist blöd. Ehrliches Mitgefühl hielt ich für angebrachter.

„Ja, das ist schlimm. Das tut weh." Mein Panta Rhei behielt ich für mich. Ich wollte nicht meine ganze Trost-Munition gleich am ersten Tag verschießen.

Nun erzählte der Schäferhund seine Geschichte. In bestem Deutsch. Deutscher als ein deutscher Schäferhund kann ein Hund gar nicht sein.

„Du denkst bestimmt, ah, der hat gebissen. Viele denken, Schäferhunde beißen eher als andere Hunde. So ein Quatsch. Du weißt selbst, kein Hund beißt ohne Grund, nur weil er zur Rasse xy gehört. Manche beißen, wenn sie stark bedrängt werden, weil der Mensch unsere Warnsignale nicht beachtet oder nicht kennt. Es gibt hier auch Hunde, die geschlagen worden sind von ihren Menschen. Wir haben ein echt dickes Fell und halten so einiges aus, wir versuchen, brenzligen Situationen aus dem Weg zu gehen und wir schlucken auch ganz viel böses Zeug hinunter, aber irgendwann brennen manchmal leider doch die Sicherungen durch. Im zweiten Gang sitzt ein Berner-Sennen-Mix, der hat eine üble Geschichte hinter sich. Er war ein Kettenhund auf einem Hof. Er durfte niemals frei laufen und dann wurde er auch noch gepiesakt, hhm ... irgendwann hat er in den Arm gezwickt. Wenn du mich fragst, ich verstehe das. Ich selbst, ich habe keinen Beißvorfall in meiner Biographie, eigentlich habe ich überhaupt keine Probleme, ganz ehrlich, ich bin mir keiner Schuld bewusst. Warum ich hier bin? Ich bin ein Allergie-Hund."

„Ein was?"

„Ein Allergie-Hund. Das ist ein Hund, dessen Menschen allergisch auf mein Fell reagieren. Das ergibt dann dicken, fetten Schnupfen - das geschieht manchmal ganz plötzlich, quasi über Nacht. Besonders häufig pas-

siert sowas ganz schnell, wenn die Familie Zuwachs bekommt, wenn ein Baby dazukommt. ´Unser Baby ist allergisch`, das wirst du hier öfter hören. Wenn du mich fragst, diese Leute haben einfach keine Lust mehr auf uns. Und was ist mit dir?"
„Ich bin ein Flüchtlingshund, der sich in Griechenland eine neue Familie gesucht hat - und dann wurde ich zum Trennungshund, meine Leute sind nicht mehr zusammen", teilte ich schnell das Wesentliche mit.
„Ooch, so etwas habe ich hier noch nicht gehört. Respekt! Freiwillig den Schritt ins Ungewisse zu springen und auch noch in ein fremdes Land zu gehen", staunte der Schäferhund hochachtungsvoll. Und das will von einem stolzen Schäferhund schon was heißen. Das baute mich tüchtig auf und gab mir neue Kraft und neue Lebensenergie.
Schäfer, Dackel und ich wurden ziemlich beste Freunde. Drei Zwinger nebeneinander wurden frei, die Bewohner waren grade vermittelt worden, und wir bekamen diese Reihen-Siedlung nebeneinander. Besser ging es nicht, wenn schon hier. Abends erzählten wir uns Geschichten, was wir mit unseren Gassigehern so erlebt hatten, wir erzählten uns von unseren Hoffnungen, von unseren Träumen, aber wir hielten auch mit Kritik an den Menschen nicht hinter dem Berge. So unter uns konnten wir uns das erlauben.
Allergie-Menschen, Trennungs-Menschen, wankelmütige Menschen … über Menschen kann Hund stundenlang erzählen und sich wundern. Es war ein weites Feld, unser Studienobjekt Mensch und so manche Erkenntnis war echt zum allergisch auf Menschen Werden. Doch unser Optimismus siegte.

Der Kleinste aus unserem Trio fand zuerst ein neues

Heim. Wen wundert´s, kleine Hunde wie Dackel sind beliebt, die bringt man leicht in einer Stadtwohnung unter. Es war ein Senior, der unseren Dackel holte. Sein letzter Hund, ebenfalls ein Dackel, war vor ein paar Wochen gestorben. Jetzt war es an der Zeit, die gähnende Leere in seiner Wohnung und seinem Leben wieder zu füllen. Geradezu ideal für unseren Kumpel. Dem einen war das Herrchen verstorben, dem anderen der Hund.

Beide waren nicht mehr die Jüngsten, weiß-graue Strähnen durchzogen ihr Fell, ihr Haar und ihre Bärte. Sie waren beide geziert von vielen, von sehr vielen Lebenserfahrungen, da würden sie einander viele Geschichten zu erzählen haben. Und was für eine wunderbare Zeit für einen Neubeginn: Der Frühling zog mit seinen blühenden Farben ins Land. Viel Glück dir, kleiner Dackel!

Jugend

Die blühenden Wiesen, dieser blumige Duft, der alles durchströmte, brachte meine Lebensgeister so richtig in Wallung. Nicht unbedingt zur Freude meiner Gassigeher. Ich strotzte vor Kraft und Ungestüm. Schließlich wurde ich bald ein Jahr, ich war im besten Jung-Mannesalter.
Bei manchen Menschen, die mit mir liefen, sollte ich Sitz machen. Dafür gab es dann ein Leckerli reingestopft, eine Bestechung sozusagen oder, sagen wir lieber, ein Tauschgeschäft. Ich wollte keine Bestechungsleckerlis! Ich wollte laufen und tief die Luft in meine Lungen einziehen. Wozu musste ich Sitzmachen üben?
Eines Tages kam sie. Das konnte ich einfach riechen. Sie war die, die mit mir zusammen die duftende Blütenluft einziehen und weite Touren mit mir unternehmen würde. Quer durch die Pampas tollen, statt durch Plastik Tunnel zu kriechen, wie manche es in der Hunde-

schule machen mussten. Jedem das seine, mein Ding wäre das nicht. Ich wollte viel lieber über Bäche springen und durchs Gebüsch krabbeln. Und auf Berge kraxeln, um dann von oben den Blick über ferne Horizonte schweifen zu lassen. Und sie war einfach die Richtige dafür.
Sie hieß Mareike. Das klang friesisch. Das klang nach rauer Nordsee, nach Ebbe und Flut, nach Vergehen und wieder Werden, nach stetiger Änderung im Strom der Gezeiten. Klang ein bisschen nach panta rhei.
Mareike kam aus Schleswig-Holstein. Aber seit vielen Jahren schon lebte sie in Bayern, nun wollte sie zurück, ganz hoch in den Norden, in ihre Geburtsheimat. Sie suchte schon eine Wohnung oben, aber das war gar nicht so einfach, denn es sollte eine kleine Wohnung sein und das konnte noch dauern, bis sich was Passendes fand. Der Wohnungsmarkt war hart umkämpft.
Gut für mich. Vielleicht wird das ja nichts mit dem Umzug, wünschte ich insgeheim. Wer weiß, ob ich da mitkommen könnte, in so eine kleine Wohnung. Mir wäre das egal gewesen, aber konnte ich wissen, ob das auch Mareike egal war? Konnte ich wissen, wie Menschen ticken trotz aller Erfahrungen, die ich jetzt gesammelt hatte? Ich hatte mittlerweile eine Schulterhöhe von 70 Zentimetern und wog geschätzte 50 kg. Mareike gefiel mir aber einfach super gut. Ich wollte, ich hätte sofort mit ihr nach Hause gehen und für immer bei ihr bleiben können. Keine Ahnung, was sie sich so dachte. War ich nur ein Zeitvertreib für sie? Nein, das konnte nicht sein. Leute, die sich mit mir nur die Zeit vertreiben wollen, riechen nicht so gut. Nie und nimmer!

Mareikes Geruch nach tannengrünem Draußensein, der Geruch nach sich auch schlammverschmiert Wohlfüh-

len – allein schon unsere 10 Meter Schleppleine zog genug Erde bis unter ihre Fingernägel – und der Geruch nach Bindungswillen verdichtete sich Tag um Tag. Dieses Gesamtpaket, das war es einfach. Ich warf Mareike ganz tiefe Blicke zu, mit der ganz klaren Botschaft: Wow, du gefällst mir! Egal, wie beengt du lebst. Ich erwähle dich zu meinem Menschen.
Die Botschaft kam an. Ich durfte mit ihr übers Wochenende nach Hause. Ihr Zuhause war ein renovierungsbedürftiges, nun sagen wir mal, Räumchen neben einem alten Bauernhaus. Eigentlich war dieses Räumchen ein Schuppen oder eine Art Bungalow, nicht wirklich zum Wohnen gedacht und es war echt klein. Das sollte auch nur eine Zwischenstation sein. Ihre alte Wohnung war gekündigt, dieses hier war nur für vorübergehend gedacht auf dem Weg in den Norden. Allerdings lebte sie jetzt schon zwei Jahre hier. Hmmmh?
Mir gefiel dieser Schuppen prächtig. Ich sage doch, Glück hat in der kleinsten Hütte Platz. Ein Sessel, ein Tisch, zwei Stühle, ein Bett. Tisch und Stühle waren klappbar. Ein paar Bücher gab es, dekorativ zu einer Säule gestapelt. Von einst 2000 Büchern waren nur noch 20 übriggeblieben. Den Rest hatte Mareike verschenkt oder in öffentliche Bücher-Mitnahme-Schränke gepackt. Das war eine tolle Sache. Was der eine wegwarf, konnte immer noch ein anderer brauchen - und dann gab man es wieder weiter. Was brauchte schon eine Einzelperson?
Mareike nannte ihr Wohnmodell Ready-to-Go. Sie hatte alles auf das Wesentliche reduziert und war so bereit, schnell aufbrechen zu können. Vielleicht war das überhaupt das Wohnmodell der Zukunft, in dieser Zeit, in der die Menschen ihrer Arbeit hinterherzogen und mobil sein mussten. Reduzieren befreit auch von Ballast.

Das hatte ich ja schon Katrin und Stefan insgeheim angeraten, sich zu besinnen auf das wirklich Wichtige im Leben und auf den Menschen, den man vor sich hat. Letztendlich mussten sie dann tatsächlich ihren Besitz reduzieren und mit weniger Dingen zufrieden sein, in der Zeit, als sie sich trennten. Nur war da kein Platz mehr für mich gewesen. Irgendwas hatten sie falsch verstanden oder einfach andere Ansichten als ich.

Mein Schlaflager bei Mareike war eine dicke, flauschige Decke aus echter Schafwolle, die sie selbst versponnen und dann verstrickt hatte. Das war ein entspannendes Hobby für sie, welches sie vor zwei Jahren entdeckt hatte. Mareike liebte diese Decke, sie war so kuschelig warm. Ging mir als Hund nicht anders - es geht doch nichts über ein echtes Naturprodukt - und jetzt durfte ich drauf liegen. Ach, mein Körbchen aus dem Tierheim hatten wir ganz vergessen. Nun ja, Montag musste ich ja erstmal wieder zurück, das war ja vorerst nur eine Art Probewohnen hier. Übers Wochenende testen, ohne zu kaufen oder so ähnlich, mit Rückgaberecht. Das Probe-Wochenende klappte super. Es war ein Traum. Von dem Wollplaid wollte ich mich nicht mehr trennen. Auch nicht von Mareike. Und noch nie zuvor war mir so gut der Bauch gekrault worden, das war eine tiefenwirksame Ganzkörpermassage. Ich lag selig dahingegossen, alle Gliedmaßen von mir gestreckt und ganz schwer entspannt. Augen zu und lang und tief durchschnauben. Wie schöööön … Uhren können unerbittlich sein. Vieles kann man überlisten, nur nicht den Strom der dahintropfenden Zeit. Wieviel war noch drin in der Sanduhr des Lebens? Konnte man sie nicht einfach umdrehen und nochmal von vorne beginnen? Mit Eieruhren konnte man das machen. Die waren wiederverwendbar für

die nächste exakt vermessene Kochaktion. Doch unser Wochenende war nicht umdrehbar, es lief seinen letzten Stunden zu. Mein Leben war nicht umdrehbar und Mareikes auch nicht. Nur auf die Zukunft hatten wir Einfluss und ich hatte die Wahl, Mareike zu vertrauen und keine Furcht zu haben, noch einmal entsorgt zu werden wie in meiner Durchgangs-Familie.
Am Sonntagabend, grade als der Mond in gelbem Rund aufging und einen goldenen Glanz auf mein champagner-farbenes Fell warf, sagte Mareike zu mir: „Aurelius, der Goldene. Wie gefällt dir das?"
Das klang ganz wunderbar. Gut, das war Latein, nicht griechisch, aber es klang ganz und gar zauberhaft. Aurelius! Ich hatte einen Namen bekommen. Von Mareike!

Noch zweimal Probewohnen an den folgenden Wochenenden - dann zog ich bei Mareike ein. Oder besser gesagt: Wir zogen zusammen. Wir waren ein Team und wir hatten uns füreinander entschieden. Mareike war Single, wie war 47 Jahre alt. Sie war sportlich durchtrainiert, sehr naturverbunden und sehr belesen. Früher war Mareike alleine durch die Wälder gelaufen, joggen nennen das die Menschen. Oder sie nannten es so. Menschen sind manchmal so, dass sie den Dingen gerne neue Namen geben: Walking, Joggen, irgendwas. Mareike brauchte keine Studios, um dort in abgestandener Luft auf dem Laufband virtuelle Wälder zu durchjoggen. Mareike liebte den Wind, das Wetter und die wechselnden Jahreszeiten ebenso wie ich. Allerdings machte ihr der Sommer zu schaffen. Die heißen Stunden des Tages mit bis zu 37 Grad, das war keine Ausnahme mehr hier im nördlichen Bayern, auf dem Ackerberg, dem kleinen Ortsteil, wo wir wohnten. Diese hohen Temperaturen mussten am Klimawandel liegen, die Luft war dann nur noch eine dicke, stehende Brühe.

Ich mochte diese Brühe auch überhaupt nicht. Zum Verkriechen! Im Grunde wurden wir im Sommer erst am Abend wieder munter. Dann drehten wir große, ausgedehnte Touren im angrenzenden Wald, stampften durchs hohe Grün weiter Wiesen oder rutschten zusammen einen Abhang runter zu einer moosumrankten Quelle. Auf der anderen Seite wieder hoch, was gar nicht so einfach war. Sechs Höhenmeter glitschiges Wurzelwerk mussten wir überwinden. Ich glitt oft ab, Mareike wuselte dann eine Hand frei und gab mir einen kräftigen Stups unter den Hintern. Zack, oben war ich. Kein Flyball in der Hundeschule für unterforderte Städter-Hunde, keine miefigen Studios für Mareike. Und das sparte enorm viel Geld. Genau gesagt hatten wir einen sportlichen Kostenfaktor null. Nicht jedermanns Sache, unsere schon. Das Leben kann so schön sein! Das Leben mit Mareike war schön.

Irgendwas fehlte aber noch. Ein Mann für Mareike! Das kann auf Dauer der beste Hunde-Kamerad nicht ersetzen und: Es fehlte ein Job für mich. Schließlich waren meine Kangal Vorfahren Arbeitshunde. Arbeit? Seltsamer Begriff, das klingt für manche Menschen nach ungeliebten Stunden, die man irgendwie herumbekommen muss, um sich Dosenfutter zu verdienen. Mareike hatte nicht die Kategorien Arbeit und Freizeit. Es floss irgendwie alles ineinander über und ergab ein Ganzes.

Natürlich hatte auch sie Pflichten und nicht jeder Tag verlief gleich gut. Aber unterm Strich liebte sie das, was sie zum Broterwerb, wie die Menschen sagten, tat. Es war eine Art Berufung für sie und ihr Tun erfüllte sie. Da hatte sie großes Glück, so zufrieden mit ihrem Job zu sein. Dafür verzichtete sie aber auch auf den Besitz so mancher Dinge, wie zum Beispiel das neueste Auto

und, ja, auch auf einen Jahresurlaub.
Mareikes Arbeit war Schreiben. Mareike bloggte, sie schrieb zwei Blogs. Einen über Hunde, über verschiedene Rassen und deren Standards, lustige Geschichten über Hund und Herrchen, gesunde Ernährung und … und … und … Den anderen über Downshifting, darüber, das Leben zu beschränken auf das Wesentliche, Überflüssiges auszumisten und Freiräume zu schaffen. Sie schrieb darüber, was im Leben wirklich wichtig ist.
Auf so eine Idee hätte Katrin Müller auch kommen können. Sie hätte zum Beispiel über Yoga bloggen können, statt aushäusig Kurse zu geben. Dann hätte sie zu Hause gearbeitet und dann wäre auch diese dumme Sache mit der rothaarigen Nachbarin nicht passiert. Wie es allen wohl ging? Willi, Katrin, Stefan und der Nachbarin? Schnee von gestern, längst Wasser drüber geflossen. Ich war glücklich, wo ich war. Und ich wollte bleiben, wo ich war. Ein paar Ergänzungen könnten wir uns noch vornehmen, aber die Basis stimmte. Das konnte ich einfach spüren. Mareike und ich gehörten zusammen - und irgendwann würde ein Herrchen dazukommen.

Beim Bauern Fischhuber, der uns unser Schuppen-Domizil vermietete, holten wir Eier - von tatsächlich glücklich frei herumschwirrenden Hühnern, ich sah sie jeden Tag flattern – und Milch, auf der noch die Fettaugen euterwarm im Kreise schwammen. Käse verkaufte der Bauer auch. Auch Schafskäse. 23 prächtige Schafe stampften die Wiese direkt vor unserem Heim gemächlich auf und ab. Einen Zaun gab es nicht.
Hmmh, da sah ich meine Chance auf einen anständigen und meiner Rasse entsprechenden Job gekommen. Die Schafe mochten mich. Der Herdenchef kam gleich mal

furchtlos auf mich zu, seine Truppe im Schlepptau. Ob sie den Herdenschutzhund in mir erkannten? Wir sahen uns auch richtig ähnlich. Beider Körper in creme - oder sollte ich sagen wollfarben? - beide hatten wir ein schwarz umzeichnetes Näschen im Gesicht. Mann, sahen wir klasse aus! Ein schwarzes, warmfeuchtes Nasen-Etwas stupste mich an meine Schnauzenspitze: Du bist engagiert! Das sollte diese freundschaftliche Geste des Clanchefs ganz gewiss heißen.
Fortan verbrachte ich täglich einige Stunden mit Schafe Hüten. Dem Bauern gefiel das so gut, dass wir als kleinen Dank nun unsere Eier, Milch, Käse, Kartoffeln und auch etwas Gemüse von ihm geschenkt bekamen. Früh und spät machte ich Wanderungen mit Frauchen, lag zu ihren Füßen, wenn sie am Rechner arbeitete, ging meine Schafe hüten, bekam am Abend den Bauch gekrault und durfte eine Tiefenmassage genießen - was für ein Wohlfühlprogramm! Ich wünschte, ich könnte Frauchen auch so super gut streicheln. Leider, leider fehlte mir dazu die Ausstattung. Was gäbe ich manchmal dafür, wenn ich mehr als nur meine Pfoten hätte! Hände sind doch was Feines. Wenn ich von den Schafen zurückkam, sprang ich an Mareike hoch und schleckte ihr tüchtig das Gesicht ab, das war mein Privileg, das Privileg des Rudelführers, seinen Menschen abschlecken zu dürfen. Ich hatte zwar kein Rudel, aber trotzdem ganz klare Sache: Ich war der Chef der Hunde in unserer Hütte. Und Mareike war das Oberhaupt meines Menschen-Rudels. Wir waren die einzigen Oberhäupter - noch jedenfalls - und wir bezeugten uns gegenseitig Respekt. Leider konnte ich Mareike nicht in den Arm nehmen. So kurvig konnte ich meine Pfoten doch nicht umbiegen. Das brauchen Menschen aber, ab und an in den Arm genommen zu werden, das wusste ich. Das machen sie mit

ihren Liebsten; das geben sie ihnen und das bekommen sie von ihnen. Doch dafür musste ein Mann her.

Als die Tage kürzer wurden, das Laub sich zu verfärben begann und die Sommerhitze vorüber war, da fühlte es auch Mareike, wenn sie in kühlen Nächten allein in ihrem Bett lag und von links nach rechts rollte. Selbst ein kleines Bett kann einem manchmal ganz schrecklich groß vorkommen. Zu groß und zu kalt für eine Person. Ich könnte mit ins Bett krabbeln. Ob das die ganze Lösung wäre? Ich befürchtete nein. Leider bestätigte Mareike dieses:
„Du bist mein Bester, ich bin so froh, dass ich dich habe, aber ein Partner, ein Mann an meiner und an unserer Seite, das wäre einfach schön. Verstehst du?"
Klar verstand ich. Hatte ich doch schon längst kapiert, nur Mareike hatte in diesem Fall eine etwas längere Leitung. Sie war es vor der Zeit mit mir gewohnt, allein zu sein. Sie hatte sich, wie sagt man, damit abgefunden oder sich damit arrangiert. Der Richtige fällt nun mal nicht von den Bäumen und sie war nicht der Typ für eine Zweckgemeinschaft, wie sie es insgeheim für sich nannte, was sie da so bei ihren Freunden sah. Da waren viele in grauer Vorzeit zusammengekommen, hatten ihr Häuschen zusammen gebaut, hatten sich irgendwann auseinandergelebt, aber sie trennten sich nicht. Das war eine bequeme Variante des nicht Alleinseins. Mareike fand, dass das Einsamkeit trotz einer Beziehung war und das war für sie viel schlimmer als tatsächliches Alleinsein. Bestimmt! Ich verstand Frauchen vollkommen. Wenn Frauchen eines Tages nicht mehr mein Bäuchi kraulen und mir mit allen Funken ihrer Seele zulächeln würde, sondern nur noch mürbe neben mir hertraben würde - ach jeh, da würde ich mich ziemlich einsam

fühlen trotz meines Körbchens und Bekochtwerdens. Nicht mehr gestreichelt zu werden, Fell rauf, Fell runter … grrrh, das wäre Einzelhaft in gemeinsamen Mauern, so ähnlich wie im Tierheim. Vielleicht passten Menschen auch einfach nicht so gut zusammen wie Menschen und Hunde. Vielleicht gab es nur Lebensabschnitts-Gefährten oder irgendwann eine Art von nebeneinander Herleben unter den Menschen? Oder Menschen spielten einfach zu viel auf ihrem Smartphone herum, so wie Katrin und Stefan Müller.
Mir fielen die Zeilen von Hesses Stufen Gedicht ein, welches ich bei meiner Durchgangs-Familie gesehen hatte.
´Und jedem Anfang wohnt ein Zauber inne` … Das klang schon romantisch. Der Rest weniger … ´Nun denn Herz nimm Abschied und gesunde.`
Konnte man nicht ein neues Gedicht schreiben, mit so schönen Dingen wie nur in dem ersten Absatz? Gab es das denn nirgends im Leben? Mochte selten sein, aber musste es geben. Da war ich mir in meinem tiefsten Herzen sicher. Nun, woher nehmen, den Mann, mit dem wir zusammen ein neues Gedicht schreiben würden?

Die zündende Idee hatte Mareike: Online Dating! Ah ha?! Ich war da eher skeptisch. Das klang so verdammt virtuell, nicht wirklich real. Wie willst du die denn beschnüffeln können?, raunzte ich vor mich hin. Die Duftmarke muss passen, die muss dir gefallen. Sich gut riechen können, ist super wichtig, das darf man nicht unterschätzen. Wenn das nicht passt, dann bringt das alles nichts. Dieses Online Zeug, was für ein Murks. Wie soll das funktionieren? Da kann in einer Sekunde alles wie ein Kartenhaus zusammenfallen.

Aber Mareike war schon emsig dabei. Sie schoss Selfies von sich und schoss Selfies von uns – ich sollte auf jeden Fall mit in ihrem sogenannten Profil auftauchen.
„Nicht ohne meinen Hund!" Das ging runter wie Honig. Hatte ich schon gesagt, dass ich Mareike einfach zauberhaft fand? Wäre ich nicht schon bei ihr, würde ich mir sie jetzt sofort für lebenslang suchen. Das Portal, auf welchem Mareike sich anmeldete, war kostenlos. Dementsprechend war das Niveau einiger Zuschriften, die in Windeseile einflatterten. Es schien eine Rubrik zu geben: Neu! Frischfleisch für die, die hier schon seit Jahren - immer noch oder schon wieder - rumstreunerten. Auf Frischfleisch stürzte man(n) sich schneller als man(n) tippen konnte. Gut, für manche inhaltsschwere Botschaft brauchte man auch nicht lange zu tippen. ´Hi.` Wow! Doch so viel! Mareike war platt und schrieb, was ihr auf der Zunge lag: ´Sehr interessant. Ich bin überwältigt. Gibt es sonst noch was zu dir zu sagen?`
´Was willst du denn wissen?`
´Nun ja, du schreibst überhaupt nichts über dich in deinem Profil und nun ein schlichtes hi. Was ich wissen möchte? Charakterisiere dich ein bisschen. Was tust du so? Was zeichnet dich aus? Was sind deine Hobbys? Was sind deine Leidenschaften?`
Also wirklich Frauchen, du kannst doch nicht gleich so kommen. Und was denn für Leidenschaften? Manch einer plätschert so vor sich hin ohne weitere Begeisterung für irgendwas. Nicht für Hund, Katze, Maus, Schaf oder Wald. Manch einer muss sich auch erstmal selbst finden, sich eine Identität erschaffen, hier in diesem Online Dschungel. Lass den Typen mal Zeit, darüber nachzudenken, wer sie überhaupt sind. So jedenfalls wird das nichts.

Wurde auch nichts.
Antwort: ´Ich bin 50 Jahre alt, muskulös und knackig.`
Rückantwort Frauchen: ´Okaaay … sind das jetzt Charaktereigenschaften?`
Antwort: ´Ach weißt du, du bist mir echt zu kompliziert.` Letzte Rückantwort Frauchen: ´Danke, du mir zu unkompliziert. Tschüss.`
Dem nächsten Hi-ler schrieb Frauchen ebenfalls ein Hi, kurz und bündig. Gut so, die Ansprüche ein bisschen runterschrauben, neue Strategien probieren. Daraufhin folgten noch zwei weitere Hi´s von der Gegenseite - nein, es waren deren drei! Lassen sich so schwer zählen, diese Hi´s. Und das war´s dann.
Der nächste schrieb an mein Frauchen: ´Schönes Profil, doch bei deinen Ansprüchen wirst du wohl einsam sterben.`
„Tja, ist vielleicht nicht die schlechteste Lösung, einsam zu sterben", murmelte Mareike vor sich hin. „Überhaupt, muss ich das wissen, was du Knalltüte von mir denkst? Behalt deinen Senf doch für dich." Oh jeh, auf was für eine Wortwahl ließ sich Frauchen da herab. So kannte ich sie ja gar nicht. Gab es da leichte Anzeichen von Frust, schon nach den ersten Versuchen? Online Dating erfordert wohl einen langen Atem und eine mächtig dicke Haut, besser noch: ein richtig fettes Winterfell. Und das hatte mein Frauchen nun mal nicht. Eine Woche ließ Mareike die Finger von dieser Seite - dann schaute sie wieder in ihren Posteingang.

Ich kam vom Schafe Hüten zurück und bemerkte sofort ein entrücktes Lächeln auf Frauchens Gesicht. Der Hunde Blog lief sehr gut, grade waren wieder neue Werbeplätze dazu gekommen. Anzeigen mit super gutem Futter für die liebsten Vierbeiner, für Hunde und auch für Katzen. Schöööön! Leinen aus innovativem Material, reflektierend und robust, waren auch dabei. Zudem Spielzeug aus Kautschuk, Werbetexte von Pensionen, die spezialisiert waren auf Urlaub mit Hund und Angebote für Pediküre und Maniküre - alles, was Hund so braucht oder oft auch nicht braucht, wovon aber seine Menschen denken, dass sie es brauchen. Solche Anzeigen benötigten wir nun mal auch, ansonsten verdiente man mit Bloggen kein Geld.

Es war ein beruflich erfolgreicher Tag für Frauchen. Zur Feier sollte es Steak am Abend geben. Für uns beide! Allerbeste Fleischqualität von argentinischen Rindern, die ein richtig gutes Leben hatten, bevor sie es - nun ja - nicht mehr hatten. Sorry, ganz Vegetarier konnte ich nicht werden und Frauchen auch nicht. Ich möchte mich auch gerne entschuldigen bei all meinen tierischen Mit-Lebenden, insbesondere bei denen, die kein so schönes und vor allem auch kein so langes Leben haben führen dürfen wie diese südamerikanischen Pampas-Rinder. Ein dickes Sorry an alle, die in mehr oder weniger großen Teilen in meinem Magen gelandet sind. So, jetzt aber Steak essen und Anzeigen feiern.

Es waren nicht nur die neuen Anzeigenkunden, die Frauchen heute ganz besonders rosig entspannt aussehen ließen. Es war Andreas! Der heutige Online Dating Posteingang.

„Schau mal, Aurelius, heute habe ich wieder gelöscht und gelöscht und einige gleich blockiert, aber dem hier, dem werde ich antworten." Wem? Ich legte den Kopf schief und durchforstete mein Repertoire an teilnahmsvollen Gesichtsausdrücken. Dieser hier schien geeignet. Noch ein bisschen schräger das Köpfchen und dazu mit den Augen rollen.

Wie kommt es eigentlich, dass auch wir Hunde so viele

verschiedene Ausdrücke trotz unseres dicht befellten Gesichts vermitteln können? Menschen können das, klar, die haben ja auch kein Fell. Ihre Haut lässt sich super gut verändern. Sie lässt sich recht problemlos in Grübel-Falten legen oder man kann das Ganze in maßlosem Erstaunen um mindestens zwei Zentimeter dehnen oder aber auch die Lefzen enttäuscht nach unten fallen lassen. Diese modernen Botox Gesichter mochte ich gar nicht. Da gab es keine Mimik mehr, nur ein eingefrorenes Sonntagsgesichts, das jede Minute gleich aussah. Da konnte ich als Hund nun wirklich nicht besonders gut draus lesen, die Menschen wahrscheinlich auch nicht, aber vielleicht war es ihnen egal. Ich liebte Frauchens tausend kleine Fältchen – ein paar tiefere waren auch dabei –, wenn sie mich aus tiefstem Herzen anlächelte.

Also was war jetzt los, heute Abend? Erzähl, forderte ich mein Frauchen auf, mit meinem allerliebsten Augen-Funkel-Lächeln, so dass jedes einzelne meiner cremefarbenen Haare meiner Gesichtsgymnastik folgte.

„Okay", fing Frauchen an, „hör zu! Er schreibt: ´Hallo Frau Unbekannt, deine Zeilen hier sind einige der wenigen, die es wert sind, gelesen zu werden. Ich weiß nicht, wie deine Erfahrungen sind? Bei mir ist der Papierkorb wirklich schwer am Arbeiten. Ob dieses Portal einen zweiten Papierkorb zur Verfügung stellt? Oder muss man sich dann neu anmelden? Nun, ich hoffe, dass ich mich hier alsbald abmelden kann und nicht wieder anmelden muss. Will heißen: Ich suche die Eine für den Rest des Lebens. Kein Schnickschnack, keine Halbheiten. Vielleicht bist du die Richtige? Vielleicht sind WIR die Richtigen füreinander?! Die Macher dieser Seite sagen, wir haben 80 Prozent Match. Zu 80 Prozent passen wir zusammen. 80 Prozent! Das ist eine ganze

Menge, findest du nicht auch? Wie auch immer die auf diese 80 Prozent kommen. Das läuft wohl über Algorithmen. Hast du Lust, mit mir die Geheimnisse der Algorithmen-Mathematik zu ergründen? Lass uns herausfinden, welche 20 Prozent wir noch verbessern müssen. Wer weiß, vielleicht kommen wir gar auf 100 Prozent. Ich freue mich, von dir zu hören. Gruß Andreas.`"
Hhmh, klingt gut, bestätigte ich mit einem Kopf-auf-Mareikes-Schoss-Legen. Diese Zeilen waren ziemlich lang, da hatte jemand sich echt Mühe gegeben und inhaltlich war das allemal besser als ein Hi. Nur: Weiß er von mir? Das solltest du doch mal ganz schnell klären, bitte schön!

„Kommt, kommt sofort!" Mareike hatte verstanden. Auf Frauchen ist wirklich Verlass.

´Danke für deine Zuschrift, Andreas, ich habe sehr gerne deine Zeilen gelesen. Ich habe lange keine so nette Zuschrift mehr bekommen. Um ehrlich zu sein: überhaupt noch nicht. Mir geht es ansonsten genauso wie dir. Nichts Lesenswertes hier und fast alles landet in meinem Papierkorb. Ich habe auch eine Woche nicht mehr hier reingeschaut, eigentlich habe ich nichts Vernünftiges mehr erwartet. Dein Foto gefällt mir. Sag mal, magst du Hunde?

Beste Grüße Mareike.`

´Hallo Mareike! Ich habe deine Fotos genau angeschaut, jedes einzelne hat mir sehr gut gefallen. Schöne Frau, mein Kompliment! Und das ist ein schöner Hund an deiner Seite. Das Foto, auf welchem du mit ihm(?) auf der Erde kniest, gefällt mir ganz besonders gut. Sehr sympathisch. Ich mag Hunde sehr, ich mag nur keine Taschenhunde, diese ganz Kleinen. Ich möchte unbedingt einen Hund haben, wenn ich wieder in meiner Heimat bin. Und nun komme ich zum Punkt: Ich muss dir sagen, ich arbeite zurzeit in Dubai. Das ist ein bisschen sehr weit weg, ich weiß. Aber im September nächsten Jahres werde ich zurück sein. Ich habe ein Haus bei Flensburg. Das ist eine sehr schöne Gegend dort. Ich mag den Norden, ich mag den Wind und ich mag das Wasser. Jetzt bin ich gespannt, ob du mit diesen neu bekannten Konditionen weiterhin Interesse an mir hast. Was ich doch sehr hoffe! Gruß Andreas`

„Er mag Hunde! Wie klingt das Aurelius?" Klingt super, Frauchen, und ist ja wohl auch eine conditio sine qua non für dich, für uns, oder etwa nicht? Wann können wir ihn beschnuppern? Du weißt doch, sich riechen können ist ungemein wichtig für Hund und für Mensch. Das verstehst du doch?

Zur Untermauerung meiner Ansicht schnüffelte ich Mareikes Bein entlang und hielt ihr dann mit meinem breitesten Lächeln meine Schnauze entgegen.

„Ah, du schlägst eine Schnupperprobe vor, Aurelius? Nun, das wird noch ein wenig dauern. Das wäre ein bisschen schwierig zurzeit, da müssten wir furchtbar weit fahren oder vielmehr fliegen. Das gibt uns aber Aufschub, denn du weißt, wir wollen zurück in meine Heimat, an die Nordseeküste. Und dieser Andreas denkt, dass wir dort schon leben. Bis er wieder hier ist, haben wir eine Wohnung da oben, ganz bestimmt. Und dir wird es dort auch gefallen. Es gibt viele Deichschafe dort und einen unendlichen Horizont. Ich schreibe mal schnell Andreas und dann drehen wir eine Runde draußen."

Runde draußen drehen klang traumhaft. Da bin ich sofort mit dabei. Also schnell ein paar Worte an diesen Online Menschen schreiben und dann aber nix wie raus. Mach schon, stupste ich Mareike. Schreib, schreib irgendwas, aber zügig bitte. Flott, flott!

´Taschenhunde? Lach! Du meinst diese Zwerge, mit rosa Schleifchen und Strasshalsband? Und einem Brustgeschirr mit Zicke oder Kuschelmaus als Aufschrift? Nein, nein. Bei einem Schultermaß von 70 Zentimetern kann man nun wirklich nicht von Taschenhund sprechen, oder? Im Übrigen ist er ein Er. Diese Kleinen wären nicht meine Sache. Außerdem sind sie total anstrengend, finde ich. Da muss man immer aufpassen, dass man nicht auf sie drauf tritt. Immer Blick nach unten statt nach vorn. Und meist zicken sie rum, wenn sie einem anderen Hund begegnen. Leider werden sie so erzogen von ihren Leuten, die meisten nehmen ihr Hündchen sofort auf den Arm, wenn ein ´gefährlich` großer Hund auftaucht. Es gibt natürlich auch kleine Hunde, die ganz ruhig sind und auch gerne große Hunde kennenlernen, je nachdem, wie ihre Leute mit ihnen umgehen. Nun ja, eigenes Thema.
Soso, du weilst also zurzeit in Arabien? Das ist ja spannend. Was machst du dort? Ich muss dir auch was sagen: Ich lebe momentan noch nicht da, wo ich gelistet bin, also in Flensburg. Ich lebe in einer kleinen, idyllischen nordbayerischen Stadt mit dem Namen Ackerberg. So heißt der Stadtteil, in dem ich naturnah wohne. Ich bin wahnsinnig gerne draußen unterwegs, natürlich besonders gerne, seit ich meinen Hund habe. Ich wohne schon viele Jahre hier in diesem schönen, aber auch verschlafenen Nest - zu viele Jahre, wie mir jetzt scheint. Vielleicht zieht es einen auch im ´Alter` - lach – einfach zu seinen Wurzeln zurück, dorthin, wo man geboren worden ist?! Das ist bei mir nun mal Flensburg, da, wo du dein Haus hast. Wie auch immer, ich bin quasi auf dem Sprung nach oben, aber noch bin ich hier, das heißt, über 600 km entfernt von der Küste. Du dürftest an die 6000 km entfernt sein. Da haben wir beide ein

wenig geschwindelt bei der Angabe unseres Wohn-, beziehungsweise unseres Aufenthaltsortes. Das wusste der Algorithmus bestimmt auch. Ich erhöhe auf 90 Prozent Match. Im Übrigen bin ich persönlich aber der Meinung, dass wir in unserem Alter durchaus einen größeren Radius in Betracht ziehen sollten, wenn es um das Finden einer wirklich harmonischen Beziehung geht. Falls das überhaupt noch möglich ist.
Irgendwie haben wir alle unser Päckchen auf dem Rücken. Wir haben so viele verschiedene Erfahrungen auf unserem Lebensweg gemacht und jedes Wort, das wir sagen, füllen wir mit unseren eigenen Bildern und Vorstellungen dazu. Es scheint immer schwieriger zu werden, echte Kommunikation zu pflegen. Damit meine ich, dass zwei unter denselben Begriffen dasselbe verstehen.
Hmmh, kannst du mir folgen? Verstehst du, was ich meine? Die Charakteristika, mit denen wir uns hier jeweils beschreiben, sind doch letztendlich nur Worthülsen. Was wir beide jeweils damit meinen, wie wir diese Hülsen füllen, das mögen ganz andere Dinge sein. Aber gut funktionierende Kommunikation und Empathie füreinander sind doch die Basis jeder guten Beziehung, wenn man nicht nur nebeneinander her leben will?! Sehe ich jedenfalls so. Wie siehst du das? Und diese lächerlichen 600 oder 6000 Kilometer, was heißt das schon? Was uns innerlich trennt oder besser, was uns vereint, das ist doch wichtig?! Beste Grüße aus dem deutschen Süden sendet dir Mareike.`
Oh, Mann, Frauchen, du bist aber auch kompliziert, soweit ich das als Hund beurteilen kann, stimmt´s? Ob dieser Andreas irgendwas davon versteht und ob er überhaupt Lust hat, so lange Zeilen zu lesen? Hhhmmm, … hhm, hhm, hhm …

Mareike überlegte noch den Bruchteil einer Online Sekunde – sowas kann ratzfatz gehen – und drückte dann auf Senden.
„So, auf geht's Aurelius. Frischen Wind tanken."
Aber wahnsinnig gerne, endlich, hier ist schon mein Brustgeschirr.
Mit wedelnder Rute legte ich ihr meinen Outdoor Anzug vor die Füße. Mareike brauchte heute einen Schal zu ihrem wetterfesten Anorak und zur Sicherheit nahm sie auch Handschuhe mit. Es war bereits empfindlich kühl, die Menschen holten ihre warme Kleidung aus den Tiefen ihrer Schränke. Ich hatte längst mein Fell auf Winterkollektion umgestellt. So spurteten wir los. Mit dem rauschenden Rascheln des bunten Laubes unter unseren Pfoten glitt ich in eine melancholische Stimmung hinüber.
Auch hier würde ich also nicht für immer bleiben?! Hmmmh ... denn Mareike wollte fort. In den Norden. Ich fand es ja wunderschön hier. Mir gefielen die Mischwälder und die malerische Kulisse der sanften Hügel, die so feurig bunt in der untergehenden Sonne erstrahlten. Hier konnte man bergauf und bergab klettern, die Kühle eines Tales durchwandern und auf der Höhe die Weite einatmen. Allerdings mangelte es hier an Wasser, sehr sogar, und Wasser war ja nun mal mein Element, das Abbild meiner Lebensphilosophie. Es gab hier und da Bäche, aber mehr eigentlich nicht. Gut, das eine oder andere Rinnsal könnte man mit viel Fantasie sogar als Flüsschen bezeichnen. An so einem Flüsschen in Kroatien hatte ich einst das Prinzip des steten Wandels studiert. Panta rhei - alles fließt, alles ändert sich.
Es war ein sehr schöner Fluss gewesen, bestens geeignet für meine Untersuchungen, doch war es nicht an der Zeit, das größere Ganze ins Auge zu nehmen? Das wei-

te Meer in Mareikes Heimat? So würde wieder ein Abschied kommen, der Abschied vom Ackerberg. Wieder eine Stufe im Leben galt es weiterzuschreiten, sich verändern und wieder ankommen. Nur eines war jetzt grundlegend anders: Was auch immer geschehen würde, wir waren zu zweit, Frauchen und ich. Es gab keinen Abschied mehr von dem Menschen, zu dem ich gehörte.

Schlammverschmiert schlossen wir nach zwei Stunden Wanderung die Haustüre auf. Erstmal war Generalrenovierung angesagt. Ich wurde mit einem Handtuch tüchtig abgeschrubbt und Mareike musste duschen und ihre Hände wieder herstellen. Meine Schleppleine verteilte den Dreck wirklich überall hin. Ich war sehr dankbar für meine zehn Meter lange Leine, so hatte ich genug Freiheit und konnte hin- und herlaufen. Ableinen? Neh, das ging leider nicht hier, in diesem fantastischen Waldgebiet. Ich gestehe, die Sache mit den Rehen hatte ich noch nicht im Griff. Frauchen ließ mich teilweise gewähren, das heißt, ich durfte manchmal sehnsüchtig dem Wild hinterherschauen, schließlich bin ich ein Hund und ich kann nichts dafür, dass ich ein Hund bin. Rehe riechen einfach gar zu köstlich und sie sehen auch bezaubernd aus.
Frauchen sagte dann oft: „Verstehe ich, schönes Reh, aber die wollen auch leben." Hmmmh, ja, ja! Verstanden! Mein Kopf verstand, meine Beine nicht so ganz. Durch meine Schenkel rieselte dann ein leichtes Nachzucken, während ich trunken dem rotbraunen Braten nachschaute und meine Nase dazu hoch in die Luft hob. Sowas macht einen aber auch ganz benommen, so ein köstlicher Geruch. Da ist man als junger Hundemann einfach nicht mehr ganz zurechnungsfähig. Sollte ich

jemals so ein tolles Teil erlegen und mich verantworten müssen, dann hoffe ich doch sehr auf verminderte Schuldfähigkeit. Nach fünf Minuten – okay, manchmal waren es auch zehn - war ich aber regelmäßig aus meinem Rauschzustand zurück und wieder in der Gegenwart angekommen. Von da an war ich wieder ganz Ohr für mein Frauchen.

„Fein gemacht", bestätigte dann Mareike mein Treiben oder, besser gesagt, mein Unterlassen. Manchmal träumte ich des Nachts von unziemigen Abenteuern, während derer ich tollem Wild nachjagte. Dann liefen meine Beine von selbst und verwuschelten die Decke unter mir, während ich aufjaulend zum finalen prächtigen Raubzug ansetzte. Was wäre ein Rehbraten doch für ein feines Abendmahl! Aber heute gab es ja den Blog-Erfolg-Feier-Festbraten frisch aus der Pfanne. Mareike klopfte zwei saftige Steaks platt, schälte Kartoffeln und putzte kleine Möhrchen. Meine Verdauungssäfte liefen bereits auf Hochtouren und tropften weiß schäumend aus den Winkeln meiner Backen.

„Gleich fertig, Aurelius, noch kurz braten."

Die Kartoffeln schmorten als Gratin in der Ofenröhre und krachten vor sich hin. Ganz schön viele Arbeitsschritte für so ein Mahl. Das Reh hätte ich doch glatt roh verspeist. Mit allem drum und dran. Ohne Putzen, Schälen, Kochen. Ohne zwei Stunden in der Küche verbringen zu müssen. Doch der Aufwand lohnte sich. Mareike war zwar keine begnadete Köchin, das muss ich echt mal sagen, aber grade deshalb ein dickes Lob von mir, dass es dennoch super gut schmeckte. Dafür konnte sie wunderschön dekorieren, das machte ihre fehlenden Küchenkenntnisse mehr als wett. Und, um meine Mareike in Schutz zu nehmen, in diesen lustigen Kochshows, die sämtliche Fernsehkanäle über-

schwemmten, wo war da schon mal eine Frau zu sehen? Es schien so zu sein, dass Männer besser kochen konnten als Frauen. Ein paar der früheren Generationen hatten da wohl was falsch verstanden, wo der Mann jagte und die Frau am Herdfeuer stand.
Apropos Mann ... was machte eigentlich unser Mister Online Dating?
Mareike hatte tatsächlich schon ein paar Mal zum Rechner geschielt. Aber ihre Disziplin siegte einstweilen über ihre Neugier, ob und was Andreas geschrieben haben mochte. Sie deckte den Tisch mit einer weißen Decke und einer roten Serviette: für eine Person und für einen Hund zu ihren Füßen. Zur Feier des Tages stellte sie auch eine Kerze auf den Tisch. Sehr romantisch sah das aus, so ein schönes flackerndes Licht, das könnte bestimmt auch Sterne-Koch Andreas gefallen. Denn ich hatte längst beschlossen, dass jeder Mann gut und täglich kochen müsste, so wie die Typen im Fernsehen eben. Und mit zuvor Hund fragen, was er heute gerne hätte. Frauen können dafür einmalig gut Tische decken.
Wir waren mit dem Essen fertig, es hatte wirklich prima geschmeckt. Genau gesagt: Ich war fertig. Das Dumme an Dinner for Two für Hund und Mensch ist, dass Hund viel schneller damit fertig ist. Nichts von wegen 20-mal kauen. Ich muss zugeben, in Sachen Geschmacksnerven nutzen hatten Menschen uns einiges voraus. Die haben da wohl vier verschiedene Zonen auf ihrer Zunge, eine für jede Geschmacksrichtung, für süss, für sauer, für salzig und - zu allem Überfluss - auch noch eine für bitter. Iiigitt! Womöglich haben wir Hunde das auch und mir war das bislang nur entgangen? Dafür war einfach mein Hunger meistens zu groß. Frauchen hatte sich heute eine Flasche Wein aufgemacht. Nein, keinen Retsina, auch keinen anderen wei-

ßen. Es gab einen trockenen Rotwein aus der heimischen Region Franken. Mareike trank kleine Tropfen und spülte diese von links nach rechts durch den Mund, im Kreis herum und dann nochmal zurück - bevor sie alles endlich runterschluckte. Das sah ziemlich komisch aus und - ehrlich gesagt - nicht ganz so hübsch.
Sollte ich das auch mal versuchen? Vielleicht könnte ich ein Wassergourmet werden?! Ich ging zu meinem Napf, gurgelte meine Zunge in das Nass, warf meinen Kopf in den Nacken und versuchte, alles in Spiralen durchzuwirbeln und dann langsam meinen Rachen runterrieseln zu lassen. So ähnlich, wie ich es bei Frauchen beobachtet hatte. Hust! Neh, das ist meine Sache nicht! Schnell was nachknabbern gegen den Hustenreiz. Als Dessert gab es einen Ochsenziemer für mich. Stank herrlich bestialisch und war irre lang, dieses beste Stück des Ochsen. Wie der das in seinem Körper untergebracht hatte und wie der Schlachthof das aus ihm herausgeschnitten hatte? Ganz und gar rätselhaft. Hundertzwanzig Zentimeter waren das bestimmt, da kann Hund ja ganz blass werden vor Neid und da hatte ich erstmal dicke was zu tun.
Mareike öffnete ihren Rechner. Post von Andreas.
´Hallo Mareike! 600 Kilometer, 6000 Kilometer … das klingt ja schon fast magisch. Das hat gewiss etwas zu bedeuten. Und ich gebe dir Recht, dass man in unserem Alter auf einen passenden Partner nicht unbedingt am Wohnort trifft, auch wenn ich bislang in meinem Radius gesucht habe und auch davon ausgegangen bin, dass du in Flensburg lebst. Aber auf die Richtige kann man durchaus auch etwas warten. Unsere ungewöhnliche Situation kann ja auch die Spannung erhöhen, bis wir uns treffen. Was machst du eigentlich beruflich?`
Mareike antwortete sofort: ´Ich schreibe für diverse

Blogs. Und du?`

´Ich bin Marketingleiter einer großen Software Firma. Wann, sagtest du, wirst du wieder im Norden sein? Ich werde mit Sicherheit alle paar Wochen nach Hamburg fliegen und dann weiter an die Küste fahren. Sorry, ich muss kurz enden, ich bin gerade dabei, unser Büro zu verlassen. Wir hatten eben noch ein paar Drinks unter Kollegen und nun geht es ab ins Hotel. Ich wohne hier in einem Hotel. Wenn du magst und ich dich damit nicht überrumpele, dann könnten wir uns auch über Whatsapp schreiben. Smartphones sind doch eine tolle Sache, die hat man immer dabei. Ich gebe dir hier einfach mal meine Nummer.
Beste Grüße, Andreas.`

´Danke für deinen Vertrauensvorschuss, Andreas. Ich melde mich gleich über whatsapp. Bis ganz sofort. Grüße von Mareike`

´So, hier ist Mareike auf whatsapp. Hiermit hast du auch meine Nummer. So schnell habe ich noch niemals whatsapp Nummern getauscht und schon gar nicht über dieses Online Portal. Wenn uns etwas nicht passen sollte, dann können wir uns notfalls ja sperren. Grüße von Mareike.`

´Lach, ich denke nicht, dass das passieren wird. Ich habe da ein gutes Bauchgefühl. Andreas`

´Wie spät ist es bei euch?`

´Es ist hier in Dubai eine Stunde später als in Deutschland. Bei euch dürfte es jetzt 23 Uhr sein.`

´Ja, genau. Es ist jetzt 23 Uhr. Ich werde bald ins Bett gehen. Morgen ist einiges zu tun. Ich habe mich schon lange nicht mehr so nett mit einem Date unterhalten, genau genommen, noch gar nicht. Mareike.`

´Ooooch, ist schon Schluss?`

´Nun, ich dachte, du müsstest auch langsam mal schla-

fen. Wenn es bereits Mitternacht bei euch ist.`
´Ja, aber noch kurz bitte. Ich steige gleich aus dem Taxi aus, kurz zahlen und dann bin ich im Hotel angekommen. Muss grade noch den Taxifahrer bezahlen … so, fertig. Ich stehe vor einem Wolkenkratzer, 16 Stockwerke hoch. In dem wohne ich. Andreas`
´Wie ist es dort? Ist es schön in Dubai? Hoher Lebensstandard dort, oder?`
´Ich sprach von einem 16-stöckigen Wolkenkratzer. Würdest du das als schön bezeichnen?! Die sind hier alle mindestens so hoch. Nein, ich bin schon froh, wenn ich wieder nach Deutschland zurückkehren kann. Ich schicke dir ein Foto … siehst du, ein Betonklotz neben dem nächsten.`
´Uuuuih, ja futuristisch. Gruselig. Aber es fahren doch so viele gerne in den Urlaub dort hin? Gesehen haben muss man das vielleicht mal. Leben möchte ich dort auch nicht. Ich fühle mit dir. Es tut mir leid, aber ich muss jetzt wirklich ins Bett. Ich wünsche dir eine gute Nacht, Andreas. Viele Grüße sendet dir Mareike`
´Lieben Dank, das wünsche ich dir auch. Bis morgen?`
´Ja, bis morgen.`
´Ich freue mich, bis morgen. Liebe Grüße, Andreas`
Okaaay, Frauchen, du hast Bett gesagt. Passt prima, ich habe fertig geknabbert. Licht aus und schlafen. Dicker Schlabberkuss. Hat der Typ eigentlich auch mir eine gute Nacht gewünscht? Nein??? So eine Knalltüte!! Vergiss ihn!

Frauchen schlief unruhig. Wahrscheinlich träumte sie von futuristischen Wolkenkratzern. Von riesigen Betonwüsten ohne einen einzigen Grashalm dazwischen und ohne einen Baum zum Beinchen Heben. Dafür waren die Straßen mit goldenen Dollarscheinen geteert.

Reiches Arabien! Reiches Dubai! Auf Sand und auf Dollarzeichen erbaut. Frauchen nuschelte einige Worte im Dämmerzustand. Irgendwas wie ´Goldenes Kalb` kam über ihre Lippen. Auch das noch! Stand inmitten eines Kreisverkehres, dieses Kalb, dicke Autos, 10 Meter lang, kutschierten um diese Rindvieh-Insel herum. Immer wieder. Es schien keine Ausfahrt zu geben. Lautes Brüllen schallte von der Inselmitte durch die Welt.
Uuuuiih, das Kalb war zu einem Bullen geworden und verschlang die Luxus-Karossen. Zum Davonlaufen. Ein Knie stieß mich in meinen Schenkel. Frauchen drehte sich neben mir um. Uuups, neben mir?! Ich hatte meinen Schlafplatz gewechselt, war klammheimlich zu Frauchen ins Bett geklettert. Ich machte mich auch ganz klein, so gut es ging jedenfalls. Albtraum träumende Menschen darf man nicht allein lassen. Außerdem gefiel es mir hier so richtig gut an Mareikes Seite und mein Körbchen war echt viel zu klein für mich geworden. Da hingen meine Beine längst raus, seit ich ausgewachsen war. Eigentlich stand ein neues Kuschelkörbchen auf meiner Weihnachtswunschliste. Das waren aber noch zwei Monate hin. Mal sehen, was für ein Weihnachten es dieses Jahr wurde? Frauchen war jetzt wieder ruhig und schlief tief und fest. Mit dem ersten Guten-Morgen-schöner-Tag-Weckruf von nebenan – auf Bauers Hahn ist wirklich Verlass – überlegte ich, ob ich schnell ins Körbchen wechseln sollte, bevor Frauchen mitbekam, dass ich eigenmächtig den Stern meines Übernachtungsquartiers aufgepeppt hatte. Ich entschied mich für Ehrlichkeit und blieb, wo ich war. Außerdem war ich grade einfach zu faul, meine Gliedmaßen zu bewegen.
„Hhhm, ist schön warm heute", murmelte Mareike und blinzelte benommen aus ihren azurblauen Augen mit diesem leichten grünen Rand um die Pupille. „Ach, na

sowas: Aurelius! Guten Morgen." Klaro, ich bin es, ich wärme dich. Hunde wärmen echt gut.
Es gibt chilenische Nackthunde, wir hatten so ein Teil im Tierheim. Der musste Mäntelchen anziehen, sonst verbrannte seine Haut unter der Sommersonne und im Winter fror es ihn bitterlichst. Da entschwand all seine Wärme in die Welt. Die Luft um ihn herum dampfte fast, ganz genau so, wie der Atem in kalter Winterluft diesige Wölkchen pufft. Armer Kerl, dieser nackte Nackthund. In Chile sind diese Hunde heilig. Man stopft sie sich ins Bett und nutzt sie als lebenden Ofen oder stromfreie Anti-Rheuma-Decke. Super, belastet dann ja das Klima nicht mit Ökobilanz neutral. Aber mir taten diese Nackthunde einfach nur leid.

Frühstück! Es gab Reste vom gestrigen Steak für mich und für Frauchen zwei frisch aufgebackene Brötchen mit Honig und dazu Kaffee ohne Ende. Mit viel Milch drin. Diese Brühe sah in etwa so aus wie ihre mittelblonden Haare, in denen diese vereinzelten silbergrauen Fäden aufblitzten. Manche würden diese Farbe auch als straßenköterblond bezeichnen. Was ich persönlich eine Geschmacklosigkeit finde, für so eine Anspielung heimatlose Hunde heranzuziehen.
Wie es meiner Mutter wohl heute ging? Und ob ihr ´straßenköterblond` mittlerweile auch von Silberfäden durchzogen war? Meine Gedanken schweiften zu ihr und zu den Zypressen und Zikaden Griechenlands. Zu unserem Bungalow und zum Grab meines Bruders. Hoffentlich hatte Mama sich nicht wieder von einem verantwortungslosen Einmal-Spaß-und-weg-bin-ich-Rüden verführen lassen. Schwer genug, allein dort durchzukommen, zumal zu dieser Jahreszeit. In Griechenland wird es zwar nicht so bitter kalt wie hier zu-

lande, aber dennoch: Winter ist und bleibt Winter.
Zu gerne hätte ich ihr ein Care Paket geschickt. Ein Weihnachts-Care-Paket, mit Ochsenziemern und dicken Wolldecken. Vor dem Fenster rieselte die erste Schneeflocke dieses Jahres vorbei und löste sich auf dem Boden in ein kühles Nass auf. Wasser, in Kristalle gepresst. Eine wunderschöne Schneeflocke, wunderschön in und trotz all ihrer Vergänglichkeit. Panta rhei, alles ändert sich. Der Stoff bleibt, er ändert nur seine Form.
Bestimmt tropfte auch die ein oder andere ehemalige Schneeflocke zusammen mit den Spülmittelblasen auf das Frühstücksgeschirr, welches Frauchen grade abwusch. Eine ganz schöne Wasserverschwendung war das, allerhand! Ein Haushalt mit nur einer Person ist einfach Verschwendung. Locker würde hier noch eine weitere Person Platz finden. Zum Beispiel dieser Andreas.
Schon surrte eine Melodie aus Mareikes Handy. Ein besonderer Klingelton für die Messages von Andreas, den Mareike gestern eingerichtet hatte. Over the Ocean, hieß dieser kurze Song. Gut, der passte. 6000 Kilometer war er von uns entfernt, da waren sicherlich eine ganze Menge Ozeane dazwischen. Over the Ocean hatte geschrieben. Es war ja auch schon eine Stunde später dort, der hatte bestimmt längst ausgeschlafen.
´Guten Morgen, Mareike. Ich hoffe, du hast einen angenehmen Start in den Tag. Es ist sonderbar, wir kennen uns gar nicht, aber ich habe gleich heute früh an dich gedacht. Gleich beim Kaffeetrinken dachte ich, was wohl Mareike grade macht? Liebe Grüße, Andreas`
Frauchen log ein bisschen, um Andreas die Stimmung nicht zu verderben. Klar wühlte sie dieses Geschreibsel mit Over the Ocean ein wenig auf, aber sie hatte ja noch mich, ein ganz real pulsierendes Leben an ihrer Seite.

Und eine warme Nacht hatte sie auch gehabt, nachdem ich beschlossen hatte, mein Körbchen gegen ihr Bett zu tauschen - nein, nicht tauschen natürlich, ich meinte teilen.
´Guten Morgen, Andreas`, schrieb Mareike zurück, ´Besten Dank, der Morgen lässt sich wunderbar an. Tja, was soll ich sagen, ich habe auch an dich gedacht. Sind wir verrückt? Wir kennen uns gar nicht und wünschen uns eine gute Nacht und einen guten Morgen. Irgendwie ist das alles so vertraut. Aber auch ein wenig verrückt. LG Mareike`
´Verrückt ist relativ` summte umgehend Andreas Melodie herein.
Frauchen lachte und trällerte munter ein Liedchen. Das klang so ähnlich wie ´Leise rieselt der Schnee`. Aber wirklich auch nur so ähnlich, Frauchen konnte genauso schlecht singen wie kochen. Aber mir war das egal.
´Wohl wahr, wohl wahr, alles ist relativ`, schrieb Mareike weiter. ´Und mögen auch Ozeane zwischen uns liegen, wir schauen beide des Abends auf denselben Mond. Na ja, vielleicht nicht denselben, aber den gleichen. Bestimmt zeigt er bei dir die Rückseite von dem, was ich hier sehe. Nein, ich korrigiere mich. Klar ist es derselbe, aber eben nicht der gleiche. Derselbe in unterschiedlicher Ansicht. Es kommt nur auf die Position des Betrachters an. Der Mond ist schon faszinierend, findest du nicht? Der Mond bewegt alles, er bringt Ebbe und Flut und macht die Ozeane zwischen uns zeitweilig kleiner. Und er taucht die Welt in ein zauberhaftes Licht.`
Oh mein Gott, dachte ich still bei mir, was für ein Kitsch! Zudem musste ich rein faktisch protestieren, denn ich dachte, den Job, die Welt zu bewegen, hätte Zeus inne, der mächtige Gebieter auf dem griechischen

Olymp. Und das seit Jahrtausenden. Allerdings war ich mittlerweile bereit, dem Olymp abzuschwören und zu konvertieren, dorthin, wo es einen Hundegott gab. In diesen mythologischen Wirrnissen rund um Zeus gab es einfach niemanden, der sich um uns Hunde kümmern wollte. Vielleicht sollte ich mal bei den Germanen suchen. Die waren vielleicht hundefreundlicher eingestellt.
´Das hast du sehr schön geschrieben, Mareike`, flötete Andreas aus Frauchens Handy. ´Ich werde jetzt jeden Abend meine Gute Nacht Grüße an den Mond senden. Dann kannst du sie dort in leuchtenden Lettern lesen.`
Das war ja nicht mehr auszuhalten! Jetzt wurde der auch noch kitschig! Außerdem: Was für ein Umweg. Botschaften über den Mond zu versenden. War die Post schon dermaßen globalisiert? Oder sollte das etwa romantisch sein?! Na ja, ich gebe zu, davon verstehe ich nicht so viel. Als Hund konnte ich nur sagen, echter Schwachsinn, was du da schreibst. Komm einfach her, du Knalltüte und lass dich beschnuppern. Mittlerweile raunzte ich etwas mürrisch vor mich hin. Nun, Frauchen kam mir langsam auch nicht mehr normal vor, das muss ich leider, leider sagen. Sich mit solch bizarren Bis-zum-Mond-und-zurück-Gute-Nacht-Grüßen an Mister Unbekannt zu beschäftigten. Reine Zeitverschwendung. Ich grübelte weiter. An Hormonschüben konnte es ja wohl nicht liegen. Hormone können schon mal das klare Denken vernebeln, aber doch nicht jetzt, im späten kühlen Herbst?! Im Mai, okay, das ließe ich mir eingehen, aber doch nicht jetzt! Was konnte es also sein? Ah, es könnte an der Vor-Weihnachtszeit liegen. Da werden die Menschen so romantisch bis hin zu melancholisch und irgendwie sehnsüchtig. Dieses ist keine schöne Zeit für Menschen, die allein sind, also, die ohne einen anderen Menschen sind. Allein war mein Frau-

chen ja nun wirklich nicht. Aber ich wusste ja, dass ich nun doch nicht alles ersetzen konnte. Hhhhm, ja, verständlich. Ging mir ja nicht anders. So lieb ich Mareike auch hatte, ab und an musste ich einfach mit Artgenossen toben, ihnen Bälle wegnehmen, sie verspotten und necken, sie beschnuppern und mit ihnen um die Wette pinkeln - was Hunde eben untereinander so machen. Auch eine gehörige Portion Eitelkeit gehörte zu unseren Spielchen: Wer war der Stärkste, Größte und bei der Damenwelt Begehrteste von uns? Da waren wir den Menschen gar nicht so unähnlich und ein ganz klein wenig narzisstisch veranlagt war ich schon, das gebe ich zu. Ich wusste ja jetzt, wie schön ich war seit meinem Befragen eines Spiegels. Zudem ließ ich mich echt nicht unterbuttern, wenn es wieder mal um einen alle anderen überragenden Pinkelplatz an sämtlichen Gartenzäunen der Umgebung ging.

Ach, da fiel mir ein, es war höchste Zeit, mich mal wieder um mein eigenes Postfach zu kümmern. Frauchen konnte ja ruhig weiter auf ihren Handy Tasten klimpern und sich mit ihren Nachrichten, die kein Stück dufteten, beschäftigen. Ich machte mich schleunigst vom Acker. Raus ins reale Leben!

Natürlich hatte auch ich mehrere Postfächer, genauso wie mein Frauchen. Sie hatte Mail-Postfächer, Whatsapp-Postfächer, Blog-Postfächer und - man staune - ein altmodisches Postfach aus Metall an der Haustür gab es auch. Dieses hätte man allerdings auch abschaffen können, allzu selten flatterte da was ein. Das Meiste ging an ihre Tasten-Post. Wäre nett, wenn es so ein smartes Phone auch für Hunde gäbe, dachte ich wieder einmal, dann könnte ich meiner Mutter schreiben und ihr auch Fotos schicken von meinem Zuhause. Ich beschloss, das Positive an den modernen Medienmöglichkeiten zu sehen und vielleicht war das ja auch irgendwann mal für Hunde zu nutzen.

Mein erstes Postfach war nur zehn Meter entfernt: der Gartenzaun von Nachbars Hund. Dort kämpfte ich täglich den Kampf der Titanen mit einem Deutsch Drahthaar. Eine wahre Odyssee, die niemals ein Ende nahm. Man musste immer der Letzte sein, der seine News verteilt hatte. Ich inspizierte akribisch diesen Pfosten, der uns irgendwie, auf eine gewisse Weise zumindest, gemeinsam gehörte. Ah, seine heutige Message war bereits da. Was für ein penetranter Frühaufsteher! Seine Nachricht war eine geschätzte Stunde alt. Also drüber Pinkeln, was die Blase hergibt. Dummerweise war nun mal Drahthaar der Hausherr hier. Es würde also nicht allzu lange dauern, bis er meine sorgfältig formulierte Botschaft überschreiben würde. Wenn wir so weitermachten, würden die Leute von Drahthaar mein Frauchen noch auf Renovierung des Lattenzaunes verklagen. Die einstmals dunkelgrüne Farbe blätterte in dicken Schichten herunter, das nackte Holz darunter war bereits ziemlich morsch geworden. Wir waren eben sehr hartnäckig, Drahthaar und ich. Schließlich gehören wir beide ausdauernden Rassen an, die auch üble Witterung nicht fürchten.

Oh ha, hinter der Gardine bewegte sich etwas. Wahrscheinlich Drahthaars Frauchen. Schnell weg hier, bevor sie entdeckte, wie ich den letzten Putz wegpinkelte. Vielleicht sollte ich doch mal ernsthaft überlegen, diese Zeitung hier einzustellen. Nur diese eine, die mit Verlagsort Drahthaar-Gartenzaun. Dann müsste ich auch nicht mehr so oft vorbeischauen. Irgendwann wird sowas doch echt stressig und ich wollte auch nicht wie Frauchen enden, die neuerdings ständig auf ihr Handy schaute, ob eine neue Whatsapp-Message eingetrudelt war. Das war wirklich kein schöner Anblick. Ganz furchtbar sah das aus, um ganz ehrlich zu sein, ich sollte ihr Handy verstecken. Ich schaute nach meiner ersten Runde Zeitungslesen schnell mal in unserer Hütte vorbei, wie die Karten für den weit-weit-weg potentiellen Weggefährten Frauchens standen. Sie hing grade über einer Message. Wenn ich sage hing, dann meine ich auch hing. Frauchen bekam kaum mit, dass ich unsere gemeinsame Halle betrat.

Andreas schrieb: ´Was stellst du dir an Wohnung oben eigentlich vor und wie stellst du dir eine Beziehung vor?`

Mareike: ´Zwei Fragen in einem Satz. Eine Antwort für beides. Was Besonderes. Was nicht Alltägliches. In einem Leuchtturm zu leben, fände ich zum Beispiel sehr spannend. Oder auch in einem alten Bunker. Es gibt da Projekte, wo Privatleute solche Bunker renovieren. Das sind natürlich mordsdicke Wände, was die Heizkosten immens in die Höhe treiben würde. Es sei denn, man hat jemanden, der einen wärmt. Wobei wir bei deiner zweiten Frage wären. Ich suche jemanden, der sich langfristig einlassen kann, auf ein wirkliches Aufeinanderbezogen-Sein, ohne sich selbst aufzugeben. Schwierig, lass es mich dir mit einem Bild erklären. Ich sehe eine Partnerschaft wie zwei Bäume, die dicht nebeneinander stehen, aber jeder steht auf seinem eigenen Boden. Denn wir haben alle unsere eigenen Wurzeln. Und die brauchen Raum. Wir haben alle, insbesondere in unserem Alter, unsere eigenen Standpunkte und Ansichten. Aber: Durch eine harmonische Beziehung wachsen einige der Äste wie Schlingpflanzen zusammen, geben einander Halt und trotzen jeder Jahreszeit. Miteinander verbunden Sein, trotz zweier Wurzeln und zweier Laubkronen. Ich denke mir, dass daraus Innigkeit entsteht.

Innigkeit macht zwei Menschen füreinander nicht mehr austauschbar. Kennst du St. Exupérys Kleinen Prinzen? Mit Sicherheit kennst du das Buch. Du bist für deine Rose verantwortlich, sagte der kleine Prinz. Ich meine damit: Du bist dafür verantwortlich, was du dir vertraut gemacht hast. Du musst deine Rose pflegen, sonst wird sie verblühen. LG Mareike`
Wow, dachte ich, während ich um mein Frauchen herumstrich. Das ist es! Was sie eben diesem Andreas geschrieben hatte. Frauchen wird niemals Stufen-Abschiede durchziehen so wie Hesse, zumindest nicht in Bezug auf mich. Ganz sicher nicht! Du bist verantwortlich für das, was du dir vertraut gemacht hast. Das hatte sie soeben gesagt beziehungsweise geschrieben. Das hatte ich jetzt Tastenschwarz auf Weiß. Während sie diese letzten Zeilen geschrieben hatte, hatte sie mich angelächelt und mir über den Rücken gestrichen. Hesse ist was für Durchgangs-Zweithunde bei Katrins und Stefans. Hier bei Mareike blühten Exupérys Rosen. Und die wurden gepflegt. Für alle Zeit.

Over the Ocean meldete sich umgehend.
´Du sprichst mir aus der Seele. Ich bin seit zwei Jahren geschieden. Da war kein Gespräch mehr möglich. Auseinander gelebt trifft es nicht ausreichend. Vielleicht haben wir nie wirklich auf unsere Äste geachtet, wir wurden austauschbar und ersetzbar. Mit Sicherheit ist auch meine Arbeit ein wenig daran schuld gewesen. Ich bin um die ganze Welt geflogen, hatte ein paar Wochen in den USA gearbeitet, ein paar Wochen in China und in Afrika war ich auch. Man muss beruflich heute flexibel und mobil sein. So ist das, wenn man Erfolg haben will. Das Privatleben leidet zwangsläufig darunter. Das will ich nicht mehr. Deshalb wird nächstes Jahr für mich

hier Schluss sein, definitiv, und ich will nicht mehr um die Welt gondeln. Du würdest gerne in einem Leuchtturm wohnen? Da wäre ich mit dabei. Es gibt, denke ich, tatsächlich einen nicht mehr genutzten Leuchtturm an der Nordseeküste. Mein Immobilienmakler hatte das mal erwähnt. Wenn du magst, erkundige ich mich mal bei ihm, wie es um das Objekt steht. Liebe Grüße, Andreas`

´Dein Immobilienmakler? Ah ha. Ich habe noch nie was mit einem Immobilienmakler zu tun gehabt. So ein Leuchtturm wäre für mich ein Traum. Und bleibt wahrscheinlich ein Traum. Ich bin weit davon entfernt, ein größeres Objekt erwerben zu können. LG, Mareike`

´Na ja, ich habe einige Wohnungen an der Küste.`

´Hmmh, vielleicht passt zu dir besser eine Top-Dog-Woman, die ebenfalls einige Immobilien besitzt?! Damit kann ich nicht dienen. Möchte ich auch nicht unbedingt. Ich bin recht glücklich mit dem, was ich besitze. Schon mal von Downshifting gehört? Das ist ganz angesagt. Das Leben entrümpeln, sich auf das Wesentliche konzentrieren. Weißt du wie viele Dinge der Durchschnittsmensch besitzt? Doppelte Dinge, nutzlose Dinge. Von vielem kann man sich trennen, ohne dass man den Verlust auch nur bemerken würde. Daher braucht man es im Prinzip auch gar nicht erst anzuschaffen. Nur von Aurelius würde ich mich niemals trennen. Mareike`

´Aurelius? Golden. Ist das dein Aktienpaket? Gruß Andreas`

„Haaalllooo", schnaufte Frauchen und starrte empört von ihrem Handy auf. „Aurelius, dieser Typ ist wohl ein Haifisch, der im Dollarzeichen-Becken des Globalisierungswettkampfes steckt. Kein Wunder, was für einen seltsamen Traum ich heute Nacht hatte. Erstmal Handy weg."

Gute Entscheidung, bestätigte ich mit meinem schönsten Lächeln. Und mit meinem schönsten Mich-an-ihr-Bein-Drücken. Dann schrieb Frauchen doch noch einen letzten Satz, bevor wir eine Mittagsrunde drehten.
´Aurelius ist mein Hund und er ist pures Gold wert. Und von ihm werde ich mich niemals trennen. Ich wünsche dir einen angenehmen Tag. LG, Mareike`
Der Niederschlag verdichtete sich. Aus einer Wolke kam ein ganzer Schneemann herunter, zerlegt in seine Einzelteile. Aber leider zu nass, diese Pampe, um lustige Bälle daraus zu formen. Wasser ist einfach mein Element, in jeder Form. Ich kugelte mich, schlug dreimal über, rutschte bergab und landete in dem kleinen Tümpel, in welchem sonst die Gänse des Bauern ihr Bad nahmen. Bah, war das kalt. Schnell wieder raus und kräftig trocken schütteln. Frauchen hatte inzwischen doch genug weiß-braunes Geschmier zusammengekratzt, um ein Wurfgeschoss basteln zu können. Huuuuh, pfeilschnell spurtete ich hinterher. Nichts zum zurück Apportieren. Ganz und gar ungeeignet. Die Kugel löste sich umgehend in meiner warmen Schnauze auf. Sehr vergängliche Sache, diese Schneefiguren-Spielerei. Panta rhei im Zeitraffer. Wir marschierten über die Felder in den Wald. Hinab zu einem kleinen Bächlein. Vorsichtig geworden, tastete ich mit meiner Vorderpfote auf die spiegelnde Oberfläche. Knack, krach, sehr dünnes, sehr luftiges Eis. Der Winter würde noch kommen. Hier im fränkischen Bergland auf 350 Metern Höhe konnte es richtig knackig frostige Winter geben bis zu minus 20 Grad. Der letzte Winter, mein erster in Deutschland und mein erster überhaupt, war recht mild gewesen. Ich freute mich unbändig auf mehr Schnee. Meine Rasse ist dafür wie geschaffen. Meine Vorfahren waren bei extremen Minusgraden draußen.

Gut, ich war ein Mischling und ich schlief ganz dekadent in Frauchens Bett, aber verzärtelt war ich dennoch nicht. Mein Fell war dick und drahtig, beste Winterware von allerfeinster Qualität. Frauchen liebte es, mein Haarkleid kräftig durchzubürsten. Eine riesige Tüte voller Fell hatte sie schon gesammelt. Keine Ahnung, was sie damit wollte. Als Windstopper unter die Tür stopfen vielleicht? Mit Sicherheit waren meine Haare dafür besser geeignet als diese Stofftierchen aus Teddyplüsch, die wir bei Katrin und Stefan hatten. Die Natur weiß schon, warum sie was macht. Da hat alles seinen Sinn, nichts geschieht umsonst und die Evolution sucht sich die besten, zweckdienlichsten Dinge zusammen. Mein Fell war der beste Beweis. Es schützte mich allerbest vor Zugluft und jeder üblen Wetterlage.

Allerdings war heutzutage bei den meisten Menschen offenbar Kunstfaser beliebt, für ihre Kleidung und für alles mögliche. Grrrh, da musste ich grade an mein erstes Körbchen denken. Den Farbgeruch hatte ich immer noch in der Nase, der war gespeichert in einer dunklen Ecke meines limbischen Hirnareals. Schwer, das wieder zu löschen. Möglicherweise könnte ich diese Erinnerung mit einem anderen kräftigen Geruch überschreiben? Was könnte penetrant genug dafür sein? Jauche! Rein ins nächstbeste frisch gedüngte Feld. Die Bauern hier sprenkelten ihre Ländereien bis kurz vor dem Einbruch richtig harten Frostes. Momentan aber war noch absolut feine Jauche-Zeit.

„Wuuuuaaah!" Frauchen war entsetzt. „Oh, neh, bitte nicht näher", hielt sie mir ihre hochgehaltene Handfläche entgegen. Dreck, Schlamm, Grasflecken vom auf dem Boden mit mir Knien, das war alles okay, Frauchen war hart im Nehmen, aber Jauche … iiiigittt. Sie hielt sich die Nase zu.

Ich weiß, ich weiß, ich setzte sogleich meine Ich-bedaure-alles-Miene auf, das mache ich normalerweise ja auch nicht. Sooo gewaltig stehe ich nun auch nicht auf das stinkige Zeug. Ich würde mich schon als gepflegten Hund bezeichnen, der auf sich achtet und auch darauf, seiner Umwelt zu gefallen - nur musste ich eben unschöne Erinnerungen austilgen. Hoffentlich hat das geklappt. Und echt nochmal sorry!

Zuhause ging es ab unter die Dusche. Also: ich auch. Das Wasser war ja fein, aber dieser Seifenschaum … pfui Teufel. Niemals wieder wollte ich Seife auf meiner zarten Haut, also durfte ich mir nie wieder ein Jauche-Bad gönnen. Fortan mied ich die vom Flüssigmist in Lockenlinien gestreiften Felder. Obwohl: Das Abgetrocknet-Werden, ach, das war echt schöööön! Und so kuschelig, mit einem ofenwarmen Frotteehandtuch. So richtig zum gleich Hinüberdösen. Ein kleines Nachmittags-Schläfchen konnte auch nicht schaden. Ich musste aber noch meine Ohren wach halten, denn Andreas hatte geschrieben.

´Ich habe keine Lust heute auf Arbeit. Lass uns an den Strand fahren und mit dem Hund spazieren gehen. Andreas`

Ach, er hatte doch Sinn für mich und den Mehrwert, den ich den Menschen brachte. Mal Augen weg von der Papierschein- Gewinnmaximierung, stattdessen mit mir und Mareike tollen. Es gibt doch nichts Erfüllenderes als das Leben selbst. Das Glück und die Stunden, die wir miteinander teilen.

´An den Strand?`, schrieb Frauchen nach Arabien, ´spätestens im August nächsten Jahres können wir lange Spaziergänge zusammen unternehmen. Ich habe jetzt eine niedliche kleine Wohnung gefunden. Sie ist ähnlich bescheiden, wie ich hier lebe, aber das reicht absolut für mich und Aurelius. Wir sind ja sowieso viel draußen und einzelne Personen brauchen nicht viel Platz. Es kann ja nicht jeder Single auf 90 Quadratmetern leben. Der Mietvertrag ist unterschrieben. Im Juli ziehen wir um. Wäre natürlich schön, wenn wir uns vorher sehen könnten. Da gehen ja noch ein paar Monate ins Land. Was machst du Weihnachten? Liebe Grüße, Mareike`

´Weihnachten?` antwortete Andreas umgehend, ´das wollte ich dich auch schon fragen und dir ein Treffen vorschlagen. Ich werde zwei Wochen in Hamburg sein, das wäre doch ein krönender Abschluss des Jahres, wenn wir uns dort vis-à-vis in die Augen schauen könnten. LG`

´Hamburg? Hmmh, ich dachte mehr an einen romantischen Gang in der Adventszeit über den weltberühmten Nürnberger Christkindelsmarkt. Heiligabend werde ich bei Freunden sein. Und überhaupt kann ich im Moment schlecht hier wegfahren.`

´Mein Auto wartet in Hamburg auf mich.`

´Nein?! Dein Auto wartet auf dich? Klingt interessant. Ist dieses Auto nicht an deine Weisungen gebunden? Könntest du diesem Auto nicht Instruktionen geben, sich 600 Kilometer gen Süden zu bewegen? Weiß dieses Auto nicht, wie zauberhaft die Vorweihnachtszeit im fränkischen Bergland ist?`

´Dieses Auto weiß aber auch, wie schön es in Hamburg ist. Andreas`

„Was für ein Idiot", grummelte Mareike vor sich hin. „Früher mal, da waren die Herren noch Kavaliere, Aurelius, da bewegte der Mann noch seinen Hintern beziehungsweise seine Kutsche oder sein Auto und kam die Frau seines Begehrens besuchen. Moderne Zeiten. Hat sich alles geändert. Ob dieses Internet daran schuld ist? Da werden die Leute wohl bequem und man wird

schnell ersetzt, wenn etwas nicht passt."
Vergiss ihn, Frauchen. Ich würde zu einer Hündin meines Begehrens meilenweit fahren, ja sogar laufen. Und zwar über Ländergrenzen hinweg. Ja sogar bis zum Mond und wieder zurück. Wie ist der denn drauf? Der hat dich nicht verdient. Der hat uns beide nicht verdient. Macht doch nichts, sind wir eben weiter allein zusammen glücklich. Dieser Typ ist mir sowieso schon längst nicht mehr sympathisch. Und ich habe ja wohl ein Mitspracherecht. Zudem habe ich ein gutes Bauchgefühl. Und da grummelt grade was, so wie du vorhin gegrummelt hast, Frauchen. Hör einfach auf deine Intuition, das wird schon richtig sein.
Frauchen schrieb: ´Wir werden sehen, Andreas, Weihnachten ist ja noch ein Stück hin. Wir haben jetzt Anfang November. Eigentlich mag ich die Novemberstimmung. Manche finden das ja ziemlich trist. Gut, es ist dunkel, aber auch besinnlich. Ich mag es, in einem Land mit wechselnden Jahreszeiten zu leben. Werden und Vergehen, der ewige Kreislauf in der Natur. Und das Ganze wird einem auch immer bewusster, desto älter man wird. Mir geht es jedenfalls so. LG, Mareike`
Andreas: ´Ja, in einem Land wie hier Dubai möchte ich auch nicht immer leben. Der Herbst und der Winter haben durchaus seine schönen Seiten. Allerdings fällt einem da das Alleinsein mehr auf.`
´Du fühlst dich allein?`
´Jaaa, schon. Auf der Arbeit geht es ja, wenn du ständig Kollegen um dich hast. Aber wenn die Tür ins Schloss fällt und gähnende Leere dich anstarrt, dann ist es manchmal ein bisschen schwer. Ich hatte schon Nächte, wo ich den Fernseher habe laufen lassen, um diese Einsamkeit nicht so sehr zu spüren. Andreas`
´Ohhhh, okay. Ja, Einsamkeit ist was anderes als Allein-

sein. Alleinsein ist physisch, da ist einfach nur in dem Moment keiner da, das finde ich aber auch angenehm. Einsamkeit hat eine andere Komponente. Man kann ja auch zu zweit einsam sein. Mareike`
´Bist du einsam?`
´Schwer zu beantworten. Ich habe meinen Hund. Nein, ich bin nicht einsam. Mein Hund ist für mich ein Kamerad. Er ist ein Partner. Er ist ein Freund. Er ist eine Art Lebensgefährte. Aber dennoch fehlt mir natürlich was. Sonst würde ich wohl nicht mit dir schreiben, einem Mann, der 6000 km entfernt ist und den ich noch gar nicht gesehen habe. Unsere täglichen Messages haben schon einen festen Platz in meinem Leben eingenommen. Ich möchte sie nicht mehr missen. Das ist so vertraut, obwohl es irreal bleibt. Und obwohl wir, hhmmh, nun ja, bestimmt über so manche Dinge andere Ansichten haben. Das denke ich mir einfach so.`
´Ja, ganz merkwürdig, Mareike. Mir geht es genauso. Du bist zu einem Bestandteil meines Lebens geworden. Ich denke an dich, wenn ich aufstehe und wenn ich ins Bett gehe. Und ich bin wahnsinnig gespannt, dich endlich real kennenzulernen. Ganz liebe Grüße, Andreas`
´Na, da wirst du mal eine ernsthafte Unterhaltung mit deinem Auto führen müssen. Ich bin gespannt, wie das Zielvorgaben-Gespräch ausgehen wird. Ich wünsche dir vorerst einen schönen Tag, ich muss jetzt los. Tausend Grüße, Mareike`

Heute stand der Kauf eines neuen Körbchens für mich auf dem Plan. Ein etwas schwieriges Unterfangen, etwas Passendes zu finden, bei meinen stolzen Körpermaßen von 70 Zentimetern Schulterhöhe. Über mein Gewicht möchte ich nicht sprechen. Ich aß einfach zu gern. Aber ich denke trotzdem, dass das alles noch passte, ich war

absolut fit und durchtrainiert schlank trotz meiner Schlemmer-Attacken.
Natürlich fuhr ich mit zum Probeliegen, geht ja nun wirklich nicht ohne das Modell; außerdem trennten wir uns so gut wie nie, Frauchen und ich. Wir fuhren 150 Kilometer Richtung Frankfurt auf eine Messe für Hundeartikel. Frauchens alter Volvo klapperte und schepperte. Das war fast schon ein Oldtimer, ach, ich liebte dieses Auto. Man musste zwar immer befürchten, dass es stehenbleiben würde, aber es gab eine super Ladefläche für mich und mein Schmutz, den ich oft mit reinbrachte, war dem alten Karren auch ziemlich egal. Wir fuhren damit ja nicht vor der Oper vor. Viele aus der Nachbarschaft hatten regelrechte Häuser auf vier Rädern. Ich fragte mich immer, wozu sie diese brauchten?! Sie kutschierten damit lediglich ihre Kids in die Kita oder in die Schule. Ansonsten wurden diese geländegängigen Fahrzeuge nicht wirklich gebraucht. Sie hatten keinerlei Schlammspuren an den Rädern und es gab auch keinen Hund auf der Rückbank. Eigentlich keine artgerechte Haltung für solch riesige Autos.
Sanfte Hügel zogen an uns vorbei. Mischwälder, die ihr letztes Laub abwarfen wechselten mit Tannensiedlungen. Dort hinten standen riesige Tannen und davor winzige, kurze Feldwege folgten, dann wieder Tannen, diesmal nur ganz kleine. Die Winzlinge warteten auf ihren großen Tag: einmal im Lichterglanz zu erstrahlen, mit vielen bunt verschnürten Paketen drunter und alle Augenpaare einer glücklichen Weihnachtsfamilie würden auf sie gerichtet sein - bevor sie auf dem Sperrmüll landen würden. Was für ein kurzes Leben für einen einzigen Höhepunkt! Ich möchte nicht mit ihnen tauschen. Ich dachte an die Gänse des Bauern, die im Sommer so fröhlich an dem Teich schnatterten. Weih-

nachtsfamilien scharren sich gerne um einen Gänsebraten, der auf der Festtagstafel auf edlen Porzellantellern dampft. Dazu gibt es meist Blaukraut, kübelweise Soße und bayerische Kartoffelklöße.
Ich muss unbedingt meine Gänse zählen, wenn wir zurück sind, schoss es mir in den Sinn. Ganz unbedingt! Weihnachten naht.
Die Messe ´Dogs and More` war riesig groß, die Angebote umfassten mehrere Hallen. Es gab alles für Hund, Katze, Pferd und Maus. Das Besondere: alles mit Öko-Siegel versehen. Es gab keine giftigen Farben und nichts zu Dumping Löhnen Hergestelltes. Auch keine Kinderarbeit von irgendwo. Mareike schrieb über diese Produkte in ihrem Hundeblog. Dafür konnte sie an manchen Ständen günstiger einkaufen. Mal sehen, was heute für mich drin war. Vielleicht ja ein neuer Napf. Gott sei Dank hatte Mareike genug Geld in ihrer Tasche, um gute Qualität für mich zu kaufen.
Nicht jeder konnte das, viele mussten in den Supermarkt gehen. Es gab längst eine Zweiklassengesellschaft für Menschen und auch für ihre Hunde, das war mir schon oft aufgefallen. In unserer Stadt schloss grade in diesen Tagen eines der wichtigsten Unternehmen. Pforten dicht. Die Firma wanderte nach Polen aus. Ob sowas auch eine Flucht war? Gab es ein Flüchtlingsunternehmen? Mussten sie das tatsächlich oder wollten sie nur ihren Gewinn optimieren? Arme Menschen, die grade ihre Arbeit verloren hatten und arme Hunde, die zu ihnen gehörten. Hunderte Arbeiter würden Weihnachten auf der Straße stehen - in unserer kleinen Stadt. Auch hier änderte sich alles. Wäre Heraklit damit einverstanden gewesen? Wie hätte er das gelöst? Frauchen versuchte, ihre Überzeugung zu leben, solange es unser Budget hergab. Sie achtete auf Hersteller, die ihre Roh-

stoffe aus dem Fair Trade Handel bezogen.
Wir durchstöberten die Verkaufshallen. Himmel, war das weitläufig. Nach einer Stunde Rumrennen testeten wir endlich ein neues Brustgeschirr. Gar nicht so einfach, diese Anprobiererei. Ich fand das ein wenig lästig und in der Halle war es echt stickig. Aber ich gab mir Mühe. Nach vier verschiedenen Modellen hatten wir das Richtige für mich. Vorne auf der Brust war es einfach geführt, dann teilte es sich in zwei Bahnen, die unter dem Bauch durchzuziehen waren. Meinem alten Geschirr war ich ebenso entwachsen wie meinem Körbchen. Unser Hals ist eine sehr empfindliche Zone und verträgt es nicht, wenn Druck auf sie ausgeübt wird. Ein Brustgeschirr ist dagegen eine sehr feine Sache. Das Halsband brauchte ich im Prinzip nur, damit daran mein Namensschild mit Adresse und Telefonnummer befestigt werden konnte, dieses kleine Schildchen, von dem ich in Griechenland geträumt hatte, das besagte, wo ich hingehöre und vor allem: zu wem!
Nun kamen wir in die Halle, die für kuschelsüchtige Hunde nichts zu wünschen übrig ließ. Bequeme Körbchen, flauschige Decken, plusterige Kissen und ganze Schlafgarnituren auf 400 Quadratmetern Fläche. Wahnsinn! Wir tigerten durch die Reihen. Hoppla, fast stolperte ich über eine dunkelgrüne Gummikugel, die mir zwischen die Pfoten rollte. Kleine trockene Kekse fielen aus kleinen Löchern dieses Balles. Ich mochte dieses Zeug eigentlich nicht und ich mochte auch keine Bestechereien, ich mochte nicht einen Keks bekommen im Tausch gegen irgendwas. Ich hielt mich wirklich für einen unbestechlichen Hund. Aber dieses Plätzchen hier, hmmmh, dieses duftete doch gar zu köstlich. Knack, weg war es. Es zerschmolz herrlich in meinem Gaumen.

„Naaaa, schmeckt es dir?", fragte eine seeeehr angenehme dunkle Stimme, die zu in Gummistiefeln steckenden Füßen gehörte. Ziemlich große Füße waren das. Mareike und ich schauten auf und blickten in dunkelbraune Augen, die uns verschmitzt anlächelten. Ein Lächeln zum Dahinschmelzen, so geschmeidig, wie mein Keks dahingeschmolzen war.

Klasse Typ!, dachte ich bei mir. Und er duftet auch erstklassig. Frauchen, dem gefällst du, glaub mir, das kann ich schnuppern. Und er hat auch Hunde, das kann ich ebenfalls schnuppern. Das muss ein großer Hund sein, bestimmt so groß wie ich. Lass mich mal testen.

Ich untersuchte die Beine von Braunauge, drückte mich einmal im Kreis um ihn herum. Einwandfrei! Ran an den Mann. Ich stupste Frauchen ans Bein, worauf wartest du? Der hier ist real. Das ist kein virtuelles Online Date, das wir nicht beschnuppern können.

Mareike schienen diese tiefen Blicke aus den 1,88 Meter hoch liegenden Augen zu verwirren. Die waren aber auch betörend, diese Augen, mein lieber Mann! Diese ganzen fast zwei Meter Mann waren betörend.

„Ähhh", stammelte Mareike, „gehört diese Kugel Ihnen?"

Komisch, ich hatte Frauchen noch nie so stammeln hören. Und überhaupt: Was für ein Gedöns von wegen Kugel.

Kugel hin, Kugel her, beschnuppere ihn, dann weißt du Bescheid. Bei Menschen geht das aber offensichtlich nicht so schnell. Die sind ganz schön kompliziert. Manchmal zu kompliziert für meinen Geschmack.

„Ja, das ist meine Kugel. Sie wird zur Beschäftigungstherapie genutzt. Schauen Sie! Hier füllt man die Leckerli rein und wenn der Hund die Kugel geschickt bewegt, dann fallen diese Kekse raus. Den Kniff haben

die meisten ganz schnell raus."
Wie kann man nur bei einem so trockenen Vortrag über Trockenkekse so strahlen?! Ob der absichtlich diese Kugel vor meine Pfoten gerollt hatte? Nun, früher ließen Frauen ein Taschentuch fallen, um einen Mann kennenzulernen, das stand in ganz alten Romanen. Heutzutage rollte der Mann der Frau eine Gummikugel vor die Füße. Eine ganz neue Strategie, aber eindeutig sehr ergebnisorientiert.
„Mein Hund mag eigentlich keine Trockenleckerlis. Ich bin etwas überrascht."
„Vielleicht liegt es an diesen besonderen Keksen. Vielleicht liegt es an diesem besonderen Tag", sagte – ach was: sang - diese sympathische Stimme mit norddeutschem Küsten-Akzent und lächelte weiter Mareike an. Dieser ganze Mann lächelte, vom Scheitel bis zur Sohle.
Frauchen, der flirtet mit dir! Aber heftig. Du scheinst blind zu sein, oder ... gefällt der dir etwa nicht?
Doch, der musste ihr einfach gefallen, ein wenig kannte ich Frauchens Geschmack schon. Bestimmt zergrübelte sie alles: Der ist bestimmt vergeben, sowas läuft doch nicht frei herum und so ein Zeug. Man (Frau) kann vieles zergrübeln, wenn man Lust dazu hat. ´Warum sollte der Interesse an mir haben? Ich meine, ehrliches Interesse, nicht nur so als Zeitvertreib.` Frauchens Grübel-Gedanken entgingen mir nicht. Oh ha, aber bitte nicht so ein Quatsch jetzt wie: Online weiß man wenigstens, dass die Single sind und sich binden wollen, na ja, meistens ist das so, manche schwindeln natürlich auch.
Schluss jetzt, aufhören damit, Frauchen. Menno, Mann, tu doch was. Gut so. Einfach im Gespräch bleiben. Ich investiere ja auch viel Zeit, wenn ich meine Pinkel-Zeitungen austeile.
Der Mann wiederholte: „Es ist ein so schöner Tag heu-

te!"

„Ja, es ist wirklich ein sehr schöner Herbsttag heute", brachte Mareike nach Sekunden des Überlegens über die Lippen. Ganz schön lange überlegt für so wenige Worte! Vielleicht sollte ich das Ruder in die Hand nehmen und ein bisschen Entspannung in die ganze Wollen-aber-nicht-wissen-wie-anstellen-Situation bringen, das wäre wohl gut. Ich stellte mich zwischen beide und wedelte mit vollster Wucht. Rute nach links, Rute nach rechts, so feudelte ich richtig gut die Hosenbeine von Mareike und die dunkelgrünen Gummistiefel von Herrn Unbekannt durch. Herr Unbekannt trug eine wetterfeste Wachsjacke in ebensolchem Grün wie seine Stiefel.
Der ist bestimmt viel draußen, dieser Mensch. Ich schwang weiter mein Ich-freue-mich-so-für-euch-beide-Programm durch. Autsch, das Bewedeln von Gummistiefeln kann aber echt wehtun. Wie ein Peitschenhieb durchzog mich ein Schmerz. Aber was soll man machen, wenn man als Hund die Regie ergreifen muss?! Es lohnte sich, der erste Akt des Stücks nahm langsam an Fahrt auf.
„Wie heißt du denn?", beugte sich Braunauge zu mir herunter. Ich sage doch: Dufter Typ, fragt gleich nach meinem Namen! „Er heißt Aurelius", antwortete Mareike, „Wir wollen jetzt ein Körbchen suchen für Aurelius. Das ist gar nicht so einfach bei seiner Größe. Haben Sie eine Idee?"
Der Mann lachte: „Ja, das verstehe ich, ich habe auch lange gesucht. Ich habe einen Bernhardiner. Darf ich Ihnen zeigen, welches Körbchen wir haben?"
„Aber wahnsinnig gerne." Mit dem allergrößten Vergnügen, setzte ich noch hinzu.
Das Körbchen war wundervoll, der Mann war wundervoll - was für ein wundervoller Tag! Ich räkelte mich

zum Probeliegen in einem riesigen Sofa-Körbchen aus naturfarbenem Hanf. Das Ganze war gefüllt mit Maisstroh. Eine super feste, robuste, aber auch elastische Wohlfühl-Qualität. Fast wäre ich weggedöst. Das laute Klingeln eines Handys schreckte mich auf. Oh nein, hoffentlich keine Message von Online Andreas. Nein, es war nicht Mareikes Handy.

„Verzeihen Sie, ich muss kurz weg. Ein paar Minuten nur. Würden Sie hier auf mich warten? Ich würde Sie wahnsinnig gern auf einen Kaffee einladen."

Mit leicht vibrierender Stimme hauchte Frauchen ein „Ja" dahin, „wir warten. Bis gleich."

Wir warteten fast eine Stunde. Kein Braunauge in Sicht. Wir bestellten das Körbchen bei einem Mitarbeiter, warteten an der Warenausgabe, nochmals vergingen ein paar Minuten, während wir in Schlange an der Kasse standen ... nichts ... kein lächelnder Bernhardinerbesitzer mit norddeutschem Akzent in Sicht. Das hätte ich von diesem Mann nicht gedacht! Vielleicht war doch dieser Online Andreas besser? Der schrieb wenigstens, er melde sich und das tat er dann tatsächlich auch. Falls wir überhaupt einen Mann an unserer Seite brauchten?! Das war ja noch die Frage. Wir gingen auf den Parkplatz, verstauten das Körbchen und fuhren los. Dort hinten, da stieg jemand ein, der sah so aus wie Bernhardiner-Mann. Im Rückspiegel erkannte Mareike einen Landrover mit Autokennzeichen NF, also der kam echt von weit oben, aus Nordfriesland. Nervös zappelte Mareike auf ihrem Sitz hin und her und ihr Fuß rutschte vom Gaspedal. Der Landrover, in gleichem tannengrün wie Braunauges Gummistiefel, überholte uns und fuhr zügig auf die Autobahn zu. Wir fuhren drei Autos weiter hinterher. Er bog nach rechts in den Fernverkehr Richtung Hamburg ab, wir nach links. Jammerschade! Gewiss gab es einen guten Grund, warum er nicht erschienen war. Solche sanften, tiefbraunen Augen konnten nie und nimmer Frauchen einfach so, ohne mit der Wimper zu zucken, versetzen. Dollarzeichen-Augen vielleicht. Aber nicht dieser. Da war ich mir zu 100 Prozent sicher. Es musste einen guten Grund für sein Nicht-Erscheinen gegeben haben. Hunde haben ein sehr gutes Gespür dafür.

Zweieinhalb Stunden dauerte die Autofahrt nach Hause. Es dunkelte bereits. Wir überholten einen Viehtransporter. Durch die engen Ritzen konnte ich Schweineschnauzen dicht an dicht sehen. So viele Schweineschnauzen - es mussten Hunderte sein. Kaum Luft zum Atmen konnten die da drinnen haben, geschweige denn Platz, sich mal umzudrehen, um mal eine andere Schweineschnauze zu sehen, als die des Nachbarn. Sie quietschten erbärmlich. Waren es nur die Schnauzen oder die ganzen Leiber? Seltsam, dass diese Transportzüge nur in der Dunkelheit fuhren. Wollte man die Menschen schützen, damit sie nicht davon belästigt wurden? Und ihnen den Appetit nicht verderben auf einen in dicker Soße schwimmenden Braten, der ein paar Stunden zuvor noch quietschend in diesem Transporter um Luft gekämpft hatte?
Uiiih, Vorsicht, Frauchen, da vorne, da staut sich etwas zusammen. Langsam runter vom Gas, 100, 80, 30 … Schrittgeschwindigkeit. So ging es zehn Kilometer. Der Viehtransporter schlich rechts neben uns mit, er ließ uns nicht mehr los.
„Schau, Aurelius, furchtbar. Die müssen in den Schlachthof, das hier ist ihre letzte Fahrt."
Frauchen schielte ab und an rüber auf das, was zwischen den engen Luftschlitzen zu sehen war. Arme Schweine!

Schweine sind intelligent, sie sind anhänglich und - sie sind dem Menschen genetisch sehr ähnlich. So ähnlich, dass ihr Herz sich sogar für Transplantationen für den Menschen eignet. Kostbare Schweine fuhren da durch die Gegend.
„Würden wir einen Menschen essen? Ist das jetzt Kannibalismus, einen fetten Schweinebraten, der uns genetisch so ähnlich ist, auf dem gedeckten Tisch zu haben?", diskutierte Frauchen mit mir.
Schweinchen als Braten oder Schweinchen als Wurst im Eigenmantel, als millimeterfein abgesäbelter Aufschnitt, als irgendwas. Ich beschloss, mir fortan mein tägliches Schüsselchen Fleisch selbst im Wald zu jagen. Gut, das wäre auch Töten von Reh, Hase oder Wildschwein, aber die hätten wenigsten ein Leben zuvor gehabt, beruhigte ich mich selbst. Nicht diese Aufzucht im Schnellverfahren mit Kraftfutter und so weiter und nach ein paar Monaten war es aus mit ihnen, wenn ihr Fleisch fett genug war. Na ja, das Jagen für unseren Eigenbedarf war jetzt nur so eine Fantasie. Ich wusste, dass weder Frauchen noch der Jagdpächter da mitmachen würden. Und ich gebe zu, zuhause angekommen, stürzte ich mich auf mein Abendessen. Rindfleisch mit Gemüsebeilage gab es heute. Ich war einfach zu hungrig, um weiter über Komplettverzicht von in Schlachthöfen erdrosseltem Fleisch nachzudenken.

Mareike packte mein Körbchen aus. Was für ein schönes Bettchen! Es bekam seinen Platz direkt am Fußende ihres Bettes. Nun, viele Möglichkeiten gab es sowieso nicht in dieser kleinen Hütte, in der wir unser auf das Notwendigste reduziertes Leben führten. Unser entmülltes Leben.
Wir besaßen nur ein ganz klein wenig Schnickschnack.

Die vier Kerzenständer beispielsweise liebten wir beide. Sie waren in zeitlosem Design gehalten, sie würden zu allem passen, auch in unserer neuen Wohnung. Und sie gaben ein wirklich schönes, ein so gemütliches Licht, insbesondere in dieser Jahreszeit. Ich kuschelte mich in mein Körbchen, gab ein zufriedenes Grunzen von mir und schaute Frauchen über die Schulter. Sie saß auf dem Boden neben mir und ließ die Tasten ihres Notebooks erklingen. Mareike schrieb einen Beitrag in ihrem Downshifting Blog. Unter anderem teilte sie heute ihren Lesern ihre Gedanken zu übermäßigem Fleischkonsum mit und sie erzählte im Hunde Blog, wie hervorragend mein Körbchen bei mir ankam. Nach langer Suche hatten wir endlich ein Passendes für meine Größe gefunden. Ich schlummerte mit halbwachen Ohren, als Over the Oceans Klingelton hereinsummte.

´Wie war dein Tag? Aurelius ist dein Hund? Was für ein schöner Name. Ich dachte doch tatsächlich, das wäre dein Goldbarren-Aktienpaket. Lach. Kleiner Scherz. Ich werde morgen in die USA fliegen, zu einer Tagung. Ich habe das Umherfliegen satt, es wird Zeit, dass wir unseren Leuchtturm in Norddeutschland beziehen. Von dort aus können wir dann den Fliegern in den Wolken über uns nachschauen. Ich gehe jetzt noch schnell mit Kollegen in eine Bar. Etwas essen und einen Drink nehmen. Liebe Grüße, Andreas`

Mareike: ´USA? Okay, dann werden wir eine große Zeitdifferenz haben, da müssen wir unsere Messages ein bisschen umstellen oder reduzieren.`

Andreas: ´Wie jetzt? Whatsapp funktioniert meines Wissens nach weltweit und ich möchte auf keinen Fall deine Nachrichten missen.`

Mareike: ´Wo geht ihr hin? Nicht, dass ich mich da auskennen würde, in Dubai. Gibt es westliches Essen dort?

Machst du Ramadan mit?`
Andreas: ´Lach, Ramadan, da wird tagsüber gefastet, nachts schlagen sie sich die Bäuche voll. Wäre vielleicht das die richtige Diät für mich, Ramadan, also, ohne nachts zu essen. Ich muss ein wenig abnehmen. Ich bewege mich hier einfach zu selten. Mein Taxi kommt gleich.`
Mareike: ´Dann solltest du vielleicht besser zu Fuß in dieses Restaurant oder wohin auch immer gehen, statt ein Taxi zu nehmen … wieviel musst du denn abnehmen?`
Andreas: ´Hmmmh, so zehn Kilo sollten schon weg. Bis wir uns sehen, werde ich rank und schlank sein.`
Mareike: ´Vielleicht weniger Fleisch essen?! Isst du Fleisch? Wir sind heute an einem Viehtransporter vorbeigefahren. Ich sag dir, wenn man das so vor Augen hat, da vergeht einem wirklich der Appetit auf Fleisch.`
Andreas: ´Das geht mir auch immer so, wenn ich auf so einen Transporter treffe. Danach mag ich erstmal ein paar Tage kein Fleisch mehr essen. Zum Glück fahren sie meist spät abends. Da bekommt man nicht allzu oft was davon mit.`
Mareike: ´Eben! Das ist mit Sicherheit wohl durchdacht. Wir sperren den Tod in unserer Gesellschaft aus. Den von Tieren, die auf die Schlachtbank geführt werden, und auch unsere Menschen, die dem Tod geweiht sind, sperren wir aus. Früher nahm die Familie am Totenbett Abschied von ihren Angehörigen. Heute ist das nicht mehr üblich. Das ganze Alter wird ausgelagert aus der Gesellschaft. Sieh dir mal die Seniorenheime an. Weggesperrt!`
Andreas: ´Das sind interessante Gedanken. Nur können wir uns heute nicht mehr um unsere alten Menschen kümmern. In unserer Zeit der Mobilität. Ich jedenfalls

hätte nicht meine Eltern mit nach Dubai nehmen können.`

Mareike: ´Hmmmh, ja, stimmt schon … Die Bauern gleich neben mir, das sind meine Vermieter, bei denen läuft das anders. Die Kinder sind fort, eine macht Aupair in Neuseeland, die andere studiert ein Auslandssemester in Frankreich, aber die Großmutter lebt noch bei ihnen auf dem Hof. Gut, natürlich haben sie einen Beruf, durch den sie immer sesshaft sind, gebunden an ihre Scholle Land, die über Generationen in Familienbesitz ist. Das gibt es heutzutage natürlich nicht mehr oft, dass man dort leben bleibt, wo man geboren wurde.`

Andreas: ´Siehst du. Ich bin jetzt vor dem Restaurant angekommen. Zu deiner Frage: Es gibt hier jede Art von Essen. Ganz international. Ein Melting Pot der Kulturen. Das ist nicht tiefstes Arabien hier, das hier ist Arabien light. Ich melde mich später. LG, Andreas`

Wir machten noch einen Abendspaziergang. Eine kurze Runde nur, eine Stunde in etwa. Der Schnee hatte sich nicht gehalten. Es waren bestimmt acht Grad plus. Fast zum Frühlingsgefühle Bekommen. Die Gänse vom Teich waren nicht wieder nach draußen gebracht worden. Kein Frühling für die Gänse! Mir schwante Ungeheuerliches: Für manche der Gänse würde es niemals wieder einen Frühling geben. Wenn ich so an die Festtagsbraten dachte, die jetzt zur Weihnachtszeit auf den Tisch kamen, dann war alles klar. Rückwärts streikte ich so lange, bis ich einen kurzen Blick in Bauers Stall werfen durfte. Eins, zwei, drei, vier … Dreiundzwanzig! Waren alle noch da. Auch die Dickste der Gänse. Ich nannte sie Diva. Sie war eine stolze Gans und ganz offensichtlich die Chefin des Clans.

Diva thronte schnatternd inmitten ihrer Sippe und ließ sich ihre Körner schmecken. Ich schnaufte zufrieden durch; jetzt konnten wir nach Hause gehen und uns zur Ruhe legen. Das neue Körbchen schien mir recht ungeeignet für die Nacht. Totschick am Tage, aber nun zog ich die freie Seite in Frauchens Bett bei weitem vor. Das hatte sich einfach bereits etabliert und bewährt. Allerdings musste ich Frauchen noch ein wenig erziehen. Allzu oft riss mir die Decke mitten in der Nacht weg, diese herrlich warme Decke aus reiner Schafwolle. Ich bin ja kein Weichei, aber Decken sind einfach sooo gemütlich. Frauchen hatte verstanden. Diese Nacht kam sie auf die grandiose Idee, die Decke einfach quer zu legen statt längs. So hatten wir beide was davon. Das hätte sie schon lange so machen können, denn Frauchen hatte die merkwürdige Angewohnheit, ihre Füße frei zu strampeln. So kalt es auch war, Füße unter der Decke, das ging gar nicht. Ich sag es ja immer wieder, Menschen können echt komisch sein. Ich schielte auf Frauchens nackte Füße. Alles klar, so geht das super … mir fielen alle Gesichtsmuskeln entspannt zusammen und nach zwei Minuten schlief ich hochzufrieden ein. Ich glaube, ich schnarchte auch ein wenig. Wie peinlich!

Meine Schafe kamen heute ins Winterquartier. Ich half dem Bauern, sie in die Scheune zu treiben. Da war mächtig viel zu tun und lenkte ab von Zeitung Schreiben an Drahthaars Gartenzaun. Zudem musste ich ein paar Stunden kein Over the Ocean Singsang mit anhören. Bestimmt waren Mareike und Andreas wieder heftig im Gange mit Message Schreiben über Whatsapp. Ach nein, er war ja in den USA. Teufel, nicht dass sich die Schreiberei auf heute Nacht verlagern würde mit der Zeitverschiebung über den Riesenteich.
Die Schafe hatten sich schon versammelt und warteten auf uns. Es waren prächtige Schafe, klar, waren ja auch

meine. Den Winter über würden sie in einem Stall bleiben, der gleich an das Gänsehaus angrenzte. Zum Bauernhof gehörten vier Ställe. Der Kuhstall war mittlerweile so gut wie verweist. Es gab nur noch acht Kühe. Ausreichend, um noch Käse zu machen und vor Ort im Hofladen und auf dem Wochenmarkt zu verkaufen. Mehr Milchkühe zu halten, lohnte sich nicht mehr für den Bauern. Stattdessen wollte er im kommenden Jahr Pferdeboxen einziehen und an Reiter verpachten. Allemal lukrativer, als sich weiter auf dem Milchmarkt durchzuschlagen. 100 Prozent beschlossene Sache war das noch nicht. Die acht Kühe kämen dann auch fort. Ich hoffte, Bauer Fischhuber würde das nochmal überdenken. Der Käse, von dem wir auch was für meine Hüte-Arbeit bekamen, schmeckte einfach gar zu gut.

Ich fuhr mit Frauchen in die Stadt, ausnahmsweise machten wir Großeinkauf im Supermarkt. Zudem brauchten wir Mehl, Marzipanrohmasse, Nelken, Zimt, Muskatnuss, alle möglichen Dinge für die Weihnachtsbäckerei. Nach dem Supermarkt liefen wir durch die Fußgängerzone. Musste ab und an sein für mich, damit ich nicht gar zu sehr verwildere draußen - das war Frauchens Meinung. Straße überqueren üben und so ein Zeug. „Straße, Auto, warten", sagte sie dann immer und, klar, ich verstand genau, was gemeint war. Ich stand dann reglos wie zur Salzsäule erstarrt neben ihr und wartete, bis endlich dieses lustige Männchen grün wurde. Innerlich war ich aber in ziemlicher Aufruhr. Ich gebe es zu, ich war ganz und gar beeindruckt von den Stadthunden neben uns, die ohne Leine neben Herrchens Rad herliefen und perfekt absaßen an der Ampel, bis Herrchen ´weiter` rief. Wirklich schwer beeindruckend!

Die größte innerstädtische Herausforderung für einen pubertierenden Rüden wie mich war aber die Sache mit dem Zeitung Verteilen. Mein Bein hob ich mittlerweile so grazil wie ein junger Gott, nur durfte ich es hier nicht. Die Hauswände sollten ja nicht so aussehen wie Nachbar Drahthaars angefaulter Gartenzaun. Hmmh, dadurch wurde das schon ganz schön anstrengend, so eine Stadttour. Es erforderte höchste Disziplin und permanente Selbstkontrolle. So etwas können sich die Menschen gar nicht vorstellen. Gut, manchmal sah ich die ein oder andere Frau mit verzweifeltem Blick ein stilles Örtchen suchen. Und, ganz ehrlich, nicht geschwindelt, manchmal sah ich auch einen menschlichen Rüden etwas Wasser in einer verwunschenen Ecke ablassen. Allerhand! Ich musste mich aber besser benehmen, ich konnte Frauchen ja nicht in Schwierigkeiten bringen.

Ach ... oh nein ... herrjeh ... plötzlich spürte ich ein übles Grummeln in meinem unteren Magentrakt, das weiter abwärts zog. Es gluckerte sehr komisch, drückte, zwickte und wirbelte Luftblasen durch meinen Darm. So ein Mist! Ich musste unbedingt ein Häufchen machen. Ich drehte und wand mich im Kreise, suchte eine gute Stelle, krümmte schon den Rücken, die übliche Vorbereitung auf mein großes Geschäft eben ... Frauchen zog mich schnell, aber ganz schnell, in eine dunkle Ecke. Dort fand ich einen Platz an einem Baum mit ein klein wenig Stadterde drum herum und ganz vielen Pflastersteinen davor. Wusch! Mein Häufchen war ein ziemlicher Brei. Stadtgänge können echt aufregend sein und Stadtgänge können Durchfall machen.

Ziemlich blöd war, dieses Brei-Häufchen in einen dieser knisternden Kotbeutel zu bekommen. Kurz: Ein Ding der Unmöglichkeit, ohne Schmierspuren zu hinterlassen,

die am Ende noch schlimmer waren als das Häufchen selbst. Da ging wirklich gar nichts. Wir schauten uns verstohlen um und machten uns aus dem Staub. Aber mit, mein Indianerehrenwort, mit ganz, ganz fiesen Schuldgefühlen.
In der Vorweihnachtszeit sollte Hund einfach nicht in die Stadt gehen, das bringt den robustesten Magen total durcheinander. Viel zu viel Trubel hier. Die geschmückten Glühweinbuden des alljährlich gleich aussehenden Winterdorfes waren längst aufgebaut und in vollem Betrieb. Gröhlende Leute drängten durch die Menge, feierten eine After-Work-Party oder feierten irgendwas. Nicht einfach für einen Herdenschutzhund, da die innere Ruhe und den Durchblick zu bewahren. Aber ich würde üben. Bald wäre ich der allerfeinste Stadtbegleithund. Nicht täglich, ganz bestimmt nicht, das wäre nicht mein Leben, aber ab und zu. Hauptsache an Frauchens Seite. Und wer weiß, was ein Mann an Frauchens Seite mal für ein Benehmen von mir erwarten würde. Zumindest sollte ich die Grundzüge stadtfeinen Benehmens drauf haben, falls es mal drauf ankommen sollte.
Ein Taschenhund kläffte mich hell klirrend an. Er wurde gleich von seiner Besitzerin hochgerissen und auf den Arm genommen. Menno, ich habe zwar grade ein Durchfallhäufchen an einen Baum gesetzt, aber ansonsten bin ich wirklich prima sozialisiert. Ich tue doch keinem winzig kleinen Hund etwas. Ist ja wohl zum Lachen. Immer diese Leute von den Mini-Tölen! Würden nicht die Zweibeiner in Angstschweiß ausbrechen – das konnte ich genau riechen, da macht mir keiner was vor -, dann wäre auch das Hündchen entspannter. „Nehmen Sie doch ihren Hund an die Leine", schimpfte die Besitzerin von Schreihals uns an.
„Er ist (!) an der Leine, lassen Sie ihren mal runter, wir

verspeisen den nicht", maulte Mareike zurück.
Gut so, Frauchen, lass dir nichts gefallen. Ein unangenehm stechendes Blenden vernebelte mir die klare Aussicht. Das mit funkelndem Strass besetzte Halsband von Mini Töle schillerte in tausend Facetten über den Gehsteig.
Armer Hund, dachte ich bei mir, leuchtet wie ein Tannenbaum. Als wir weitergingen, schnippte ein scharfes Geräusch durch das Getöse. Schnipp, schnipp ... das Einrasten einer Flexi-Leine. Diese Leinen für leichtgewichtige Hunde, die sich in einem Kasten aufrollen. Ziemlich komplizierte Sache und bestimmt auch stressig, diesen Kasten rumzuschleppen und immer dieses nervtötende Schnippen hören zu müssen. Kein Wunder, dass da beide etwas gereizt waren, das Hündchen und der Mensch. Meine feine Ausgehleine für die Stadt war aus Leder, drei Meter lang, ohne jedes Schnippen. Und für meine geliebten Wald-Feld-Flur Touren hatten wir ja unsere 10 Meter Schleppleine.
Spielzeug hatte ich nicht dabei. Manche Hunde hier schleppten ihre Bälle oder auch Püppchen durch die Gassen der Einkaufsmeile. Stolz wie Oskar! Das beruhigte wohl ihre Nerven, sie sahen jedenfalls sehr entspannt aus. Mit grade gestrecktem Rücken liefen sie durch die überfülltesten Gassen. Einige warteten auch ganz tapfer vor einem Geschäft, während ihre Leute einkaufen gingen. Die Ladentür ließen sie aber nicht aus den Augen, es war viel zu spannend, was da antransportiert wurde: Tüten über Tüten. Das Weihnachtsgeschäft war in vollem Gange. Der 24ste Dezember kam mit Riesenschritten näher. Frauchen musste auch schnell in eine Drogerie. Ich denke, sie besorgte dort ein komisches Deodorant. Ganz merkwürdig, diese Menschen, übertönen einfach ihren Geruch auf Teufel komm raus.

Dabei ist das doch das A und O der Kommunikation: Ich mag dich gut riechen, so sagen wir Hunde. Das ist unser allererstes Urteil und das bleibt. Fast schon ein Gesetz. Den Menschen fliegt bei ihren ersten Begegnungen eine parfümierte Wolke entgegen. Hmmh, Geschmackssache, was da wirkt beim Gegenüber. Ich stand als Hund mehr auf den unverfälschten Original-Duft, unverwechselbar, jede Person nach ihrer Art. Aber womöglich dachte ich ja noch nicht zivilisiert genug?

Der nächste Mini Vierbeiner, der uns begegnete, war ganz anders gestrickt als der erste. Er legte sich auf den Boden und erwartete mich ganz ruhig. Kleine Kameraden interessierten mich nicht allzu sehr, aber ich war ein höflicher Hund. So eine nette Einladung durfte ein Hund mit guten Manieren nicht ignorieren, fand ich. Wir drehten beide unsere Köpfe zur Seite: Ich tue dir nichts, erstmal dich vorsichtig abtasten. Unsere internationale Sprache versteht jeder gut sozialisierte Hund, hier und überall auf dem Erdball. Warum hatten eigentlich Menschen so brutal viele Sprachen? Und dann verstanden sie sich noch nicht mal in der gleichen Sprache! Menschen sind eben einfach doch komplizierter, vielleicht auch komplexer. Sollte ich ihre komplizierte Komplexität positiv bewerten? Ich wusste es nicht.
Der Kleine und ich leckten uns die Wangen ab und schauten auch mal hinten vorbei, wie der andere dort so riecht. Gut, Daten abgespeichert. Wir kannten uns jetzt. Würden wir uns wiederbegegnen, müssten wir nur die Informationen abrufen: Ah, der vom Tag xy, ein ganz und gar Lieber. Das ist schon echt ein prima System, das uns die Natur mitgegeben hat. „Tschüss, Kleiner, bis irgendwann einmal. Schöne Weihnachten dir."

Dann gingen wir zurück zum Auto. Ein weißes Zettelchen klemmte unter den Scheibenwischern.
„Grrrh!", grummelte Mareike, „Parkzeit überzogen".
Die waren aber auch schnell hier. Das kostete uns ein bisschen was. Wir hätten das jetzt auf den netten Kleinen von eben schieben können, das hatte ziemlich viel Zeit verschlungen. Neh, war unsere eigene Dusseligkeit. In die Stadt zu fahren ist aufregend, ist anstrengend, ist irritierend – siehe Brei-Häufchen – und kann auch noch teuer werden. Das nächste Mal würden wir vom Stadtrand reinlaufen, beschlossen wir. Wir waren jung und gesund, das ging schon. Ein Auto weniger in der Innenstadt und keine Strafzettel mehr für uns.

Online Dating Andreas blieb zwei Wochen in den Staaten. Da war wohl mächtig viel zu tun in seiner Firma kurz vor Weihnachten. Optimieren, Haifisch raushängen lassen, Leute entlassen, Zieljahresgespräche führen, Umsatzzahlen festlegen. In der Zeit minimierte sich die Schreiberei zwischen den beiden ein wenig. Gott sei Dank, dachte ich, das ist nicht der Richtige für Frauchen und für mich auch nicht. Braunauge wäre es gewesen. An dem hatte ich echt einen Narren gefressen. Ein Mist aber auch, dass Frauchen durch dieses ganze Online Zeug verlernt hatte, wie sie mit einem real vor ihr stehenden Mann umgehen und den mal tüchtig anflirten sollte. Traurig, aber wahr!
Ein wenig verstand ich sie aber auch. Wenn das mit diesem Andreas auch nicht live war, es war dennoch schön, mit einem ´Guten Morgen` geweckt zu werden und mit einem Abendgruß ins Bett gebracht zu werden. Wenn sie sich aber bloß nicht zu sehr verrannte in diese Gewohnheit, mit diesem Andreas, den sie noch niemals gesehen, geschmeckt oder gerochen hatte, eine Lücke in

ihrem Leben füllen zu wollen.

Viele versuchten das offenbar, Online Dating boomte, aber es gab wohl selten einen guten Ausgang. Darüber entschied dann doch das erste reale Date, wenn sich zwei das erste Mal gegenüber standen. Mimik, Geruch, Ausstrahlung, das ganze Paket eben, das wir als Hunde so schnell erfassen, alles mochte ganz anders sein als die in der Fantasie aufgebaute Vorstellung und binnen einer Sekunde konnte alles zusammenbrechen. Genauso würde es bestimmt mit diesem Andreas laufen, das wusste ich einfach.

Gut, er mochte Hunde. Ein Riesen-Pluspunkt und eine zwingende Voraussetzung, was der Mann an Frauchens Seite mitbringen musste. Aber ob er sich auch gerne schmutzig machen würde mit mir? Mit meiner Schleppleine in seinen Händen den Schlamm einholen, mit mir und uns über Bäche springen und Abhänge hoch und runter krabbeln? Mir schien er doch ein wenig zu bequem und auch irgendwie so eine Art Stadtmensch zu sein. Bestimmt bevorzugte er sauber gepflasterte Straßen.

Haben Hunde tatsächlichen einen siebten Sinn?

Das sollte sich mit dem Einzug der düster tristen Spätnovembertage zeigen. Manche Menschen überlegen sich zum Ende eines jeden Jahres, was sie im nächsten Jahr erreichen möchten und manche ändern da plötzlich ihre Ansichten und Ziele von vorne bis hinten. Wollen dann zum Beispiel nicht mehr dort hinziehen, sondern dorthin.

An den Tagen, an denen es schneller dunkel wird, haben Menschen offenbar viel Zeit, in sich zu gehen und komische neue Wünsche zu entdecken.

Andreas schrieb: ´Ich habe ein wahres Traumhaus gefunden. An der Alster in Hamburg. Ich werde direkt

von den Staaten dort hinfliegen und den zweiten bis vierten Advent in Hamburg verbringen. Wäre sehr schön, wenn wir uns in dieser Zeit oben sehen könnten.`
Alster? Hamburg? Großstadt? Ach, nöh!
Mareike hatte auch keine Lust dazu: ´Hallo Andreas! Das sind ja schöne Neuigkeiten. Hamburg ist eine sehr schöne Stadt, für mich wäre das aber nichts. Nicht mit meinem großen Hund. Ich werde zudem in der Adventszeit hier unten bleiben. Es ist mein letzter Advent hier in meiner alten Umgebung. Warum kommst nicht du hierher? Wir hatten doch den Weihnachtsmarkt in Nürnberg angedacht. Vielleicht auch nur ich? Das weiß ich nicht mehr so genau. Na ja, bitte melde dich. Gruß Mareike`
Andreas: ´Treffen wir uns in der Mitte? Hannover zum Beispiel? Ja, in Hamburg wäre ein kleinerer Hund natürlich sinnvoller. Vielleicht doch ein Taschenhund? Denk mal drüber nach.`
Frauchen pustete, fffffttthhhh … Allerhand! Sie musste erstmal durchatmen und ihre Gedanken ordnen, bevor sie antworten konnte: ´Hannover? Das ist ein Katzensprung von Hamburg aus. Ich erwarte, besser gesagt, erhoffe schon, dass ein Mann die größere Strecke auf sich nimmt. Um genau zu sein, ich wünsche mir, dass ich es wert bin, dass man ganz zu mir fährt. Vielleicht bin ich da altmodisch, bin ich dann eben. Einen Taschenhund? Lieber Andreas, ich hänge an meinem Aurelius und ich behalte meinen Aurelius. Hunde tauscht man nicht einfach schnell mal aus. Vielleicht in deinem optimierbaren Metier. Neue Rahmenbedingungen, neuer Inhalt. Ist das so einfach für dich? Weißt du was, in so ein Modell passe ich nicht rein. Schade. Oder nicht schade, es ist, wie es ist. Was haben wir uns vorgestellt?

Wir kennen uns ja noch nicht mal.`
´Stimmt!` kam knackig und knapp in nicht besser rationalisierbarer Kürze ein mehrdeutig interpretierbares einsilbiges Schlusswort von Andreas.
V-e-r-g-i-s-s ihn, leckte ich Mareike mitfühlend über den Arm. Ich habe dir das schon ein paar Mal gesagt, bitte höre endlich auf mein gesundes Bauchgefühl.
Mareike und Andreas tauschten noch ein paar nichtssagende Worthülsen aus, dann schlief der Kontakt mehr oder weniger ein. Puuuh … erstmal hatte ich eine ganze Menge an Trösterlis an Frauchen zu verteilen – aber das machte ich doch sehr gerne, mit voller Hingabe und mit ganzem Herzen. Die Idee von einem zweibeinigen Gefährten an ihrer Seite geisterte noch ein paar Tage wie ein Weihnachtslisten-Wunsch durch Frauchens Gedanken - dann waren wir wieder allein. Es war irgendwie auch die falsche Jahreszeit, unser Rudel zu erweitern. Der Frühling, das ist die Zeit eines verheißungsvollen Neubeginns und was man da gesät und gepflegt hat, das kann man getrost mit ins Winterquartier nehmen. Jeder Bauer weiß das!

Aus der Küche von Bauer Fischhuber duftete die Weihnachtsbäckerei bis zu uns herüber. Da musste ein Stollen im Ofen sein mit einer mächtigen Füllung an Rosinen, Sukkade, Orangeat und Marzipan, zusammengehalten von einem leichten Mantel aus Mehl und Eiern. Zwei Wochen sollte das noch durchziehen, es würde rechtzeitig für die Feiertage fertig sein. Mareike backte Vanillekipferl und Zimtsterne. Und sie probierte ein Keksrezept für Hunde aus. Ich dachte an die köstlichen Kekse, die aus Braunauges Gummikugel gerollt waren.
Ach, war das ein schöner Tag gewesen. Wo mag Braunauge jetzt sein? Gibt es Zufälle auf dieser Welt? Würden

sich die beiden wiederbegegnen? In Indien soll es diese magische Palmblatt-Bibliothek geben. Dort ist das Leben jedes Einzelnen in dicke Bücher geschrieben. Beim Zeus, ich war kein Esoteriker und ich glaubte auch nicht an Vorherbestimmung, sondern an aktives Handeln, sonst hätte ich mich auch nicht in Griechenland auf die Suche nach einer deutschen Familie gemacht.
Wie aber es anstellen, diesen Mann aufzutun? Wenn Menschen so gut riechen könnten wie wir Hunde, dann würde er es wissen, wo Frauchen wohnt. Wo lebte er doch gleich? Nordseeküste. Prima! Da ziehen wir ja nächstes Jahr hin. Bestimmt kreuzen sich dort unsere Wege. Bestimmt steht das geschrieben in der schönen Palmblatt-Bibliothek.

Über Nacht hatte es gefroren. Glatteis überspiegelte die Straßen. Selbst die kleinen Wege waren zu einer gefährlichen Zone geworden. Die Pfade neben den Feldern waren zwar etwas griffiger, aber man rutschte dennoch leicht ab. Das war keine gute Witterung für einen langen Spaziergang, selbst für uns nicht, obwohl wir beide wirklich hart gesotten waren.
Frauchen schrieb ihre Blogs, während ihr Tee aus der Tasse dampfte, und ich schaute bei den Schafen vorbei. Ich döste dort eine Runde im Stroh, diese Dunkelheit schon am Tage machte echt müde. Danach trabte ich zum Gänsestall rüber. Hunde können zwar nicht so gut sehen wie riechen, aber mir fiel dennoch sofort auf: Zehn Gänse fehlten. Nochmal nachzählen. Vielleicht waren sie auf dem Dachboden oder irgendwo eingeklemmt und befanden sich in Not. Es fehlten immer noch zehn. Ich suchte eine Stunde nach ihnen, bis mir klar wurde, was geschehen war. Sie waren tatsächlich eingeklemmt und zwar in einer Bratenröhre, in welcher

sie stumm vor sich hin schmorten, irgendwo in dieser weihnachtlich beleuchteten kleinen Stadt. Mir war zum Heulen zumute.

Heiligabend verbrachten wir drüben beim Bauern, zusammen mit der im Haus lebenden Mutter des Bauern, Oma Elfriede. Auch die beiden Töchter des Hauses waren fürs Fest gekommen, sie mussten auch endlich mal wieder ihre Oma sehen. Ein Weihnachten mit Kindern, wenn auch längst erwachsen, und einer Oma, das war einfach schön. Der Tannenbaum versprühte seinen Nadelduft, echte Kerzen flackerten durch die Dämmerung. Es war tief verschneit. Unter unseren Fußtritten knirschten die verharschten Kristallkuppen. Dicke Eiszapfen hingen von den Dachrinnen herunter, ganz schön gefährliche Geschosse, aber zauberhaft anzusehen.
Es war ein Weihnachtsabend wie aus dem Bilderbuch. Der Bauer pflegte noch die Tradition, Weihnachtslieder zu singen, bevor es an die Festtafel ging. Eine Pyramide drehte sich auf dem Tisch und warf mit ihren schmalen Kerzen das warme Licht mal hierhin, mal dorthin. Die Bäuerin kümmerte sich um das leibliche Wohl. Sie legte den Festtagsbraten vor, jeder bekam erstmal ein Scheibchen.
Das roch aber verdammt nach … hmmh … nach was? Kam mir irgendwie sehr bekannt vor. Es roch nach Diva, der Stolzesten aller Gänse. Deshalb hatte sie gestern im Stall gefehlt! Erst die zehn anderen und jetzt auch noch Diva.
Mir wurde übel! Ich rührte kein Stück von dem Braten an, den Frauchen mir heimlich unter dem Tisch zustecken wollte. Nicht ein Braten, den ich gekannt habe. Nein, danke! Vor Kummer erschöpft schlief ich unter

dem Tisch ein. Es wurde recht spät, bis wir nach Hause rüber liefen, mein Bauch knurrte hungrig. Schnell vertilgte ich die Hälfte der frisch gebackenen Hundekekse, die noch warm auf dem Backblech lagen. Was können Kekse doch köstlich sein!
Frauchen fühlte sich etwas unwohl - sie hatte Diva gegessen. Ich glaube, sie fühlte sich sogar ziemlich sehr unwohl. Ein übler Heiliger Abend!
Frauchen musste sich ablenken und schrieb einen kurzen Weihnachtsgruß an Andreas.
´Lieben Dank`, schrieb er zurück, ´ich wünsche dir auch ein schönes Fest. Wir hatten eben Braten und jetzt trinken wir noch einen Glühwein.`
´Ja, wir haben auch einen Braten gegessen. Eine Gans, die zuvor im Stall bei unserem Bauern lebte. Ich frage mich grade, ob ich selbst sie hätte umbringen können. Wenn das ein anderer macht, ist das einfacher. Wir wollen mit dem Tod irgendwie nichts zu tun haben. Wir essen das, was andere für uns töten.`
Andreas: ´Was für trübe Gedanken am Heiligen Abend, Mareike. Das ist der Verlauf der Welt.`
Mareike: ´Ist es das? Können wir nicht unseren Anteil dazu beitragen, dass sich etwas ändert? In vielerlei Hinsicht.`
Andreas: ´Mach! Ich bin gespannt.`
Mareike: ´Ja, mache ich. Bis bald. Gruß, Mareike`
Und wir würden etwas machen. Wir würden nicht alles verändern können, wir würden auch nicht den Tod und das Schlachtvieh abschaffen können. Aber tun konnten wir trotzdem was.
Plötzlich dachte Frauchen ganz allgemein über den Tod nach. Und das am Heiligen Abend. Sie dachte an die vielen alten Menschen, die jetzt allein waren und nicht in einer Familie aufgehoben waren so wie Bauers Mut-

ter. Irgendwie betraf uns das schließlich alle, irgendwann einmal. Wir würden auch alt werden, Frauchen und ich. Wer würde sich dann um uns kümmern? Es musste etwas anderes geben, als im Alter allein zu sein oder womöglich in einem Seniorenheim zu versauern und dort auf den Tod zu warten.

Silvester! Ein Jahr ging zur Neige. Für mich war es ein bedeutungsvolles Jahr gewesen. Es war das Jahr, in dem in ein Zuhause mit einem Namen bekommen hatte. Wir begrüßten das Neue auf dem Hügel hinter unserer Hütte. Ein prima Aussichtspunkt, um die bunte Knallerei über der Stadt zu beobachten. Mit dem Verglühen des letzten Glitzerstaubes schickte ich meiner Mutter die besten Wünsche für das junge Jahr hinüber. Plötzlich wurde ich ein wenig wehmütig, eine leichte Traurigkeit durchrieselte mich. Trotz der Kälte setzten wir uns auf den nackten Boden und Frauchen schlang ihren Arm um mich. So schauten wir in schweigender Eintracht auf den dicken rauchigen Dunst, der über den Tälern hing. Ich drückte mich an Mareike und leckte ihr übers Gesicht. Danke für das schöne Jahr! So gerne hätte ich ihr das ins Ohr geflüstert. So konnte ich sie nur mit meinen großen bernsteinfarbenen Augen anschauen.
Hunde und Menschen bekommen manchmal einen ähnlichen Gesichtsausdruck, wenn sie lange zusammen sind. Mareike schaute mit ihren azurblauen Augen zurück.
„Du bist mein schönstes Geschenk, das mir das letzte Jahr gebracht hat", sagte sie. „Ich hoffe, auch du bist glücklich, bei mir zu sein. Vielleicht können wir dieses Jahr nach Griechenland, in deine Heimat, reisen. Dann kannst du entscheiden, ob du mit mir zurückkommen oder dort bei deinen Wurzeln bleiben möchtest. Ob

deine Mutter noch lebt? Sie wird älter und womöglich möchtest du dich um sie kümmern? Sie hat dir dein Leben geschenkt. Vielleicht möchte sie auch mit uns kommen. Nach Deutschland. Falls wir sie finden. Wir haben Platz genug für einen Altersruhesitz für deine Mutter."
Ich schlabberte Mareike über ihr ganzes Gesicht, sie wurde ganz nass davon. Nicht so schön, bei dieser Kälte, aber ich konnte leider nichts dagegen tun. Ich schlabberte weiter - so überschäumend froh war ich über unsere Pläne für dieses Jahr.

Der Januar war bitter kalt. Zum Glück hatte es vor dem Einbruch von minus 20 Grad tüchtig geschneit. Der Schnee isolierte ein wenig, ohne Schnee wäre die Kälte noch schneidender gewesen. Zu Beginn des Monats fiel so viel Schnee, dass man in der Stadt mit den Räumarbeiten gar nicht mehr hinterher kam. Es gab auch keinen Platz mehr an den Straßenrändern, wohin man noch etwas hätte schieben können. Die Schneeberge türmten sich mannshoch, sie mussten mit Lastwagen abtransportiert werden.
Die Nachrichten meldeten Schrecken-Szenarios. Der kälteste Winter seit sowieso. Das verstand ich jetzt nicht so ganz, warum die sich alle so aufregten. Winter ist Winter! Auch Mareike liebte die Ruhe, die sich mit dem Schnee auf die Welt senkte, eine herrlich entschleunigte Welt. Der Sommer in der Stadt war laut und schrill; er dröhnte in den Ohren, wenn wild aufbrausende Autos mit quietschenden Reifen Wettläufe bis zur nächsten Ampel durchzogen. Der Winter war kalt, aber auch sanft und freundlich, so wie das ruhig flackernde Licht einer Kerze. Wenn wir über die Schneeberge am Straßenrand kraxelten, schenkten die Menschen uns ein

Lächeln. Der ganze Winter machte freundlich und ließ die Menschen näher zusammenrücken, vielleicht, weil alles so reduziert war, auf das Wesentliche, so wie Frauchen in ihrem Blog schrieb.
Meine Zeitungsausgabe war jetzt allerdings nicht so hübsch anzusehen. Mein Beinchen-Heben hinterließ gelbe Spuren im frischen weißen Schnee. Drahthaar war momentan nicht allzu oft zu sehen; offenbar war er doch nicht so robust wie ich und vertrug minus 20 Grad nicht allzu gut. Unsere Pinkelbotschaften beschränkten sich jetzt auf Auffrischung alle paar Tage, eine schmale Winterausgabe unserer Zeitung. Meine Nachrichten erzählten von langen Wanderungen auf knirschendem Schnee, von der Weite des Horizonts und vom Kristallblau des Himmels - so unendlich klar wie frisch gekehrt. Und ich schrieb Drahthaar jetzt von dunklen Tannenwäldern, die unter der schweren Last der Flocken seufzten. Hier und da hingen noch ein paar glänzende Kugeln in den Zweigen. Im Dezember war hier die Waldweihnacht mit Fackelläufen gefeiert worden. Wir waren sehr gerne in diesem puderbedeckten, verzauberten Winter-Wald unterwegs, auch wenn manchmal eine halbe Tonne Schnee von einer Tanne runter prasselte und Mareike in den Ausschnitt klatschte. Wuuah … eisig! Das musste ich Drahthaar berichten.
Zuhause gab es dann ein warmes Bad und dampfenden Tee. Mit dem Bauern stand ich immer noch auf Kriegspfote wegen Diva. Im Fernsehen lief im Februar eine Reportage über das Leben am Baikalsee. Mann, was musste die Natur dort gewaltig sein! Die Rinder wurden dort geschächtet, ihnen wurde ratzfatz die Gurgel mit einem Messer durchtrennt. Die Leute dort sagten, das sei für das Tier gar nicht so grausam, sondern vielmehr die sanfteste Methode wenn es ums Töten ging.

Das mag sein, dachte ich mir, wenn ich dagegen an die Schweine in den Transportern bei uns dachte. Außerdem hatten diese Baikal-Rinder zuvor ein tolles Leben. Sie durften auf großen Weiden rumrennen und ein paar Jahre erstmal Rind sein. Ich überlegte, wie alt Diva eigentlich geworden war. Sie war bestimmt ein paar Jahre alt gewesen.
Immerhin, beruhigte ich mich. Ein paar Tage brauchte ich noch, dann grüßte ich den Bauern wieder normal, wenn ich ihm begegnete, so, als sei nichts gewesen. Gute Nachbarschaft darf man sich einfach nicht verderben, da muss Hund freundlich sein. Doch dann änderte ich meine Meinung schlagartig wieder. Die Schafe wurden dick und rund, einige zumindest. Bald würden sie Nachwuchs bekommen und Ostern war nicht mehr weit entfernt. Ich ahnte Übles: Hier wurden Osterlämmer produziert!

Der März war ein ungemütlicher Monat. Der Schnee war weg, aber es brach eine neue Kältewelle ein. Mit heftigem Wind. Die Farben der Natur waren fahl und stechend hart. Hart wie der Teer, der sich auf den Straßen wieder aus dem Schnee hervorgeschält hatte, zerfressen von Löchern und Rissen, die der Frost hinterlassen hatte. Das Wetter wechselte. Plötzlich sprang das Thermometer einige Grad nach oben. Endlich wagten die Schneeglöckchen, ihre Köpfe aus der Erde zu stecken. Die ersten Boten des Frühlings. Alles erwachte zu neuem Leben.
Auch im Schafstall war neues Leben: Neun Lämmer waren geboren worden. Ich freute mich über die Maßen und verbrachte wieder viele Stunden im Stall. Die Mütter hatten volles Vertrauen zu mir. Ich leckte die Lämmer mit trocken und stupste sie, wenn sie sich zu weit

von ihren Müttern entfernten. Eines lag mir besonders am Herzen. Es war das Kleinste und Pflegebedürftigste. Ich zeigte es Frauchen. Sie schaute jetzt auch jeden Tag mit rüber. Das Lämmchen nannten wir Emma. Emma entwickelte sich prächtig, dank unserer Pflege. Wenn ich abends nach Hause lief, schaute sie mir mit traurigem Blick nach.
„Bis morgen", versprach ich ihr dann stets. Meine Aufmerksamkeit verteilte ich jetzt etwas ungerecht, ich weiß. Emma hatte jetzt einen Namen und wer einen Namen bekommen hat, für den habe ich ganz besondere Verantwortung. So wie ich von Mareike meinen Namen bekommen hatte und sie für mich sorgte. Ich war nicht mehr so naiv wie vor der Sache mit Diva. Einfach in den Tag hineinzuträumen, das ging für mich nicht mehr. Nein, ich war jetzt realistisch. Diese Lämmer würden verkauft und geschlachtet werden und das wäre in allernächster Zukunft der Fall. Dem Bauern konnte ich keinen Vorwurf mehr machen, mir fiel kein schlagkräftiges Argument ein. Schließlich war er Bauer und er lebte vom Verkauf seiner landwirtschaftlichen Produkte, wozu auch die Schafe gehörten. Und die Milchkühe brachten nicht mehr genug ein.
Das alles hatte ich mittlerweile verstanden. Aber nicht Emma! Zwei Wochen vor Ostern, das dieses Jahr in den April fiel, begann ich meinen Sitzstreik. Ich rührte mich keinen Schritt mehr von der Stelle. Den ganzen Tag und die ganze Nacht blieb ich an Emmas Seite. Fast hätte Frauchen auch ihr Nachtlager hier aufgeschlagen. Wir grübelten und grübelten, aber hatten noch keine Lösung.
Mareike holte ihr Notebook und schrieb darüber in ihrem Hunde-Blog. Wie ihr Hund auszog, um ein Lamm zu beschützen. Zugleich konnte auch sie den

Bauern nicht verurteilen, der nun mal sein Leben mit dem Verkauf bestreiten musste. Aber trotzdem war das alles so traurig.
′Mein Hund sitzt immer noch drüben, sein Körbchen hier ist leer. Ich bewundere meinen Hund. Er setzt sich ein für das, was ihm lieb ist. Ich weiß noch nicht, wie die Sache ausgeht, Ostern ist in einer Woche …`, teilte Mareike in ihrem Blog mit.
Eine Message flatterte ins Blog Postfach:
′Ich möchte Emma kaufen. Als Ganzes und sie bleibt auch ganz. Bitte teilen Sie mir mit, wo ich sie finde. Emma und Ihren Hund. Und Sie natürlich. Ich bitte umgehend um Antwort. Beste Grüße an Ihren Hund. Er möge bitte noch durchhalten. Morgen könnte ich bei Ihnen sein. Egal, wie viele Kilometer ich fahren muss. Ich schaffe das!
Hauke Börnstetten.`
Mareike war platt. Überrascht und erfreut. Und durcheinander. Da war Jemand, der Emma retten wollte und sie lamentierte darüber nur in ihrem Blog, statt was zu tun.
′Sehr geehrter Herr Börnstetten`, begann sie ihre Antwort. ′Sie beschämen mich. Ich schreibe über Emma, über ein Lamm, das einen Namen hat, über ein Lamm, das nebenan wohnt und das ich seit seiner Geburt kenne. Ich schreibe, während Emmas Schicksal am seidenen Faden hängt. Ich habe nichts Gescheiteres zu tun, als zu schreiben. Ich sollte es retten, ich, die es kennt. Verzeihen Sie mir, dass ich erst den Anstoß dazu brauchte. Mit allerbesten Grüßen Mareike Rosenthal.`
Abgesandt. Fünf Minuten später wieder Message im Postfach.
′Beste Frau Rosenthal!
Ich lese schon lange Ihren Blog. Ihre Geschichten fes-

seln mich jedes Mal aufs Neue. Ich bin ein Verehrer Ihres Blogs. Ich verehre auch Ihren Hund, der so entschlossen über Emma wacht. Diese Geschichte wird mir schlaflose Nächte bereiten, sofern ich mich nicht selbst davon überzeugen kann, dass Emma nicht als Osterlamm enden wird. Wollen sie das? Mir schlaflose Nächte bereiten? Sie entschuldigen, aber ich lasse mich nicht abwimmeln. Da kann ich ganz hartnäckig sein, glauben Sie mir. Ich werde Sie jeden Tag mit Messages überhäufen, bis Ihr Postfach ganz voll ist. Ein einziges kann dieses abwenden: Wo wohnen Sie? Ich möchte Emma, Ihren Hund und Sie kennenlernen.
Können sie überhaupt Emma ein gutes Schafleben bieten? Ich bin Tierarzt und ich habe zudem eine kleine Schafherde. Sie lebt auf dem Deich in meiner Nähe. Sehen Sie, Emma würde sich hier sehr wohlfühlen. Beste Grüße Hauke Börnstetten.´
Grrrrh, ein Tierarzt. Mir kamen die Bilder des rabiaten Tierarztes in den Sinn, der mir meine ernste Impfung verpasste. So ein Typ musste nicht unbedingt vorbeikommen. Ich mag keine Tierärzte. Allerdings ging es um Emma. Das war jetzt wichtiger. Und wenn ich genau hinhörte, so klang dieser Börnstetten doch sehr viel lieblicher als sein griechischer Kollege. Und hartnäckig war er! Das beeindruckte offenbar auch Frauchen. Sie schmunzelte trotz des tod-ernsten Anlasses. Sie hörte gar nicht mehr auf, zu schmunzeln.
Okay. Sie gab diesem Hauke unsere Adresse durch.
´Morgen Abend gegen 18 Uhr bin ich bei Ihnen. Bis dahin, ich wünsche Ihnen eine angenehme Nacht. Auch ich werde jetzt gut schlafen können. Hauke Börnstetten`
Irgendwas ging hier vor sich. Irgendwas lag hier in der Luft. Es ging nicht nur um Emma.

Wir wachten beide gegen 7 Uhr nebeneinander im Stroh auf. Emma zwischen uns. Mareike war eingeschlafen. Besser konnte Emma gar nicht bewacht werden. Von Hund und Mensch. Mareike schüttelte sich das Stroh ab, strich uns beiden über den Kopf und ging rüber in die Wohnung, Frühstück machen für sich und für mich. Mein Schüsselchen brachte sie mir rüber und ging dann an ihre Arbeit, ein paar Seiten schreiben und Hausarbeit machen. Es dunkelte bereits, als ich ein mir unbekanntes Motorengeräusch hörte. Das musste dieser Hauke sein. Ob ich es wagen konnte, Emma einen ganz kurzen Moment allein zu lassen? Ich überprüfte schnell die Lage, gut, der Bauer war nicht zu Hause, sehr gut.
Schnell lief ich rüber. Grade rechtzeitig, um als erster eine Geruchsprobe von Emmas Käufer nehmen zu können. Hhhhhmmm, das habe ich irgendwo schon mal gerochen. Roch sehr gut. Roch nach gutem Charakter, roch nach Empathie für Mensch und Tier, roch kräftig stark und zugleich sehr sensibel. Eine außergewöhnliche Mischung. Auch Spuren von Hund und Schaf machte ich in seinem Duftgemisch aus.
„Hallo, wer bist du denn?" begrüßte mich der Mann. „Sag mal, kennen wir uns? Dich habe ich doch schon mal gesehen." Ah ha, dem Mann ging es also genauso wie mir. Mir mussten uns schon mal begegnet sein. Wo mag das gewesen sein?
Der Mann musste nicht lange nach der Eingangstür zu unserem Heim suchen, ich führte ihn und er folgte mir. Längst war ihm klar, dass ich Emmas Beschützer war. Er klingelte an unserer Tür. Der Flur warf seinen hellen Lichtkegel direkt auf den Mann. Nein?! Braunauge! Meine Augen weiteten sich in maßlosem Entzücken. Der nette Mann von der Hundemesse, wo wir mein Körbchen gekauft hatten. Der Mann, der Frauchen

versetzt hatte. Der Mann, den ich als Partner für Frauchen auserkoren hatte. Über Haukes und Mareike Stirn huschte ein leichter Schatten, sie zogen ihre Brauen hoch und blickten einander stumm an. Dann wandelte sich diese Starre in ein breites Grinsen, beide schienen synchron getaktet zu sein. „Gestatten, Hauke Börnstetten. Ich bin der Emma Interessent", lächelte er mit einem zarten Schmelz, der jede Kerze zum Zerfließen gebracht hätte. Ein Wunder, dass er nicht stammelte: Ich bin Ihr Interessent. Oder würde es umgekehrt heißen? Sind sie meine Interessentin? Hmmh, egal. Frauchen schluckte eine gehörige Portion Adrenalin hinunter und bröckelte eine paar Worte zusammen: „Freut mich, dass Sie da sind, Herr Börnstetten. Möchten Sie hereinkommen?"
Um Gottes Willen, aber nicht zu lange. Ich quetsche mich zwischen ihre Beine. Oder doch, lasst euch Zeit, euch zu beschnuppern. Ich geh dann mal alleine wieder rüber zu Emma. Bestimmt kommt ihr nach – irgendwann.
Zwei Stunden später noch immer kein Börnstetten-Frauchen-Trupp in Sicht. So was! Ich sollte kurz rüberflitzen, wer weiß, vielleicht war einer von ihnen in Ohnmacht gefallen, hatte einen Schwächeanfall erlitten oder falsche Kekse gegessen.
Nichts dergleichen. Beide waren bestens wohlauf und hingen mit ihren Teetassen auf den Sitzkissen vor dem Ofen. „Ach, so war das. Ich hatte mich tatsächlich sehr gewundert", sagte Mareike grade, als ich reinplätscherte. „Ich konnte ja nicht wissen, dass Sie Tierarzt sind. Soso."
Mareike und Hauke hatten die Altlasten ihrer jungen Bekanntschaft geklärt. Damals, als er uns stehenließ, ohne wiederzukommen, da war er zu einem Notfall auf

dem Gelände gerufen worden. Ein Hund hatte einen epileptischen Anfall erlitten. Der Geschäftsführer kannte Hauke sehr gut und wusste, dass er an diesem Tag dort anwesend war.
„Und wie ist es dem Hund ergangen?" wollte Mareike wissen. „Oh, es war ein großer Anfall, daher hatte es etwas gedauert. Als ich seine Besitzer wieder mit ihm allein lassen konnte, da waren Sie schon weg. Das hatte ich sehr bedauert."
Schweigen. Dann sagte er unvermittelt: „Glauben Sie an Schicksal? Unglaublich, dass ich Sie auf diesem Wege wiedersehe!" Mareike wich seinem intensiven Blick aus. Das waren aber auch intensiv durchdringende, braune Augen von Braunauge. Allerhand!
„Ich glaube an glückliche Fügungen. Oh, wollen Sie jetzt Emma sehen?" „Sehr gerne", schöner konnte ein Mann nicht strahlen.
Emma kam sofort auf uns zu. Meine Emma, unsere Emma. Hauke hielt ihr die Hand hin. Emma leckte drüber, ein gutes Zeichen. Klar, ich bringe doch keinen nicht schaftauglichen Mann mit in den Stall. Ich machte mich im Stroh breit, so breit, dass Mareike und Hauke eng zusammen sitzen mussten. Da passte kein Halm mehr dazwischen. Sie unterhielten sich über Haukes Heimat und über seine Deichschafe.
„Sie haben also wirklich Schafe?" „Ich muss doch sehr bitten, können diese Augen lügen?" Niemals! Ich leckte Hauke die Hände ab. Eine Freundschaftsgeste, mehr noch aber, um seine Finger zu kontrollieren. Kein Ring! Der Mann war nicht verheiratet. Allerdings: So genau weiß man das nicht. Manche tragen keinen Ring, andere tragen einen, scheren sich aber kein Stück drum. Seine Heimat war schließlich weit weg. Ob da jemand auf ihn wartete? Wehe, wenn du Frauchen weiter so anflirtest

und vergeben bist.

In allem, was er erzählte, kam nur ein ´ich` vor. Niemals ein ´wir`. Bei Frauchen schon. Wir, das waren sie und ich. „Wie gefällt dir eigentlich dein Körbchen, Aurelius? War das ein guter Tipp?" „Das war ein super Tipp", antwortete Mareike, „allerdings schläft er in der Nacht mit in meinem Bett." Ich konnte genau Haukes Gedanken lesen: in ´ihrem` Bett! Also gab es da keinen Mann. Aber nun zu dir, Hauke, wie sieht es bei dir aus?

„Mein Bernhardiner hat auch mit in meinem Bett geschlafen. Gott sei Dank habe ich ein sehr großes Bett. Sonst wäre das schwierig gewesen. Jetzt friere ich nachts. Wenn ein Mann so etwas sagen darf, ohne als Weichei zu gelten. Mein Bernhardiner fehlt mir sehr. Er ist vor kurz vor Weihnachten gestorben. Er hatte einen Tumor."

„Ach, das tut mir sehr leid. Sehr, sehr leid. Wie alt ist er geworden?"

„Elf Jahre. Das ist ein gutes Alter für einen großen Hund. Aber die Trauer bleibt dennoch. Sein Körbchen steht noch immer in meinem Schlafzimmer, gleich neben meinem Bett." Da leckte ich ihm gleich nochmal mitfühlend die Hände rauf und runter ab.

Hauke machte einen Vorschlag: „Wie wäre es, wenn wir Emma gemeinsam adoptieren? Also, leben wird sie schon bei mir, aber ihr beide müsst natürlich oft, ganz, ganz oft zu Besuch kommen." „Wir ziehen im Juli sowieso nach oben, in die Nähe von Flensburg."

„Das dauert mir viel zu lange. Wir haben April. Spätestens im Mai erwarte ich euch bei mir. Ich hole euch auch ab. Ausreden gibt es nicht! Das ist mein Deal für Emma retten."

Ein wenig forsch, der Typ, aber der wusste eben, was er wollte. Sein Charme machte seine leichte Dreistigkeit

wett. Wäre er nicht so charmant, wäre das schon etwas frech gewesen, dieser Deal mit Emma. Ich dachte kurz an Online Andreas. Der wäre nicht hier hergekommen. Online ist man ja auch sehr schnell austauschbar. Dieses hier, das war nicht mehr austauschbar. Das war real.
„Okay", bestätigte Mareike den Deal, „dann werde ich gleich ein paar Kisten mit nach oben nehmen im Mai. Bestimmt kann ich sie im Keller der neuen Wohnung unterbringen."
„Notfalls können wir die Sachen auch in meinem Haus lagern", bot Hauke an. Ich glaube, er hauchte ganz leise, nicht hörbar für Mareike, ein ´vielleicht brauchen wir die Wohnung auch gar nicht mehr` hinzu. Menschen, die wie füreinander geschaffen sind, gibt es wohl sehr selten. Glücklich die, denen es im Leben vergönnt ist, sich überhaupt zu begegnen. Noch mehr Glück bedarf es, sich in einer Zeit zu begegnen, wo beide Hälften zum Ganzen grade nicht vergeben sind. Diese beiden passten, das spürte ich. Und diese beiden hatten unendliches Glück. Und ich dazu.

Wir brauchten ein Nachtquartier für Hauke. Bei uns war es denn dann doch zu eng, so gern die beiden sich auch hatten. Der Bauer hatte ein Zimmer frei. Das war kein wirkliches Gästezimmer, aber das ging schon für eine Nacht. Zugleich unterbreiteten wir Fischhuber unser Angebot, Emma freizukaufen. Der Bauer war gerührt, er hatte doch ein großes Herz, auch wenn er das Geld dringend brauchte. Emma wurde uns übereignet. Der Bauer sagte zu Mareike: „So bist du auf eine gewisse Weise auch immer bei uns, wenn du im Juli weggehst und Emma bei dir ist. Wir werden dich und Aurelius vermissen."
Was war das hier eigentlich? Warum ging Mareike weg?

War doch alles bestens hier, wir hatten ein Stück Heimat in dem engen nachbarschaftlichen Zusammenleben. War es nur deshalb, weil Mareike hier nicht geboren war? Drängte es Menschen mit den Jahren in ihre Geburtsheimat zurück? Hhhm, Heimat waren für mich die Menschen, bei denen ich mich zuhause fühlte. Und für Mareike war doch bestimmt auch Heimat dort, wo sie verstanden wurde und wo sie sich auskannte.
Wir sollten hierbleiben, Frauchen. Hier haben wir die wunderschöne Natur, die Berge und die Täler und den Bauern. Nur jetzt gab es Hauke. Und Hauke würde nicht umziehen können. Seine Praxis war in Norddeutschland. Das würde dann aber hoffentlich der letzte Abschied von einem vertrauten Ort sein.
Aus einer Nacht beim Bauern wurden sieben, bis Hauke Emma in seinen Landrover hob und endlich losfahren musste. Länger konnte er seine Praxis nicht allein lassen.
„Am liebsten würde ich euch sofort mitnehmen."
Was sprach eigentlich dagegen? Ich schaute Frauchen mit dem tiefsten, traurigen Blick an, der mir möglich war. Schaute von Hauke zu Frauchen, Fragezeichen in meinen Augen. Ich wollte, dass wir mitfuhren. Musste ich auch noch winseln? Hey, Frauchen, dann könnten wir doch gleich mal das Umfeld dort oben unter die Lupe nehmen und sehen, ob wir uns dort überhaupt wohlfühlen. Sonst bleiben wir hier, in den Bergen und bei dem Bauern. Mareike gingen ähnliche Gedanken durch den Kopf. Sie brauchte nur eine Stunde, um ihr Notebook und ein bisschen Kleidung in einem Koffer zu verstauen. Da soll noch einer sagen, Frauen brauchen lange zum Packen! Es gibt Männer, die stehen länger im Bad als Frauchen packt. Ich kam mit Emma zusammen auf die Ladefläche. Ich glaube fast, Emma wäre gar nicht ohne mich abgereist.

Heimat

Die lange Strecke bis ins Hauke-Land war sehr abwechslungsreich. In Hessen kämpfte ich mit Würgen, das kroch ganz unvermittelt hoch aus den Tiefen meines Magens. Berge rauf und runter, das wäre ja noch gegangen, aber zudem auch noch nach links und nach rechts. Gruselig! Wie auf der Achterbahn. Nein danke, das brauchte ich nicht nochmal. Die Berge, an denen wir vorbeirollten, waren allerdings sehr einladend. Gerne hätte ich einen erklommen. Ich liebte es, auf einem Berg mit einem fantastischen Ausblick belohnt zu werden und Frauchen stiefelte ja auch gerne steile Hügel hoch.
In Niedersachsen waren die Berge futsch, flaches Land wie mit dem Bügeleisen platt gemacht. Hmmmh, na ja, vielleicht ändert das sich ja noch, bis wir in Hauke-Land sind. Aber Haukes Heimat war noch schlimmer: Flachland, so weit das Auge reichte. Noch nie so etwas gesehen! Dabei hätte ich mich mittlerweile als Kosmopolit bezeichnet. Ich hatte schon einige Länder gesehen, ich war von Griechenland über Kroatien und Österreich nach Deutschland gereist. Aber hier schien keinerlei Aussicht mehr, auf einen Berg zu stoßen, ja nicht einmal auf einen Hügel.
Hauke-Land war Salzwiesen-Land, unweit von der Nordsee. Dass die Nordsee etwas ganz Besonderes auf dieser Erde ist, das würde ich erst lernen. Nirgendwo würde ich Panta Rhei so gut studieren können wie hier, bei Ebbe und Flut, wo sich im Stundentakt alles änderte

und wiederkam. Das war etwas, was mich mit dem flachen Land versöhnte, denn Heraklits ´Alles ändert sich` war ja auf eine gewisse Weise mein Lebensmotto.
Frauchen gingen offensichtlich auch Wehmutsgedanken an die Berge durch die Sinne. Sie ließ ihre meerblauen Augen über den Horizont schweifen – nichts als Ferne, nichts als Wasser und Himmel. Ein einziges blaugraues Gemälde. Möwen schrien. Weiße, schreiende Möwenschwärme.
Mal sehen, wie es wollweiß Emma hier gefallen wird. Emma wird entscheiden, ob wir hier eine Heimat finden werden. Emma war noch ganz benommen von der langen Reise. Es brauchte ein paar Minuten, bis sie ganz klar in ihre Zukunft schauen konnte. In ihre potentielle Zukunft. Wir hatten bei Haukes Schafherde geparkt. Die Schafe kamen auch gleich an. Ein Mutterschaf interessierte sich besonders für Emma, sie hatte ihre Kleinen im Schlepptau.
„Hmmh, ein bayerisches Schaf, na ja. Komm mit, wir zeigen dir mal die Schönheit unseres Deiches. Hier ist gut was zu tun, wir haben hier nicht nur Müßiggang, wir treten den Deich fest mit unseren Hufen. Das ist gut gegen die Sturmflut."
Sturmflut was? Wasser scheint ungeheure Kräfte mobilisieren zu können. Wasser kann Leben retten, Wasser kann aber auch zerstören. Für mich waren bislang einzig und allein die Berge die Majestäten der Natur. Gewaltig und beeindruckend und unzerstörbar durch Menschenhand. Hier lernte ich ein anderes: Dieses Wasser war nicht zu bändigen, es war eine Urgewalt. Stolz und unbeirrbar ging es seiner Wege, seit Jahrtausenden.
Emma blökte fröhlich in der Ferne auf dem Deich. Sie schaute sich noch einmal um und schien uns zuzulächeln: ´Prima hier. Gefällt mir super. Die Kollegen hier

sind auch sehr freundlich und sehr entgegenkommend Fremden gegenüber.` Emma war nicht mehr fremd. Die Schafe hatten sie in ihre Familie aufgenommen. Vielleicht spürten sie auch, dass Emma vor dem sicheren Tod geflüchtet war. Diese Schafe hatten ein Herz für Flüchtlinge und handelten sehr schnell. Und Emma würde sehr rasch lernen, was von einem Deichschaf statt von einem Bergschaf erwartet wurde. Sie war ja noch klein, ein unbeschriebenes Blatt, da lernt man schneller und integriert sich gut. Das Ganze hatte ich ja auch hinter mir. Ich war auch sehr jung gewesen, als ich neu lernen musste.
Alles bestens! Ich drückte Emma alle vier Pfoten. Das war jetzt Emmas neue Heimat – und somit auch unsere.

Haukes Heim war ein großer alter Gutshof. Er bewohnte das ehemalige Gesindehaus, das er mit viel Sorgfalt renoviert hatte. In der Diele stand ein großer alter Schrank aus Eichenholz, der über Generationen vererbt worden war. Hauke war ein Einzelkind, seine Eltern lebten nicht mehr. So hatte er dieses Anwesen und diesen Schrank. In dem Schrank hingen seine wettertauglichen Jacken, der Regen prasselte hier oft schräg herunter, bei kräftiger Brise. So einen heulenden Wind hatte ich noch nicht erlebt. Heulender Wind und schreiende Möwen – alles neu für mich.
Auch Frauchen schrie in dieser Nacht. Wir schliefen im Gästezimmer im Erdgeschoss. Es gab hier viele Zimmer und auch viele Schränke. Hauke war sesshaft seit langem und er war nie umgezogen. Er wusste immer, wo er hingehörte und da hortete sich eine Menge Zeug an, ganz anders als bei Mareike, die lange nicht gewusst hatte, wo sie endgültig bleiben möchte.
Mareike wälzte sich von links nach rechts in dem gro-

ßen Bett und erzählte mir im Traum die Ohren voll. Möwen schrien, ganze Schwärme kreisten über ihr, es wurden immer mehr. Mareike schrie wegen der kreischenden Möwen, die in ihre Hände pickten. Schweißperlen rannen ihre Stirn herunter und tropften mir auf die Pfote. Mareike klammerte sich an eine Scheibe, auf der sie lag. Die Scheibe war glatt und platt und senkte ihren Winkel immer mehr. Mareike drohte, abzurutschen. Sie rutschte ab von der Erdkugel, die eine platte Scheibe geworden war. Ein hauchdünnes Etwas, durch das man hindurchsehen konnte.
Dahinter Schwärze, nichts als ein dumpfes, alles fressendes Schwarz. Mareike klammerte sich fest auf der spiegelglatten Fläche. Immer mehr sog und zerrte das Weltall um sie herum an ihr. Ein ungleicher Kampf! Gleich würde sie von der Scheibe fliegen. Sie wurde schwächer und schwächer, dann fand sie einen kleinen Halt. Sie klammerte sich an einer dünnen Wurzel fest, dünn wie ein Strohhalm, das einzige, woran sie sich noch festhalten konnte. Mareikes ganzer Körper war jetzt platschnass. Die Wurzel war gerissen. Mit den trockenen Fasern in der Hand sauste sie die Scheibe herunter ... mit einem hellen Schrei sprangen ihre blauen Augen auf.

Puuh, was für ein surrealistischer Traum! Was war mit meinem Frauchen los, was belastete sie? War es falsch gewesen, hierher zu kommen? Das konnte nichts mit Hauke zu tun haben, da war ich mir sicher. Hauke war einfach zu liebenswert, zu nett und zu freundlich, um solche Träume auszulösen. Aber irgendwas mussten wir tun. Ich hatte gehört, dass Menschen, die Schlimmes erlebt haben, solche Träume haben können. In unserem bayerischen Heim auf dem Ackerberg hatte ich von

solch üblen Träumen von Frauchen aber nichts mitbekommen - die Sache mit dem Bullen-Traum zu Zeiten von Online Andreas streiche ich mal.
War sie deshalb dort hingezogen? Wegen der schreienden Möwen? Weg von ihrer Heimat Norddeutschland? Sollten wir nicht besser in Bayern bleiben? Würde ich auch bald horrende Träume über meine griechische Geburtsheimat träumen?
Schauerliche Vorstellung!

Hauke war bereits aufgestanden. Wedelnd begrüßte ich mein Wunsch-Herrchen in spe - denn das war er immer noch trotz Frauchens üblen Traumes. Vielleicht könnte er ihr ja helfen, nicht mehr von so einem Zeug in der Nacht überrollt zu werden.
„Guten Morgen, Aurelius", strahlte er mich an und knuddelte mich erstmal von oben bis unten durch. Das tat gut! Das konnte er fast so gut wie Mareike. Bestimmt würde er auch Mareike gut durchknuddeln können. Damit sie nicht mehr von wirren Scheiben träumte.
„Guten Morgen", sagte Frauchen etwas matt. „Ich muss erstmal zu mir kommen." „Ja, du siehst etwas, nun ja, geplättet aus." Hauke sah sie mitfühlend an.
Geplättet? Klar, wer auf platten Scheiben rumkrabbelt, statt friedlich zu schlafen, der ist etwas geplättet.
Seit dem zweiten Glas Wein gestern Abend waren Mareike und Hauke endgültig beim Du. Außerdem hatten sie ja zusammen Emma adoptiert. Eine gemeinsame Aufgabe wie eine Adoption schweißt zusammen. Womöglich war es das, was meine ersten deutschen Besitzer auseinander gebracht hatte. Vielleicht brauchen Paare ein gemeinsames Projekt, an dem sie zusammen bauen, Stein für Stein. Nur Liebe allein scheint zu flüchtig zu sein bei den Menschen, was auch immer Liebe für sie

bedeutete.

Mareike pustete ihre Tasse an. Der Kaffee war aber auch heiß. Nach der dritten Tasse kam langsam wieder rosiges Leben in ihren blassen Teint.

„Ich hatte einen üblen Traum", stammelte sie. „Hmmmh, magst du mir davon erzählen?" „Später vielleicht." Hauke schaute sie durchdringend von tief unten an. Er schwieg. Manche Dinge brauchen Zeit. Sein aufmerksames Schweigen beruhigte Mareike. Leichter Wind strich in sanfter Melodie durch das offene Fenster herein.

Wir machten einen Ausflug. Hauke wollte uns die Gegend zeigen. Morgen würde er wieder in seine Praxis müssen. Seine Praxis war auf dem Gutshof untergebracht, in dem großen Hauptgebäude. Platz war hier wirklich genug. Seine Patienten, also die menschlichen, schätzten seine Kompetenz und das zwei Hektar große Anwesen war ideal, um aufgeregte Hunde-Patienten vor der Sprechstunde nochmal auszuführen. Hauke hatte großen Zulauf und viel zu tun, aber heute hatten wir drei noch den ganzen Tag Zeit füreinander.

Es war Ende April, zum Baden war es noch zu kalt. Ein Picknick im Schutz der Dünen würde gehen. Wir fuhren an den Strand. Das war kein Strand, wie ich ihn kannte aus Griechenland, wo das Ufer mehr oder minder gleich blieb. So hatte es zumindest aus der Ferne ausgesehen, wenn ich auf dem Hain stand, dort, wo ich geboren wurde. Nein, hier war das ganz anders. Es gab hier Ebbe und Flut, das war neu und aufregend für mich.

Als wir an den Strand kamen, war grade Ebbe. Ein schlammiger Schlick war zurückgeblieben, mit allerlei Zeug, das die Wellen hatten fallenlassen. In schöner Regelmäßigkeit würden die Wellen wiederkommen und

alles wieder einsammeln, auch das, was die Menschen so in die Meere warfen. Plastiktüten und so ein Zeug. Aber da lagen auch richtig schöne Dinge rum wie Muscheln und Seesterne. Wir retteten ein paar Seesterne und bedeckten sie mit dem Wasser, das sich in den Kuhlen hielt. Ich reckte meine Schnauze hoch in die Luft. Salz, Schlick, Algen ... es roch kräftig und stark. Mareike streckte auch ihre Nase in den Wind. Der Rhythmus der Brandung spielte ein beruhigendes Lied dazu.
Wir breiteten eine dicke Wolldecke auf dem Sand aus und packten unser Picknick aus dem Korb: Brötchen, Käse, Kuchen und Tee. Für mich hatten wir einen Kanister Wasser dabei. Das brauchte ich auch dringend nach dem Testen des Salzwassers. Über dem Tee dampften kleine Wölkchen, fragil und schnell vergänglich. Mareike legte sich auf den Rücken und schaute einer dahinziehenden Wolke nach. Dann erzählte sie Hauke von ihrem Traum. Und danach erzählte sie Hauke ihre Geschichte. Warum sie vor vielen Jahren ihre Heimat verlassen hatte und warum Möwen schreiend durch in ihren Traum geflattert waren. Diese Geschichte kannte ich auch noch nicht.
Ihr Verlobter war damals gestorben. Sie waren zusammen aufgewachsen, sie hatten gemeinsame Wurzeln. Sie lebten in Nachbardörfern und gingen zusammen auf die Grundschule. Sie waren wie zwei Bäume, die dicht nebeneinander standen und ein Teil ihrer Wurzeln war miteinander verschlungen, das brachte die Zeit so mit sich. Das würde es in späteren Jahren nicht wieder geben. Nicht mit diesem Andreas vom Online Dating, nicht mit Hauke und mit Niemandem. Jetzt lagen zwischen Menschen, die sich neu kennenlernten, zu viele Lebensjahre mit viel zu vielen verschiedenen Erfahrungen, da war einfach zu viel unterschiedliche Erde dazwi-

schen. Mareikes Verlobter starb bei einem Autounfall. Das Furchtbare für Mareike war, dass sie im Streit auseinander gegangen waren, als sie sich das letzte Mal sahen. Und dann war er tot. Von jetzt auf gleich – es war keine Versöhnung mehr möglich. Deshalb war Mareike bei Nacht und Nebel aus ihrer Heimat geflüchtet.
„Wir sperren heute den Tod aus. Ich denke, es wäre besser, den Toten aufzubahren, so könnte man bewusst Abschied nehmen. Die Wikinger schickten ihre Toten auf einem Boot in das Meer hinaus. Und nahmen Abschied am Ufer. Das habe ich zumindest in einem Film gesehen. Den Verstorbenen sichtbar machen, nicht ihn verstecken, so sehe ich das", erzählte Mareike.
Hauke legte den Arm um sie, drückte sie und sagte erstmal gar nichts. Dann erzählte er von einer Elefantenkuh, die er einschläfern musste in einem Zoo.
„Die Kuh ließen wir einen Tag liegen, so konnte die Herde von ihr Abschied nehmen. Sonst hätte sie ihr fehlendes Herdenmitglied lange gesucht. So war es traurig, aber so war es auch richtig und gut.
Mir ging das Ganze dennoch ein paar Tage durch den Kopf. Es ist nicht einfach für mich, den Tod mit einer Spritze herbeizuführen. Ich fühle mich schuldig. Auch wenn ich das als Tierarzt machen muss. Sie wäre sonst zwei Tage später gestorben und das unter großen Schmerzen. Es war meine erste Elefantenkuh, die ich einschläfern musste. Ich redete mir ein, dass die Herde mir das verzeihen würde. Und sie konnten sich verabschieden, einer nach dem anderen. So machen sie es in der Natur."
Elefanten scheinen besser Abschied nehmen zu können als die Menschen. Ich dachte an meinen Bruder, der so jung starb. Wie wir ihm eine Grube gebuddelt und ihn verscharrt hatten. Wir alle zusammen. Keiner hatte

weggeschaut. Der Tod ist schmerzhaft für die, die bleiben, nicht für den, der geht. Dass Menschen den Tod in verschlossene Räume sperren, das war mir auch schon aufgefallen. Auch die Sache mit den alten Menschen hatte ich noch nicht so richtig verstanden. Die sperrten sie auch irgendwie weg. Wer nicht mehr richtig konnte, wanderte ins Seniorenheim. Undenkbar bei Elefanten und auch bei Hunden.
Wir machten noch einen langen Spaziergang auf dem unendlich langen Deichpfad. Ein nicht enden wollender Himmel lag über uns; der Horizont der See schien in die Ewigkeit überzugehen. Langsam kam die Flut herein. Da sollte man nicht mehr zu dicht am Wasser spazieren gehen. Das Meer konnte tückisch sein, in den Bergen war das anders. Allerdings musste man im Hochgebirge auch aufpassen, vor Lawinen beispielsweise. Die sind vergleichbar mit der ungeheuren Wucht der hereinbrechenden Flut. Beides kann Leben unter sich begraben. Ich dachte an meine Kollegen, die zu Rettungshunden ausgebildet wurden. Rettungsschwimmhunde und Lawinensuchhunde, die ihr Leben für die Menschen riskierten. Menschen können echt leichtsinnig sein. Bestimmt würde hier in der tosenden Brandung kein Hund etwas ausrichten können, wenn ein Mensch am Ertrinken wäre. Hauke kannte sich gut aus mit den Gezeiten, er wusste, dass man sich da leicht verschätzt und er wollte lieber zu früh als zu spät vor der einbrechenden Flut weichen.
Hand in Hand gingen Mareike und Hauke über den Deich, während die Möwen über unseren Köpfen kreisten und schrien, aber das machte Mareike offensichtlich nichts mehr aus. Es war gut, manches auszusprechen. Die gewaltige Wucht der Brandung tat ein Übriges dazu. Wie klein und unbedeutend wir alle dagegen waren,

nicht mehr als nur ein kleines Rädchen im Ganzen.

Diese Nacht schliefen wir in Haukes Zimmer. Zu Füßen des Bettes stand das verwaiste Körbchen von Haukes verstorbenem Bernhardiner Arne. Manche Bernhardiner arbeiten als Rettungshunde in den Bergen. Arne war einfach nur ein Begleithund und bester Freund für sein Herrchen gewesen. Er hatte ihn mit zwei Jahren übernommen. Die Vorbesitzer verkauften ihn per Zeitungsannonce, weil ihr Baby allergisch auf Hundehaare war. Ah, das hatte ich schon mal im Tierheim gehört. Allergiehunde! Plötzlich störte der Hund, Allergie war da ein beliebter Grund. Hauke hatte auch schon daran gedacht, dieses verwaiste Körbchen wieder mit Leben zu füllen, aber noch hatte er es nicht übers Herz gebracht. Wenn er auf das Körbchen sah, sah er seinen Bernhardiner mit seinen großen Augen und seinem gescheckten, langen Fell darin liegen.
Ich hatte mein eigenes Körbchen. Zuhause in Bayern. Das würden wir nur noch holen müssen. So blieb immer noch ein leeres Körbchen übrig. Das wäre perfekt für meine Mama. Sie war so groß wie ich. In dieser Nacht war ich es, der wild träumte. Es schien die Zeit der Träume zu sein, es war wohl Vollmond. Oder weil Frauchen und ich in einer Phase des Umbruchs waren? In der wir das aufgaben, was wir kannten und einen Neuanfang starteten, der auch Unsicherheiten mit sich brachte. Ich lag im Bett zwischen den beiden und strampelte im Traum wild mit meinen Hinterläufen um mich.
Meine Mutter lief und lief. Sie rannte einer rot-goldschwarzen Flagge hinterher. Irgendwie waren da die Farben durcheinander gekommen. Alles war durcheinander gekommen. Sie erwischte die Flagge nicht. Es

ging ein starker Wind. Die Böen trieben die Flagge immer weiter fort. Dann verschwand sie hinter einem Felsen. Meine Mutter setzte hinterher und stürzte in eine tiefe Schlucht. Sie schlug unten auf und fiel in einen reißenden Strom. Tief genug, um sie vor dem felsigen Untergrund zu schützen. Aber die Oberfläche des Wassers traf sie ebenso steinhart. Ihre Wirbelsäule brach, sie war gelähmt. Ihr gelähmter Körper gurgelte unter und stieß schnappend an die Oberfläche - mit der deutschen Flagge in ihrer Schnauze, welche jetzt geordnet in schwarz-rot-gold erschien. Ein Strudel spülte sie ans Ufer, wo sie reglos liegen blieb und mit den Pfoten in der Luft ruderte.

Puuuh, mit einem lauten Jaulen wachte ich auf. Haukes Bein hatte mich gestoßen. Er fuchtelte mit den Armen herum. Hauke träumte ebenfalls. Erzählte was von einer Elefantenkuh, mit deren Kopf er mit einer Sense Golf spielte. Er wollte Gras mähen, um Heu für den Winter zu machen. Plötzlich war die Kuh im Weg und sagte: ´Na! Was für ein Handicap hast du denn?` ´Das werde ich dir zeigen, ich bin bestens trainiert!` Er schwang die Sense, mähte der Kuh den Kopf ab und spielte damit das nächste Loch an. Am Rande standen viele Menschen mit Hunden an der Leine und lachten Hauke aus. ´Na, da müssen wir wohl noch ein bisschen üben` ... Hauke wachte auf.

Da haben sich ja welche gefunden, dachte ich ganz benebelt. Alle drei träumen wir furchtbares Zeug.

Die Griechen kennen in ihrem antiken Theater die Katharsis. Einen reinigenden Wendepunkt. Ich war Halbgrieche genug, um an die Weisheit der antiken Dichter zu glauben. Bedeutungsschwangere Zeiten, die wir grade durchmachten. Das musste wohl so sein, das war wohl irgendwie unvermeidbar. Ohne Katharsis ist wohl kein

Wandel möglich zu Heraklits panta rhei, was ich immer als ´alles wird anders`, aber auch als ´alles wird gut` gesehen hatte.` Der beruhigende Heraklit!
Wir mussten meine Mutter suchen! Dann würde alles gut werden. Mal sehen, wie ich das anstelle.
Ich empfand plötzlich tiefe Schuld, sie verlassen zu haben. Mir ging es so gut hier in Deutschland; ich hatte mehr als genug zu essen, ich hatte ein Körbchen, ich hatte Schafe und ich hatte Mareike und jetzt hatte ich auch noch Hauke. Hauke empfand Schuld, Tieren mit einer Spritze den Todesstoß zu versetzen, auch wenn es eine Gnade der Erlösung für sie war. Mareike empfand Schuld, mit einem Menschen kurz vor dessen Tod gestritten zu haben. Wir brauchten alle ein neues Leben und ein gemeinsames, heilsames und sinnstiftendes Projekt. Den ersten Schritt würde meine Mutter machen, sie hatte instinktiv die richtige Idee.

Heute verbrachte Hauke den ganzen Tag in seiner Praxis. Mareike und ich sahen uns die Wohnung an, in die wir ziehen wollten. Dafür mussten wir 50 Kilometer fahren, Richtung Flensburg. Irgendwie gefiel uns die Idee nicht mehr, allein dort zu wohnen. Oder wollte Frauchen plötzlich doch in Bayern bleiben? Ich hoffte, nicht. Ich liebte die Berge so sehr wie sie, aber ich wusste jetzt, dass wir hier hingehörten. Und dass wir hier gebraucht wurden. Zu viel fügte sich ineinander. Zu viel passierte hier. Davor konnten wir nicht fliehen.
Wir hatten auch bei Hauke etwas ausgelöst. Wie hatte Frauchen mal gesagt: Du bist für deine Rose verantwortlich. Du bist dafür verantwortlich, was du dir vertraut gemacht hast. Die Wohnung kündigten wir auf der Stelle. Es gab auch sofort einen Nachmieter. Praktisch in der nächsten Minute. Der stand wohl schon auf einer

Liste beim Vermieter. Einer von 100 Mietinteressenten. Kleine Wohnungen waren rar geworden, große Investoren kauften alles auf und bauten Luxusappartements. Hauke war hocherfreut, diese Nachricht zu vernehmen. „Ihr gehört hierher. Und Platz ist mehr als genug für uns drei. Das Haus ist viel zu groß für mich allein. In einem so großen Haus fällt einem erst auf, wie allein man ist, jedenfalls, seit Arne tot ist. Viele Abende saß ich hier und starrte meine Bücher und meine antiken Schränke an, unfähig, mich an irgendetwas zu freuen oder zu lesen."
Hauke hing an seinen Sachen, aber die Schönheit seiner materiellen Dinge hatte sich für ihn relativiert, seit Bernhardiner Arne nicht mehr durch die Zimmer schlurfte. „Lasst euch so viel Zeit, wie ihr braucht, nehmt in Ruhe Abschied von eurem bayerischen Heim. Eure Heimat aber ist jetzt hier. Heimat ist dort, wo man gebraucht wird und wo man geliebt und wo man verstanden wird."
Schöner konnte er seine Gefühle für Mareike nicht ausdrücken, befand ich mal so als Hund. Mareike sah das wohl genauso. Ganz gerührt hauchte sie Hauke einen zarten Kuss auf den Mund. Zu lange sollte er Frauchen aber trotzdem nicht überlegen lassen, besser wäre es, mit uns runterzufahren und gleich alles Zeug mitzunehmen, sonst würden wir doch noch in Bayern bleiben. Und dann würde ich meine Mutter nicht wiedersehen. Irgendwie hatte das hier alles was miteinander zu tun.
Ich bin ja echt nicht abergläubisch, aber das bedeutete hier alles was. Das war wie, wenn Ströme zusammenfließen, die sich zu einem großen ruhigen See vereinigen sollten. Eine lange Atempause wäre das für panta rhei, für das, was sich stets ändert. Ab jetzt würden die Dinge lange so bleiben wie sie waren.

Am Abend holte Hauke einen weißen Wein aus dem Keller. Der Korken zersplitterte, die Flasche hatte er schon sehr lange gelagert. Doch Hauke gab nicht auf. Er filterte die Korkenstückchen mit einem Kaffeesieb heraus und lud Mareike in meine Heimat ein. Griechenland verströmte seinen Duft durch das friesische Wohnzimmer. Es war ein Retsina. Ich wedelte ganz aufgeregt mit dem Schwanz gegen den kleinen Tisch und hätte fast den ganzen Wein umgekippt.

„Ah, da merkt man doch gleich, wo Aurelius herkommt. Nicht wahr, mein Guter?" Hauke hatte verstanden. „Wie wäre es, wenn wir diesen Sommer nach Griechenland in den Urlaub fahren? Habt ihr Zeit und Lust? Bestimmt möchte auch Aurelius nochmal sehen, wo er geboren worden ist. Und wer weiß, vielleicht finden wir sogar Aurelius Mutter. Ein Körbchen haben wir ja schon."

Das musste alles Gedankenübertragung sein. Hauke stand mir und uns bereits sehr nahe. Ich dachte an meinen Traum. Bestimmt brauchte Mama Hilfe. Wir würden sie suchen. Ob wir Lust hatten auf Urlaub in Griechenland? Und wie wir Lust hatten! Ich kam aus dem Wedeln gar nicht mehr heraus. Ich denke, ich wedelte eine geschlagene Stunde, bis ich erschöpft zu Füssen der beiden vor dem Kamin einschlief.

In dieser Nacht hatten wir alle drei einen tiefen und friedlichen Schlaf ohne Albträume. Ich sag es ja: die Katharsis. Eine Facette hatten wir in Angriff genommen.

Wir beschlossen, bereits im Juni in den Urlaub zu fahren. Da wäre es noch nicht so überfüllt auf den Campingplätzen. Hauke zeltete gerne. Und Frauchen war in ihrer Jugend bei den Pfadfindern gewesen. Zelten wäre also schon mal kein Problem. Mareike war zwar etwas verfroren geworden mit den Jahren, aber es gab ja zwei, die sie wärmen würden. Was will Frau mehr?

Haukes Landrover war schnell beladen. Ein Zelt, zwei Schlafsäcke, ein wenig Proviant und zwei, drei Hosen, T-Shirts und Pullover. Nicht viel. Viel mehr brauchten wir nicht. Wir fuhren über Bayern, um für zwei Tage in unserer Wohnung vorbeizuschauen und ein paar Dinge von dort mitzunehmen. Der Bauer schmunzelte, als er Hauke sah. Er blinzelte zu Mareike rüber und sagte in seiner knappen Art zu Hauke: „Ah ha! Passen Sie gut auf Sie auf!"

„Wir werden gut aufeinander aufpassen, wir alle drei", sagten Mareike und Hauke einstimmig.

„Und Emma geht es gut?" „Emma geht es hervorragend. Sie können sie jederzeit besuchen kommen. Und uns. Wissen Sie, ohne Emma wären wir nicht zusammen. Und auch nicht ohne Aurelius. Sie haben uns zusammengeführt. Und Sie natürlich", Hauke konnte wirklich charmant sein, „ohne Sie gäbe es wiederum Emma nicht." So breit habe ich den wortkargen Bauern noch niemals grinsen sehen.

Wir zeigten Hauke unser Land. Die Gerste stand in voller Pracht, die langen Grannen wiegten sich in einem silbrig schimmernden, wogenden Meer, gesprenkelt vom leuchtenden Blau der Kornblumen. Hier und da rote Tupfen des Mohns. Die Landschaft sah aus wie ein Gemälde von Monet.

Das Gras stand kniehoch. Wir stiefelten durch Löwenzahn, Klee und Wegerich und kletterten auf einen Berg, auf dem es eine urige Wirtsstube gab. Mal sehen, ob die heute offen hatten. Ja, hatten sie. Es gab dort herrliche Brotzeitplatten und selbstgebrautes Bier. Hauke und Mareike tranken ein Radler und ich ließ mir die Sonne bei einem Pott frischem Wasser aufs Fell scheinen. Der Abstieg war etwas anstrengend. Also, meinetwegen. In dem Wald unterhalb des Berges gab es eine Menge Rehe. Ich gebe ja zu, dass ich das immer noch nicht drauf hatte und womöglich auch nie so richtig lernen würde. Jedenfalls konnte man mich da nicht ohne Leine frei laufen lassen. Bayerische Rehe riechen einfach auch ganz besonders gut. Es tat mir auch wirklich leid, dass ich zweimal kräftig in die Leine spurtete. Das gab dann einen kräftigen Schups nach bergrunter für Frauchen.

Nach zwei Stunden hatten wir unser Auto erreicht. Das war ein richtig schöner und langer Spaziergang gewesen. Auf dem Rückweg fuhren wir am Tierheim vorbei, um die Namen meiner, nun ja, Zwischenbesitzer zu erfragen, die mich als Trennungshund hier abgegeben hatten. Ich hatte überhaupt gar keine Lust, auszusteigen. Nicht, weil ich befürchtete, wieder hier gelassen zu werden. Nie und nimmer würden mich die beiden hier lassen. Nein! Aber ich hatte einfach nicht den Mut, die anderen Hunde hier zu sehen. Ich wollte meine Mutter zu uns holen, da durfte kein Mitleid mit einem aufkommen, der hier auf ein Zuhause hoffte. Egoistisch, ja. Aber ich war auch nur ein Hund, der seine Mutter bei sich haben und ihr ein besseres Leben ermöglichen wollte.

Mareike und Hauke holten die Informationen. Müller hießen also meine Vorbesitzer, jetzt wussten es auch Mareike und Hauke. Nur waren die Müllers weggezogen. Neue Daten hatte man natürlich nicht. Wie schade. Die Pflegerin kam mit raus und schaute zu mir ins Auto. „Na, du siehst ja prächtig aus. Du hast dir die richtigen Leute ausgesucht." Genau! Das war ja meine Rede. Der Hund sucht sich seine Leute, auch wenn manche glauben, das sei umgekehrt. Und auch wenn ich einen kleinen Umweg zu Mareike machen musste. Da war ich

noch jung und unerfahren, da macht man noch Fehler.
Die Müllers waren also nicht mehr auffindbar, unmöglich, sie zu suchen. Müllers gab es wie Sand am Meer. Was jetzt machen? Mein Impfpass! Das war die Lösung. Da war doch der Stempel des Tierarztes drin, der mir meine erste Spritze verpasst hatte in Griechenland. Das war schon mal ein grober Anhaltspunkt. Und in der Umgebung musste der Campingplatz liegen, von dem ich stammte. Wir würden den Campingplatz mit Sicherheit finden und wir würden meine Mutter finden, da war ich mir ganz, ganz sicher. Jetzt bloß schnell weg hier, bitte.
Puuh, das Tierheim lag hinter uns. Wir fuhren noch etwas einkaufen für ein schönes Abendessen. Den Berg hoch zu unserer Wohnung schaffte Haukes Landrover mit links. Frauchens alter Volvo war da schon manchmal am Keuchen. Heute schliefen wir noch hier auf dem Ackerberg, morgen würde es losgehen. Ich besuchte schnell meine Schafe. Sie waren längst wieder auf der Weide und sprangen munter auf mich zu. Emmas Mutter begrüßte mich ganz besonders liebevoll. Schnauze an Schnauze.
„Ja", raunzte ich ihr zu, „ich rieche nach deiner Tochter. Sie ist wohlauf. Sie lebt jetzt in einer anderen Herde, es ist eine sehr freundliche Herde. Was soll ich dir sagen, es sieht da oben ganz anders aus als hier. Platt wie eine Flunder ist das Land und es gibt ein großes Wasser, nicht so einen Tümpel wie hier hinten. Ein merkwürdiges Wasser. Alle zwölf Stunden ändert es gewaltig sein Antlitz. Mal ist es ganz fern am Horizont, da möchte ich dann gerne drauf zulaufen. Aber das ist gefährlich. Es gibt Löcher auf dem Weg zum Wasser, da kann man ganz schön schnell versinken und absaufen. Es ist ein wenig unheimlich, aber auch sehr spannend, das alles zu

beobachten.
Das Wasser dort ist ziemlich salzig. Gut, dir würde das gefallen. Du bist ein Schaf. Deinen Salzleckstein bräuchtest du da gewiss nicht. Mir aber schmeckt das Wasser nicht. Mir wird davon ganz übel. Wenn wir Picknick machen am Watt, dann haben Mareike und Hauke einen extra Wasserkanister für mich dabei. Etwas aufwändig, tja, aber das ist das Hundebesitzerleben an der Nordsee. Die beiden sind allerliebste Hundebesitzer. Weißt du, Mareike ist jetzt nicht mehr allein. Sie ist jetzt mit Hauke zusammen. Ich denke, sie werden für sehr lange Zeit zusammen bleiben, wahrscheinlich für immer. Bestimmt werden sie auch mal den ein oder anderen Streit haben, aber das wird sie nicht auseinander bringen. Ich glaube, sie sind so etwas wie seelenverwandt. Und sie gehen vorsichtig miteinander um. Das muss ein Vorteil ihres, nun wie soll ich sagen, reifen Alters sein. Sehr behutsam. Mein Frauchen ist jetzt 48 Jahre alt und Hauke 54, so habe ich gehört.
Genug erzählt, lass uns die Sonne genießen. Sag, wer passt jetzt eigentlich auf euch auf? Und was passiert nächstes Jahr mit den neuen Lämmern?"
„Ach, du weißt es noch nicht? Unsere Lämmer werden nicht mehr verkauft. Nicht mehr als Milchlamm jedenfalls. Ich denke, das hast du geschafft mit deinen Leuten und mit eurer Adoption von Emma. Der Bauer renoviert doch seine Scheune. Das wird im Herbst fertig sein und dann werden Pferde hier untergestellt. Zudem wird er Ferien auf dem Bauernhof anbieten. Das wird bestimmt eine tolle Sache für Kinder, die in der Stadt leben. Und wir? Wir vermissen dich, aber wir wissen, dass du jetzt deiner Wege gehen musst und du wirst bei Emma sein. Das ist tröstlich zu wissen. Wir passen auf uns auf. Danke für die schöne Zeit mit dir. Und viel-

leicht kommst du ja mal wieder vorbei?!"
Uuuuih, fast hätte ich mir die Pfoten auf die Augen gedrückt, damit Mutterschaf meine Tränen nicht sehen konnte. Hunde können weinen, vielleicht nicht solche Sturzbäche wie Menschen, aber genug, um rote Augen zu bekommen und das Fell im Gesicht ganz nass zu machen.

Aus dem Kochen am Abend bei uns wurde nichts. Wir waren drüben zum Essen eingeladen. Bauer Fischhubers Mutter war 81 Jahre alt. Sie hatte den Krieg erlebt. Ganz schön viele Geschichten hatte sie uns schon erzählt, die Wochen und Monate, die wir nebenan lebten und gut nachbarschaftlichen Kontakt hatten. Heute erzählte sie von einzelnen Eiern, die sie mit ihrer Schwester geteilt hatte. Sie hatten Zuckerei daraus gemacht. Das ging ganz furchtbar einfach: Eiweiß ganz steif schlagen, Eigelb dazu und Zucker, wenn denn sie welchen hatten. Zucker war rar in jener Zeit, auch Eier waren rar.
Was für ein Überfluss heute, die ganzen Eier und die Berge Zucker, dachte ich mir. Und wie viel davon auf dem Müll landete. Und wie wenig Freude in den Gesichtern der Menschen in der Stadt, als wir Weihnachtseinkäufe machten letzten Winter. Zu wenig Freude angesichts dieses Überflusses. Wussten die denn gar nicht, wie gut es ihnen ging?
Oma Elfriede hatte kaum etwas anderes in ihrem Leben gesehen als den Hof. Zu viel Arbeit, zu wenig Geld. Nur zweimal war sie fort gewesen mit ihrem Mann, der nicht mehr lebte. Innereuropäisch, keine große Flugreise. Wir erzählten, dass wir nach Griechenland fahren.
„Griechenland? Ach, einmal war ich in meiner Jugend dort." Die Erinnerung an die griechischen Tage ihres Lebens hielt sie genauso sehr im Gedächtnis wie die mit

ihrer Schwester geteilten Zuckereier. Elfriede saß in ihrem Ohrensessel, ein Wollplaid auf den Knien und ließ die Gedanken schweifen. Sie schien grade ganz weit weg zu sein. „Ach, Griechenland! Das würde ich sehr gerne noch einmal sehen."
Hmmmh, sie mitnehmen? Warum eigentlich nicht?
Kurzerhand beschlossen wir, Oma Elfriede einzupacken. Das verzögerte unseren Aufbruch um einen Tag, Elfriede musste ihr Gepäck zusammensuchen. So flink wie in ihrer Jugend war sie beileibe nicht mehr. Mareike war sehr überrascht über Hauke. Er hatte diese Frau nur kurz gesehen, er hatte eigentlich gar keinen Bezug zu ihr und jetzt wollte er sie mit in den Urlaub nehmen.
„Memento mori", sagte er.
Hmmmh??? Das musste er genauer erklären. „Bedenke, dass du sterblich bist! Ich wollte, ich könnte meine eigene Mutter nochmal mit in den Urlaub nehmen. Sie wollte immer mal nach Kreta. Mit der Arbeit in der Praxis habe ich das aufgeschoben und aufgeschoben. Bis es zu spät war. Bis es sie nicht mehr gab."
Ah, Mareike verstand. Stellvertretend für seine Mutter wollte er Elfriede mitnehmen und ihr einen Herzenswunsch erfüllen. Außerdem mochte er diese weißhaarige, liebenswürdige Dame einfach. Und keiner wusste, wie viele Jahre ihr noch bleiben würden. Es mochten viele sein, es konnte aber auch sehr bald vorbei sein. Die Lebenszeit verrann wie die Körnchen in einer Sanduhr – unaufhörlich rieselten die kleinen Krümelchen herunter. Jeden Tag! Nur konnten wir den oberen Teil nicht sehen, keiner wusste, wieviel da noch drin war.
Neben Drahthaars Grundstück stand seit Tagen ein Berg an Gerümpel. Allerlei Zeug wartete auf die Sperrmüll Abfuhr. Die Nachbarin von den Drahthaar Leuten

war gestorben. Auf den zertrümmerten Eiche-Einbauschränken funkelte ein mit Tautropfen überzogenes Spinnennetz im Licht der Sonne.
Was blieb vom Leben der alten Dame, die jahrzehntelang hier gewohnt hatte, übrig? Ein Berg an nutzlosem Zeug, das in den Müll geworfen und zerschreddert wurde. Bald würde nichts mehr an sie erinnern, es gab keine Nachkommen, keiner hatte sich gekümmert. Wie schön, dass Großmutter Elfriede noch ihre Geschichten erzählen konnte. Der Bauer hatte einiges davon in seine Familienchronik niedergeschrieben. Eines Tages würde auch Elfriede gehen, aber ein Teil von ihr würde weiterleben in den Erinnerungen ihrer Familie und in den Zeilen des Büchleins.
Dieses würde erinnern an gemeinsam verbrachte Stunden, an geteiltes Glück, an ein geteiltes Leben, an Wünsche, die man einander vielleicht hatte erfüllen können.
Mehr konnte von einem Leben nicht übrig bleiben.
Oma Elfriede war endlich fertig mit Päckchen Schnüren. Was für eine gute Entscheidung es war, sie mitzunehmen, würde sich alsbald zeigen. Was ein Mensch in seinem Leben erlebt hat, schien nach außen zu dringen, sich wie ein unsichtbarer Mantel um ihn zu legen. Nicht spürbar für jeden, nur für jene, deren Erfahrungen aus ähnlichem Material gewoben sind. Eine Art sich spiegeln vielleicht, so wie Mareike und Hauke etwas Eigenes im Anderen erkannten.
Elfriede kam auf den Beifahrersitz, denn hier hatte unser Ehrengast die beste Aussicht. Mareike kauerte eingequetscht zwischen dem Gepäck von drei Personen auf der Rückbank. Ein Medikamenten Köfferchen hatten wir auch nicht vergessen. Viel war da nicht drin, Elfriede brauchte nicht so viel. Noch war sie gesund. Und zur Not hatten wir einen Arzt dabei. Gut, einen

Tierarzt, aber immerhin, einen Arzt. So viel anders funktionieren Menschen und Tiere wohl nicht, das sagte Hauke jedenfalls oft.

Elfriede war auch geistig noch fit und rege. Sie ging einmal im Monat zu einem Senioren Stammtisch. Da waren putzfidele 95-Jährige dabei. Kontakte zu pflegen tat ihr gut. Und zu den Treffen ging sie zu Fuß. Das war ein Kilometer hin und ein Kilometer zurück. Ich hatte da so meine Theorie, warum Elfriede noch so beweglich war. Bestimmt war das die viele Arbeit an der frischen Luft, die sie ihr Leben lang verrichtet hatte. Wenn auch es harte Arbeit gewesen war, aber das schien geschmeidig und jung zu halten. Und sie hatte immer gesund gegessen, die Produkte vom Hof.

Eine gewisse Bescheidenheit schien auch jung zu halten. Zufrieden zu sein, mit dem, was man hat, ohne nach größer, höher, schneller, weiter zu schielen. Das war so meine Theorie, wenn ich Elfriede so betrachtete. Auch miteinander Zeit zu verbringen, schien jung zu halten. Einfach aufgehoben zu sein. Wer allein war, der wurde schneller krank. Ich dachte an die Müllers, die nebeneinander im Auto schweigend auf ihrem Smartphone herumspielten. Okay, nicht allein, aber irgendwie doch. Das hatte ja auch zu keinem guten Ergebnis geführt, die Müller Geschichte. Grrrh, diese Müllers.

Unterwegs erfuhren wir viel von Elfriedes guter, alter Zeit, wie sie Menschen mit 81 Jahren eben gerne erzählen. Elfriede hatte ihren Mann auf einem Tanztee kennengelernt. Eigentlich waren sie mehr oder minder verkuppelt worden. Beider Eltern hatten das so beschlossen.

„Jemanden zu lieben, lernt man", sagte Elfriede. Nun ja, Hauke und Mareike schauten einander im Rückspiegel verstohlen an. „Das kommt mit den Jahren, durch das, was man gemeinsam durchsteht. In guten wie in schlechten Zeiten. Das hatte für uns noch eine Bedeutung."

Gut, auch ein Lebensentwurf. Still warfen sich Mareike und Hauke wieder vielsagende Blicke zu. Da hatten die beiden ja ein paar Jahre miteinander versäumt. Hätten doch ihre Eltern sie bereits vor 30 Jahren füreinander bestimmt. Ob Elfriede rückblickend ihren Mann wieder gewählt hätte, stand gar nicht zur Debatte. Das war so und so war das. Offenbar hatte sie ihn aber wirklich geliebt. Er war ihr Leben. Und niemals hätte ihr Mann sie allein gelassen, so wie meine Mama allein gelassen worden war mit ihren drei Würfen. Das war überhaupt nicht schön von meinem Vater gewesen, Triebe hin, Triebe her.

Gut, dass Elfriede nichts von Frauchens Online Dating Versuchen vor ihrer Zeit mit Hauke wusste. Das hätte sie überhaupt nicht verstanden, obwohl das Internet für sie kein Fremdwort war. Sie hielt sich da auf dem Laufenden, schließlich wollte sie ihren Enkeln nicht wie ein Fossil erscheinen, wenn diese mit irgendwelchen Begriffen um sich schmissen. Aber Online Jemanden kennenlernen? Nein, das wäre ganz ausgeschlossen für Elfriede gewesen.

Allerdings, in grauer Vorzeit – es muss die Zeit gewesen sein, als meine Vorfahren aus der Türkei nach Griechenland kamen –, da wurde oft nach Vorlage von Bildern geheiratet. Jedenfalls in höheren Kreisen. Und die Betroffenen durften sich kein einziges Mal zuvor beschnüffeln. So neu war Online Dating irgendwie gar nicht. Was wohl der Andreas machte? Bestimmt hatte er sein Glück ebenfalls längst gefunden.

Wir mussten Rast machen. So ist das, mit einer 81-

Jährigen zu reisen. Etwas inkontinent, die Dame. So hatten wir ein wenig Zeit für uns. Wir parkten Elfriede in einem Café und gingen uns die Pfoten vertreten, unser kleines Trio. Scharf beobachtete ich Hauke. Mir entging nichts von der zauberhaften Art, wie er Mareike ansah. Er balzte genauso entzückend wie schon zuvor in Schleswig-Holstein, aber auch nicht zu übertrieben. Zum Glück, ich hatte auch echt keine Lust auf so eine aufgeblasene, euphorische Urlaubsstimmung. Da kam nichts Gutes dabei raus, das hatte ich bei den Müllers gesehen. Hauke war angenehm ausgeglichen und einfach nur glücklich.

In der Tierwelt, da gab es die lustigsten Sachen, die mit sehr viel Aufwand betrieben wurden. Aufgeplusterte Balztänze, Froschgequake die ganze Nacht – diese ganzen Riesenshows und mit leeren Versprechungen. Welches Männchen hielt schon sein Gesülze aufrecht, nachdem es zum Zuge gekommen war? Nur Fassade mit nichts dahinter - eigentlich schon arglistige Täuschung. Aber die tierischen Damen wollten es wohl nicht anders, sie fielen immer wieder drauf rein. Hoffentlich war meine Mutter inzwischen schlauer geworden. Bald wären wir da, es würde noch schneller gehen, wenn Elfriede nicht so viele Pinkelpausen machen müsste. Teufel, musste die oft aufs Töpfchen!

Drei Tage brauchten wir, was angesichts unserer mitreisendenden Dame mit Blasenschwäche dann doch recht zügig war. Zwei Wochen waren für unseren Urlaub eingeplant. Jetzt aber hurtig alle Campingplätze durchforsten. Erstmal die Karte befragen, was es hier so gab. Der erste Platz kam mir sehr fremd vor. Oder war mittlerweile ich der Fremde, so dass ich nichts mehr erkannte? Nein, dieser war es einfach nicht. Der zweite

auch nicht. Am fünften Tag suchten wir meinen Impfpass aus Mareikes Dokumenten und fuhren zu diesem Tierarzt.
Wuuuuuaaaaaäähh ... da wollte ich doch lieber im Auto bleiben. Aber diese Station musste einfach sein. Hoffentlich war er nicht im Urlaub, dieser Tierarzt. Zeus sei Dank, er war da, seine Praxis war geöffnet. Er kam auch netterweise mit vor die Tür. Ich musste nun doch aussteigen, er wollte mich sehen, so würde er sich vielleicht an mich erinnern. Ja, tat er auch. Ich - nebenbei bemerkt - ebenfalls. Den Schwanz eingeklemmt, hielt ich mich im Schutz des Wagens auf und drückte mich in eine Ecke. Der Tierarzt ging in die Hocke und streckte mir die flache Hand entgegen. Kann Hund da widerstehen? Schwerlich. Mit aller mir zu Gebote stehenden Freundlichkeit begrüßte ich ihn mit einem Abschlabbern seiner Spritzenhand. Ging doch. Er kraulte mir den Nacken durch. Tat gut. Hund sollte wohl auch fiesen Tierärzten eine Chance geben, seine Meinung über ihn zu korrigieren. Bestimmt hatte er damals einen schlechten Tag gehabt. Ja, hatte er, beziehungsweise es war ein anstrengender Tag gewesen. Er kümmerte sich um eine Hundeauffangstation, wo er ohne Entgelt Hunde kastrierte. Diese wollte er seinem Kollegen aus Deutschland zeigen.
„Dieser Bursche hier sollte auch kastriert werden. Es sei denn, ihr habt ihn immer im Auge."
Schluss mit meiner neu gewonnenen Sympathie für diesen Schlächter. Kastrieren? Geht´s noch? Ich wurde immer kleiner, als ich Mareike antworten hörte: „Ja, das stimmt eigentlich. Darüber habe ich mir noch gar keine Gedanken gemacht. Aber tatsächlich ist Aurelius ständig im Alleingang draußen unterwegs, wenn er zu seinen Schafen läuft. Bislang habe ich ihn noch keiner läufigen

Hündin hinterherjagen sehen. Vielleicht wird er erst verspätet geschlechtsreif?"
Genau, Frauchen, ich bitte um Aufschub. Vielleicht werde ich auch niemals geschlechtsreif??! Versuchen konnte ich es ja mal. Hmmh, wurde wohl nichts, es sah ganz schlecht aus für mich. Hauke, mein Freund und Helfer?
In diesem Falle nicht: „Ja, besser wäre es. Es gibt viel zu viele Hunde auf dieser Welt. Es kann nicht jeder Hund Vater werden, auch wenn die Natur es so möchte. So viele Hunde kann man gar nicht vermitteln. Da muss der Mensch schon das Handeln übernehmen und seinen Rüden kastrieren."
Oh verdammt! Recht hatten sie ja. Wenn es mit mir durchgehen sollte, dann wäre ich so verantwortungslos wie mein Vater. Aber trotzdem: Was für ein Mist! Wären wir nur nicht hier hergekommen.
Ehe ich mich versah, lag ich auf dem Operationstisch. OP für Kurzentschlossene und Durchreisende. Manche Menschen ließen sich im Ausland die Zähne richten, ich wurde hier mal schnell kastriert. Vielleicht aber auch, weil unter der griechischen Sonne die Wunden schneller heilten und ich so viele Dinge im Kopf hatte, dass ich gar nicht auf den Gedanken kommen würde, mir die Schnittstellen aufzubeißen. Es juckte zwar fürchterlich, als ich wieder erwachte, aber ich kam ohne Halskrause aus. Sah echt mist aus, diese Leerstelle da unten bei mir. Obwohl Hauke das wirklich sorgfältig gemacht und auch sehr sauber vernäht hatte. Er hatte selbst das Messer angelegt, während sein griechischer Kollege ihm assistierte. Frauchen assistierte derweil Elfriede beim Toilette-Aufsuchen.

Am Abend besuchten wir mit dem Griechen die Auffangstation, wo er sich engagierte. Ich wollte darüber gar nicht weiter nachdenken, nicht heute, ein anderes Mal, nur so viel: Sie hatten Recht mit der Kastration. Es gab furchtbar viele herrenlose und wild durcheinander gezeugte Hunde hier. Ein Rüde sollte den Anstand haben, sich den kurzen Spaß zu verkneifen oder einfach Winterschlaf halten, wenn eine Hündin läufig ist. Oder eben kastriert werden, wenn seine Triebe zu stark waren. Ich ging mit gutem Beispiel voran. Den Rücken gestreckt und meinen Kopf in die Höhe gehoben, stolzierte ich herum: „Seht her, so macht man das, tut auch gar nicht weh." Bisschen lügen war in diesem Falle durchaus erlaubt. Es war für einen guten Zweck.

Der Tierarzt und Hauke kastrierten am nächsten Tag gemeinsam noch ein paar Rüden. Mehr konnte Hauke hier nicht tun. Mehr Zeit hatten wir nicht. Wir hatten noch unsere Suche nach Mama auf dem Programm und jetzt hatten wir die Informationen, die wir brauchten, um die in Frage kommenden Campingplätze und das Gebiet drum herum engmaschiger zu durchkämmen.

Als wir auf den achten Platz zufuhren, wurde ich ganz unruhig hinten auf meiner Ladefläche. Ich jaulte und fiepte ein ganzes Konzert über mehrere Oktaven. „Hier muss es sein, Hauke, fahr langsamer bitte", Mareike streckte ihren Rücken und machte ihren Hals ganz lang. Sie schaute alles genau an, was an uns vorbeizog. Kaum ausgestiegen auf unserem Zeltplatz, sauste ich los, Mareike hinter mir her. Zwei, vier, sieben Bungalows, vor dem achten blieb ich stehen. Mit tiefen Zügen schnüffelte ich die Stufen ab. Hhhhmh, ah, sie war hier gewesen. Dürfte nicht zu lange her sein.

Unseren Zeltplatz konnten wir umdisponieren, wir schlugen unser Quartier direkt neben dem Bungalow auf. Elfriede bekam den Bungalow. Das durfte schon

sein mit 81 Jahren - etwas mehr Bequemlichkeit für Elfriede und etwas mehr Freiheit für Hauke und Mareike, für mein junges Paar. Etwas Sorgen machte ich mir allerdings doch. Würde meine Mama zum Bungalow zurückkehren, wenn er jetzt bewohnt war? Hmmh.
In den nächsten Stunden geschah gar nichts. Es dämmerte, ich konnte kein Auge schließen in dieser Nacht, obwohl ich sehr müde war von der Fahrt. Angewurzelt blieb ich vor dem Bungalow liegen und bewachte ihn, so wie ich Emma bewacht hatte. Am nächsten Morgen immer noch nichts, mittags nichts, nachmittags nichts. Ich döste kurz weg. Mir schwirrten Bilder durch meinen Traum vom Grab meines Bruders ... schlagartig wurde ich hellwach. Genau, das war es! Ich sprang auf und bellte Hauke und Mareike an, ich wendete meinen Körper und sah über meinen Nacken zurück ... Folgt mir, ich weiß, wo sie ist. Nochmal das Ganze, dann hatten sie verstanden.
Elfriede blieb im Bungalow und wir rannten eine ganze Strecke, zwei Stunden bestimmt. Dann erreichten wir den Hain, von welchem ich die Schiffe in der Ferne beobachtet hatte. Dort in der Nähe hatte ich das Licht dieser schönen Welt erblickt. Jetzt musste ich nur noch die Bilder von früher abrufen: Der Pfad dort, das war der Weg. Meine Erinnerung wurde immer klarer. Es roch nach Gewürzen, es roch nach Pinien und es roch – nach Fell. Meine Mutter lag auf dem Grab meines Bruders. Es musste der Jahrestag seines Todes sein. Zwei lange Jahre lag das zurück. Ob Bruder x noch da unten war? Oder Teile von ihm?
Meine Mutter schaute mit trübem Blick auf. Ihr Fell sah stumpf und spröde aus. Sie stand ganz langsam auf. Ihr Hinterlauf wollte nicht so ganz. Winselnd sah ich meiner ramponierten Mutter in die Augen. Jetzt winselte

auch sie. Sie tappte vorsichtig heran, ihre Augen vor Schreck und Freude zugleich geweitet. Sie leckte mir die Lefzen ab. Aus behutsamem Wedeln wurde ein Sturm an peitschenden Freudenschreien. „Du hier? Aus der großen weiten Welt kommst du hierher und willst mich besuchen?"
„Ich will dich nicht besuchen, ich will dich mitnehmen."
„Ah ha", murmelte meine Mutter etwas gleichgültig.
Das würde sich nicht so einfach gestalten, wie ich gedacht hatte. Meine Mutter hatte sich offensichtlich mit ihrem Schicksal arrangiert und dämmerte ziemlich apathisch dahin. Und sie war sehr scheu geworden, was Menschen angeht. Vor Hauke und Mareike zuckte sie zurück und gab sofort eindeutige Signale: bis hierher und nicht weiter. Ja, sie drohte sogar mit einem leichten Knurren. Zum Bungalow kam sie nur noch selten, alle paar Tage, um nach Essen zu sehen. Viel mehr aber hielt sie sich in den Hainen auf. Sie mied die Menschen. So kannte ich sie gar nicht. Damals hatten wir die Nähe zu Menschen gebraucht, allein schon wegen ihrer Abfälle. Hauke war der Meinung, dass sie geschlagen worden sei und zwar so richtig. Deshalb das hinkende Bein. Ja, das wäre eine Erklärung. Es klaffte ein Wunde an ihrem Schenkel, recht frisch, so weit Hauke das auf Abstand beurteilen konnte. Weiter durfte er nicht an sie heran. Ich brauchte all meine Überzeugungskünste, meine Mutter dazu zu bringen, mit uns zum Bungalow zu kommen. In meine Nähe.
„Das wird ein langer Prozess", meinte Mareike. „Da brauchen wir einige Zeit, bis sie zutraulich genug ist, dass wir sie im Auto transportieren können. Falls es überhaupt klappen wird. Hmmmh, einfach wird das nicht."
Wir würden Hilfe bekommen. Schneller, als wir in die-

sem Moment zu hoffen gewagt hatten. Und mitnehmen mussten wir sie. Das war uns allen klar. Hier würde sie zugrunde gehen. Hier hätte sie vielleicht noch zwei Jahre, dann würde sie auf vier Beinen hinken. Ich brachte meine Mutter behutsam zum Bungalow. Elfriede war unterwegs. Sie war in einem kleinen Restaurant kurz vor dem Campingplatz, um einen Tee zu trinken. Mareike und Hauke setzten sich ganz ruhig hin, teilten Essen in zwei Näpfe, stellten beide nebeneinander und entfernten sich wieder.

Den Rest überließen sie mir. Meiner Mutter zu zeigen: Heh, das ist okay. Das ist gutes Essen und keiner tut dir etwas. Sie schlang so gierig und schnell, dass ich ihr meinen Napf auch noch überließ. Es gab genug Nachschub im Zelt bei uns. Zudem schadete mir ein Kilo weniger auch nicht unbedingt, meine Mutter konnte mein ganzes Essen haben. Dann legten wir uns hin und meine Mutter schlief mit dem Kopf auf meinem Bauch. Hauke konnte sich so die Wunde etwas näher ansehen. „Das bekommen wir wieder hin", diagnostizierte er. Klang beruhigend. Elfriede kam zurück. „Pssst, langsam!" Mit dem Finger auf dem Mund signalisierte er ihr, sich in Zeitlupe zu bewegen.

„Ist wohl menschenscheu geworden?" flüsterte Oma Elfriede. Sie ließ sich vorsichtig in einem Liegestuhl nieder, die Gelenke taten ihr weh. Warm eingepackt, genoss sie den Abendhimmel und schlummerte weg. Wir schlummerten alle, das war heute ein anstrengender Tag gewesen. Was war das denn? Als wir wieder aufwachten, trauten wir unseren Augen nicht. Meine Mama saß neben Elfriede, den Kopf in ihren Schoß gebettet. Elfriedes Hand ruhte auf Mamas Stirn. Was für ein friedliches Bild! Als sei es niemals anders gewesen. Diese beiden älteren Wesen hatten stummes Vertrauen zueinander. Vielleicht konnte meine Mutter auch riechen, dass Elfriede ebenfalls schlimme Dinge in ihrem Leben erfahren hatte, damals in den Kriegsjahren. Zudem verband sie wohl noch etwas anderes: Meine Mutter lebte am Rande der Gesellschaft und auch Elfriede nahm nicht mehr in der Mitte von allem teil, allein wegen ihres Alters. Es sollte sich später zeigen, dass meine Mutter einen sehr guten Zugang zu älteren Menschen fand - und daraus wurde dann unser gemeinsames Projekt. Mareike, Hauke, meine Mutter und ich würden ein Haus aufbauen für ältere Menschen. Der Initiator aber war meine Mutter, ohne sie wären wir wohl nicht auf diesen Gedanken gekommen. Wir nannten meine Mutter Gaia. Die Mutter der Erde, die Mutter von allem.

Gaia musste geimpft werden. Wir fuhren wieder zum Tierarzt, schließlich hatten wir nichts dabei, aber Hauke übernahm es, ihr die Spritze zu geben. Das ging nur deshalb so gut, weil Elfriede Gaias Kopf in ihren warmen Händen hielt und ihr beistand. Auch Mamas Wunde am Bein konnte versorgt werden. Dankbar leckte sie Elfriede alle Finger ab. Hauke schätzte meine Mutter auf ein Alter von acht Jahren. Das war nicht dramatisch für einen Zuhause-Hund, aber für einen Straßenhund mit körperlichen und seelischen Blessuren war das schon ein hohes Alter. Mama würde aufgepäppelt werden müssen. Und ins Auto Einsteigen mussten wir auch üben wie damals bei mir. Ich machte ihr das vor, sprang hinein und wedelte mit dem Schwanz. Kopf schräg, neh, was soll das denn? Nochmal üben, es wurde besser, von Mal zu Mal.
Aber ohne Elfriede hätte ich es nicht geschafft. Elfriede war unentbehrlich. Sie tauschte mit Mareike den Platz im Auto. Mareike setzte sich auf den Beifahrersitz und

Elfriede ging nach hinten auf die Rückbank. So konnte sie Gaia immer wieder mal über den Kopf streicheln. Gaia murmelte leise Töne vor sich hin. Sie entspannte sich nach und nach. Ich freute mich so sehr für sie und für uns. Ich hätte vor Freude heulen können.

In unserem alten Heim auf dem bayerischen Ackerberg blieben wir zwei Tage. Wir machten nochmal lange Wanderungen hier. Gaia hatte bereits in Griechenland ein Halsband bekommen, hier gewöhnten wir sie nun an eine Leine. Sie war nicht mehr stark genug, einem Reh hinterher zu sprinten, aber besser war eine Leine dennoch. Und Elfriede war nicht dabei auf unseren Touren, von Elfriede hätte sie sich nicht entfernt. Wir planten, mit zwei Autos in den Norden zu fahren, so könnte Mareike gleich ihre Sachen mitnehmen. Gaia müsste mit Hauke fahren, zwei große Hunde passten nicht in Mareikes Auto rein. Mareikes Sachen würden wir auf die Rückbänke beider Autos verteilen, so viel besaß sie ja nicht, da gab es keine zwanzig Paar Schuhe und auch keine hundert Handtaschen. Nichts, was sie vermisst hätte, in der Zeit des Zeltens. Zelten erdet, man beschränkt sich auf das Wesentliche. Was manche Menschen so an Besitz anhäuften! Tausend Dinge, die bald auf dem Abfall landen würden. Mareike kaufte vieles in Second-Hand-Läden. Was andere Menschen so wegwarfen! Unglaublich. Ich dachte an die Müllberge, die mir und Mama aber das Leben gerettet hatten in Griechenland.
Der Wohlstand war sehr ungleich verteilt. Wie ich das abschätzte mit meinen noch jungen zwei Jahren Erfahrungen, würde die Kluft sich immer weiter auftun zwischen denen, die neu kauften und wegwarfen und denen, die von dem Weggeworfenen lebten. Längst gab es

Tafeln in Deutschland. Lebensmittel, die das Ablaufdatum überschritten hatten, wurden hier an Leute verteilt, die wenig hatten. Es gab auch Tiertafeln. Warum also warfen die Menschen in Hülle und Fülle weg? Bestimmt füllte jeder Haushalt mehrere Tonnen voller Müll im Monat. Tja, Menschen warfen ja auch Tiere weg. Unterwegs auf einer Autobahnraststätte entdeckten wir einen Hund, der an einem Baum befestigt war. Er war so dicht an den Baum gekettet, dass er kaum noch atmen konnte. Keiner in Sicht, zu dem dieses Tier gehören könnte. Es zitterte erbärmlich am Waldrand und verstand die Welt nicht mehr.

Wir warteten eine Stunde - weiterhin kein Mensch in Sicht, der sich zu ihm bekennen würde: Ja, das ist mein mir anvertrauter Hund. Nein, da kam keiner mehr zurück! Manche Menschen schienen keine Schuldgefühle zu haben.

Der Hund war schon etwas älter. Graue Strähnchen hingen von seiner Schnauze, eingesabbert von seinem angstvoll runtertropfenden Speichel. Seine traurigen Augen sprachen: ´Unfassbar! Einfach auf und davon und mich lässt man hier allein.` Wir alarmierten die Tierrettung. Noch einen Hund konnten wir nicht mitnehmen. Im Tierheim hätte er wenigstens erstmal ein Dach über dem Kopf und würde hoffentlich bald einen Menschen finden, der ihn nicht wieder entsorgen würde. Es gab ja mittlerweile sogar schon Hunde, die übers Internet versteigert wurden. Hunde als Aktionsartikel. Eins, zwei, drei, meins. Schauerlich! Ob die dann wieder weiterversteigert wurden, wenn der Artikel nicht den Erwartungen entsprach?

Mareike warf selten etwas weg. Sie pflegte ihren kleinen Besitz. Ihre wenigen Pullover, Schuhe und Jacken. Gute Pflege ist das Entscheidende. Gute Pflege seines Hun-

des und der Menschen, die einem anvertraut sind. Du bist für deine Rose verantwortlich, hatte Mareike mal gesagt. Hauke pflegte seine Sachen ebenfalls. Er besaß viel mehr. Aber auch er kaufte nur mit Bedacht und Dinge, an denen er lange Freude haben würde. Er besaß viele alte Dinge.
Nach Stunden der Fahrt waren wir endlich angekommen bei Hauke. Als wir durch die Haustüre kamen, strömte uns dieser heimische Duft von altem Holz entgegen. Holz, das vom Leben von Generationen erzählte, Holz, das nicht auf dem Sperrmüll entsorgt werden würde. Ein Geruch von Ewigkeit, von Ankommen, von Geborgenheit, von morgen noch genauso Aussehen wie heute - das gefiel Gaia. Sie brauchte jetzt Sicherheit und sie brauchte die Verbundenheit zu einem Fleckchen Land. Ein Stück Erde unter ihren Pfoten, das sie durch alle Stürme und Zeiten tragen würde.
Gaia, die Mutter Erde der griechischen Mythologie, wurde aus dem Chaos geboren. Seitdem ist die Unordnung überschaubar geworden. Gaia brauchte Halt und Beständigkeit, um ihr inneres Chaos zu überwinden. Das einzige, was sie hatte veranlassen können, ihr gewohntes Land zu verlassen, waren ich, ihr Sohn, dem sie das Leben gegeben hatte, und die tiefe innere Verbundenheit zu einer anderen Mutter, zu Elfriede, was wohl nur die beiden untereinander verstanden. Elfriede und Gaia. Diese beiden Mütter, ohne die es kein Leben gäbe. Gaia, die Gebärende.
Ihr Name, den sie grade erst erhalten hatte, schützte sie auf dem Weg in ihre neue Heimat zu uns. Er lenkte die Aufruhr, die in ihr tobte, in ruhigere Bahnen. Es war erst ihr zweites Zuhause, wenn man die Straße als ein Zuhause bezeichnen konnte. Für mich war es immerhin schon das fünfte: Griechenland, das Reihenhaus der

Müllers, das Tierheim, Mareikes Heim und jetzt unser aller Heim bei Hauke. Wie mein Leben einem Fluss der Veränderungen unterlegen war! Dessen wurde ich mir immer wieder bewusst, wenn ich am Ufer der tosenden See stand.

Jetzt, seit wir unsere Mutter Gaia bei uns hatten, kam Ruhe in diese Brandung. Gaia, Hauke und Elfriede passten sehr gut zusammen; alle drei waren erdverbunden. Mareike und ich waren eher wie das strömende Wasser, das zu oft seine Form geändert hatte. Zu oft im Leben hatten wir den Wohnsitz gewechselt und mussten uns neu orientieren und eine neue Form finden. Gaia, Hauke und Elfriede verlangsamten die Schnellen unseres Stromes. Die Oberfläche wurde so ruhig und klar, dass man in die Tiefen schauen konnte und auf dem Boden, ganz unten, begannen sich unsere Wurzeln zu verbinden.

Mama inspizierte scheu ihr neues Zuhause, Haukes sesshaftes Heim. In der Diele standen alte Tonkrüge, in denen getrocknete Disteln zu einem Strauß gerichtet waren. Wenn man die Disteln genau betrachtete, so waren sie wunderschön. Eine stolze kugelrunde Krone auf zart anmutendem Stil. Dass dieser zerbrechlich wirkende Stil so eine pompöse Krone tragen konnte?! Alles eine Frage der Balance. Man durfte sie allerdings nicht umwerfen, diese getrockneten Disteln. Dann würden sie knicken und zerbröseln. Man musste sehr behutsam mit ihnen umgehen und durfte sie nur mit größter Vorsicht von einem Platz auf einen anderen stellen.

Mareike stellte oft einen Krug mit frischen Rosen daneben. Blühendes Leben, biegsames, von Wasser durchströmtes Leben. Wenn sie verwelkten, kamen sie auf den Kompost und wurden als Dünger im Frühjahr dem

Rosenbeet zugeführt, wo im Sommer neues Leben aus ihnen erwachte. Haukes Disteln versprühten ihre herbe Schönheit auch im Winter. Seit vielen Wintern schon. Ein Haus der Erinnerungen - eine feste Burg.
Wir hatten Hunger. So unterbrachen wir die Führung durch das Haus und nahmen in der großen Wohnküche Platz. Ein fast drei Meter langer schwerer Holztisch in dunkel warmen Tönen nahm ein Drittel der riesigen Küche ein. Der Tisch mochte eine Tonne wiegen, ach was, viel mehr. Kein Wunder, dass Hauke sesshaft war. Diesen Tisch zu transportieren von A nach B, da hätte es ein Containerschiff gebraucht. Urgemütlich war er, dieser unverrückbare Tisch; das vermittelte Sicherheit. Meine Mutter staunte nicht schlecht, was ein Mensch so alles in einer Küche haben konnte. Angefangen mit diesem silberfarbenen großen Schrank mit den verschiedenen Schubfächern. Man musste ihn schnell wieder schließen, sonst schlug er Alarm, dieser Kühlschrank, der alles frisch hielt. Gaia hielt den Kopf schräg, wenn das Eisfach pfiff und konnte sich gar nicht satt sehen, was da so alles drin war. Das reinste Schlaraffenland!
Mama war dennoch immer noch misstrauisch. Sie äugte verstohlen von links nach rechts, immer in gutem Abstand, so, dass sie ausweichen konnte, wenn es ihr zu eng werden sollte. Fragezeichen standen in ihrem Gesicht: Stimmt das auch wirklich so, was ich da beobachte? Nochmal prüfen!
Dann gab es erstmal Essen. Gemeinsam zu tafeln verbindet, dass wissen vor allem die Südländer. Langsam wurde Gaia zutraulicher. Sie setzte sich an Haukes Seite und genoss die Wärme seines Beines. Nur zu schnell aufstehen durfte er nicht. Schnelle Bewegungen schlugen meine Mutter in die Flucht, da konnte das Essen

noch so köstlich duften. Wir stellten uns alle auf sie ein. Im Haus versuchten wir nun, unsere Bewegungen langsamer auszuführen als gewohnt, draußen war es nicht so schlimm, da war genug Raum für uns alle, ohne uns zu sehr auf die Pelle zu rücken.
Jeden Tag ging unser Zusammenleben besser und besser. Gaia bekam das Körbchen von Haukes Bernhardiner Arne. Es wurde in die Diele gestellt und meines daneben. Nun gut, ich konnte ja nicht auf ewig mit im Bett schlafen. Hauke und Mareike wollten auch mal ungestört sein und aufpassen musste ich auf sie auch nicht mehr; ich konnte sie getrost allein lassen. Meine Mutter brauchte mich jetzt mehr. Sie brauchte die Sicherheit, nicht wieder allein zurückzubleiben, die Sicherheit meiner Nähe.
Die ersten Nächte schlief sie außerhalb ihres Körbchens. Was für mich längst eine so wohlige Oase war, konnte sie offenbar noch nicht akzeptieren, denn das Körbchen hatte recht hohe Seitenwände, das engte sie wohl ein. Sie brauchte einen freien Blick und das hatte sie nur auf dem Fußboden. So tat ich es ihr nach und legte mich neben sie auf den dicken Teppich aus Deichschafwolle. Gaia schnupperte daran und entspannte sich in voller Länge. Der Schafgeruch des Teppichs gefiel ihr.
Ach, höchste Zeit, meine Mutter und Emma miteinander bekannt zu machen, dachte ich noch, bevor ich einschlummerte.

Der Wecker schrillte, Mama schreckte auf. „Alles gut", murmelte ich ihr halbwach zu, „Hauke muss zur Arbeit. Wir können ihn später besuchen, wenn du magst. Da gibt es mächtig viele Tiere, die alle zu Hauke wollen."
Sogar Schlangen hatte ich dort schon gesehen. Hoffent-

lich konnte er heute alle gesund pflegen und würde kein Tier einschläfern müssen. Ein paar Tage, ohne tödliche Spritzen geben zu müssen, das wäre sehr schön für Hauke. Vielleicht sollte er den Beruf wechseln, aber wer würde dann die Schmerzleidenden erlösen, für die es keine Hoffnung auf Genesung mehr gab?! Nein, Hauke war ein guter Tierarzt!
Mareike hatte heute auch einiges zu tun für ihre Blogs, so liefen wir allein raus zum Deich. Meiner Mutter musste ich nur klar machen, dass diese Schafe nicht dazu da waren, gegessen zu werden. Vielleicht zuvor nochmal den Kühlschrank zeigen: Voll! Voll Bis zum Rand.
Unterwegs wollte Mama eine Mülltonne leeren. „Brauchst du nicht mehr", stupste ich sie weg. „Du hast jetzt ein Dach über dem Kopf und einen prall gefüllten Kühlschrank." „Weiß man nie", raunzte Mama. „Besser den Bauch vollschlagen, wenn man was findet."
Ihre alten Jäger-und-Sammler-Methoden. Im Abfall waren fette Mayonnaise-Salate und Fisch, so ein mit Panade überzogener Backfisch und ähnliches Zeug. Mama würgte und erbrach alles in einem hohen Bogen. Mit alter Mayonnaise sollte man nicht spaßen. Schnell ein Schluck Wasser hinterher. Oh ha, brackiges Wasser, salzig und abgestanden. Mama würgte wieder.
Puuuh ... Erste Lektion: hier nur ausgewähltes Wasser süffeln, so durstig Hund auch ist. Zum Nachspülen eignete sich erst die Tränke auf der Schafweide. Den Trick hatte ich längst raus, wie man aus dieser Anlage die Tropfen zapfen konnte. Ich stieß mit der Schnauze gegen ein Metall und ließ Mama schlabbern. Blökend kamen die Schafe an. Emma schälte sich aus der Gruppe. Groß war sie geworden und wunderschön, meine Emma.

Mama staunte nicht schlecht. „Was für ein Leben hier. Ein eigenes Schaf hat mein Sohn, der hat es wirklich zu was gebracht im Leben. Ich bin stolz auf ihn. Noch wichtiger aber ist, dass er glücklich ist."
Ja, war ich, ich strahlte über mein ganzes Gesicht. „Ja, ist das Leben nicht schön?!" „Ja, das ist es!" Das Lächeln, das ich von früher an ihr kannte, kehrte in meine Mutter zurück.

Den Besuch in Haukes Praxis verschoben wir. Es waren nur ein paar Schritte, die Räume befanden sich im Hauptgebäude des alten Gutshauses. Die anderen Räume dieses Traktes standen leer. Hauke hatte es vermieten wollen, aber es gab keine Interessenten. Wir wohnten zu weit draußen und die Leute wollten heute modern wohnen und stadtnah. Die nächste größere Stadt, Flensburg, war 60 Kilometer entfernt von unserem Örtchen Gheesthorst.
Die Praxis würde ich Mama ein anderes Mal zeigen, heute sollten wir lieber draußen bleiben und das Leben, den Wind und die Freiheit in der Natur genießen. Ich musste meiner Mutter immer wieder zeigen, wie schön es hier war. Mareike machte sich im Garten des Gehöftes zu schaffen, der hinter dem Hauptgebäude und unserem Haus lag. Sie schnitt an ihren wilden pinkfarbenen Bauernrosen herum, die einen intensiven süßen Duft verströmten. Sie rochen irgendwas zwischen betörend und betäubend, ganz und gar durchdringend.
Davor stand eine prächtige Kastanie. Sie hatte eine weit ausladende Krone, es war ein alter Baum, aber er trug immer noch sehr gut. Prächtige Rhododendren-Büsche schafften heimelige Nischen auf den 4000 Quadratmetern Gartenfläche. Den Garten umgrenzte eine hohe Mauer aus Findlingen, zwischen denen sich Moos ein-

genistet hatte. Ein kleiner Teich spiegelte die Blätter der Kastanie tausendfach. Eine Birke stand auch dort, mit ihrem weißen, schlanken Stamm wirkte sie recht zierlich neben der Kastanie. Daneben blühten Disteln, bestimmt 30 Disteln mit violett farbenen Köpfen. Ah, daher hatte Hauke seine Disteln. Disteln spicken, wenn man ihnen zu nahe kommt. Man kann sie nur ganz vorsichtig untersuchen - insbesondere Hundenasen sind da sehr empfindlich.

Um die Disteln herum gab es ein Fleckchen nackter Erde. Dieser Platz neben den Disteln wurde Gaias Lieblingsplatz im Garten. Mit der von der Sonne aufgewärmten Erde unter ihrem Bauch konnte sie sich bei gutem Wetter stundenlang hier aufhalten und über die Schönheit der Disteln sinnieren. Gaia war auch einst so blühend schön wie diese Disteln gewesen. Jetzt befand sie sich irgendwo zwischen diesen Sommerdisteln und den Ausgetrockneten, die in den Krügen im Haus standen. Die Trockenen in den Krügen waren auch schön, aber blass und zerbrechlich. Mareike hatte mit einigen ihrer englischen Rosen versucht, sie so zu trocknen, dass ihr leuchtendes Rot erhalten bliebe. Aber das funktionierte nicht. Die Rosen wurden ebenso fahl wie die Disteln in den Krügen und bekamen zudem noch Knicke unter ihren so stolzen Köpfchen.

Das Leben ließ sich nicht konservieren. Ich musste an Elfriede denken. Jede Falte in ihrem schönen Gesicht erzählte von so viel Leben. Nun, ich war zwei Jahr alt. Wirklich zu früh, sich mit Vergänglichkeit, vertrockneten Disteln und Elfriedes Falten zu beschäftigen. Aber irgendwie hingen Leben und Tod für mich schon lange zusammen. Das eine gab es nicht ohne das andere. Und jede Stunde gingen wir einen Schritt auf unser Ende zu. Daran ist Chronos Schuld, dachte ich mir, dieser dumme griechische Gott, er verschlingt unsere Lebenszeit. Die Jahre, die er uns gibt, die müssen wir zum Besten nutzen.

Heute war Bürstentag. Mareike liebte es, mir das Fell zu bürsten. Eigentlich löste sich schon genug, wenn sie mich so richtig schön durchkraulte. Gut, dass sie mir keine Zöpfchen flechten konnte, dafür war mein Fell zu kurz. In großen Mengen flog mein ausgebürstetes Fell über den Boden der Diele. Schönes cremefarbenes, widerstandsfähiges, robustes Fell. Uuuuiiih, da ziepte etwas. Ich hatte mir eine Klette eingefangen, die Stelle war ein wenig verfilzt. Nochmal mit der Bürste durch, einer grobzinkigeren. Nichts zu machen. Frauchen schnitt mir kurzerhand eine Strähne ab. Dafür hatte sie eine Effilierschere, die sie auch für sich selbst nutzte, um ihren Pony zu kürzen.
Heute versuchte Mareike, auch Gaias Fell zu bürsten.
„Schau, schöne Bürste", hielt sie ihr den Striegel vor die Nase. Okay, roch gut, roch nach mir. Mareike fuhr sanft über Gaias Rücken und Nacken. „Hier, schönes Fell", Mareike zeigte ihr das Ergebnis der Bürstenmassage.
Mama schnüffelte interessiert und sagte sich wohl: ´Fein, musste auch mal raus.` Von diesem Tag an ließ sie sich sehr gerne bürsten, sie warf sich sogar auf den Boden und präsentierte ihren Bauch: Komm Bäuchi kraulen.
Den Bauch darzubieten, das war wirklich schon die hohe Kunst des Vertrauens. Sie war jetzt angekommen in unserer Mitte.
Wir gaben so viel Fell ab, das es eigentlich schade gewesen wäre, dieses nicht zu nutzen. Die Natur macht nichts umsonst. Fell und Schafwolle sind kühlend im Sommer und wärmen ganz herrlich im Winter. Mareike

stopfte unser Fell in zwei Bezüge und machte zwei super Kissen daraus, mit denen unsere Körbchen ausstaffiert wurden.

Aus Haukes Praxis kam ein Schleifchen-Hund. Es lagen in etwa 50 Meter zwischen unserer Eingangstür und der Praxis; von unserer Terrasse aus konnten wir alles beobachten, was da drüben so geschah. Der Hund war mittelgroß, so eine Art Bearded Collie. Er hatte ein fellverhangenes Gesicht, ein paar Strähnchen wurden von einer roten Schleife gebändigt. Langhaarfrisuren mit Haarschmuck schienen im Trend zu liegen, jedenfalls bei bestimmten Rassen.
Die Besitzerin von Schleifchen kam langsam die Stufen der Praxistür herunter, ganz langsam und ganz vorsichtig. Sie musste sich am Geländer festklammern und immer wieder eine Pause einlegen. Wieder ein Stüfchen geschafft. Wer war hier eigentlich der Patient? Die ältere Dame oder der Hund? War Hauke nicht nur Tierarzt, sondern auch noch Internist, Orthopäde und Psychologe für die zweibeinigen Besitzer seiner Patienten? Hatten wir da was nicht mitbekommen? Das Schild an der Tür besagte eindeutig: Dr. med. vet. Hauke Börnstetten, Kleintierpraxis.
Nun, die Dame hatte sich bei Hauke ausgeheult. Sie sollte ein künstliches Hüftgelenk bekommen und hatte ganz furchtbare Angst, dass sie ihren Hund danach nicht mehr würde führen können. Ob Hauke sie hatte trösten können? Er kannte die beiden schon über Jahre. Zuvor hatte diese Frau bereits einen anderen Schleifchen-Hund gehabt. Sie liebte diese Rasse. Ihr ergrautes Haar hatte in etwa die gleichen Strähnchen wie ihr Hund und der Hut, den sie auf dem Kopf trug, wurde gekrönt von einem roten Schleifchen! Mensch und

Hund können sich frappierend ähneln.
Wir amüsierten uns insgeheim, Schande über unser Haupt! Dieser Hund war uns aber einfach zu durchgestylt und überhaupt: diese alberne lange Mähne. Aber die Welt ist bunt und vielfältig. Jedem das Seine. Wir beschlossen, toleranter zu denken. Mal sehen, was man mit diesem anfangen konnte, mit diesem modisch ausstaffierten Teil.
Wir schauten ihn uns aus der Nähe an und wedelten ihm freundlich zu. Das Eis war schon mal gebrochen. Der ganze Hund wackelte und sein Schleifchen wippte fröhlich dazu mit. Roch auch gut, dieser Hund, das muss ich schon sagen. Gut, ein bisschen zu viel Shampoo vielleicht, aber was soll´s? War noch genug Hund übrig. So begruben wir unsere Vorurteile vor Hunden mit Schleifchen im Haar.
Hauke kam aus der Tür: „Ich mache Ihnen einen Vorschlag, lassen Sie Ihren Hund ein paar Stunden hier, während Sie Ihren Arzt aufsuchen. Dann können wir weitersehen. Der Garten ist umzäunt, wir machen die Tore zu. Und diese beiden hier werden gut auf ihn aufpassen, stimmt´s? Aurelius und Gaia?"
Klaro, machen wir. Die Dame war erleichtert und übergab Schleifchen in unsere Obhut.

Wenn ältere Menschen ein künstliches Hüftgelenk bekommen, geht das Leben nicht mehr so leicht von der Hand wie zuvor. Da ändert sich vieles. Die Dame kam weinend mit einem Einweisungsschein ins Krankenhaus zurück. Danach würde sie nicht mehr in ihrer Etagenwohnung bleiben können. Es gab dort keinen Aufzug. Sie würde umziehen müssen, am besten gleich in ein Domizil für seniorengerechtes Wohnen, so hatte der Arzt ihr geraten.

Sie mochte 79 Jahre alt sein. Wie sollte das mit Hund zu schaffen sein? Aber der Hund war ihr Leben, insbesondere seit ihr Mann verstorben war. Seitdem war Schleifchen ihr Ein und Alles. Traurige Geschichte, was konnte man tun?
Gaia und ich beratschlagten uns unter dem Dach der alten Kastanie. Gaia hatte ein besonderes Gespür für ältere Menschen, wie es sich schon bei Elfriede gezeigt hatte. Man konnte doch nicht ältere Menschen einfach so abschieben in so ein Haus für nur alte Leute, wo man keine Hunde mehr halten konnte?! Ganz ausgeschlossen! Und Gaia hatte nicht vergessen, was wir für sie getan hatten, dass wir sie aus Griechenland geholt hatten, als sie schon nicht mehr die Jüngste war. Und ich wiederum wusste, wie gut ich es hatte, ein Zuhause zu haben und ich hatte auch meiner Mutter ein Zuhause geben können.
Wir hatten wirklich sehr viel: ein Zuhause bei Menschen, die uns liebten und sich kümmerten, egal, wie alt wir waren. Dafür waren wir sehr dankbar. Irgendwas mussten und wollten wir zurückgeben. Mareike und Hauke waren glücklich, uns zu haben, ihnen gaben wir schon sehr viel und umgekehrt, aber da musste es noch mehr geben. Wir konnten noch mehr tun. Frauchen und Herrchen waren jung und gesund, sie brauchten unsere Hilfe noch nicht, vielmehr halfen sie uns sogar ein wenig mehr, ja, das taten sie gewiss. Gemeinsam aber könnten wir doch diesen alten Menschen helfen, denen sonst keiner mehr half?! Nach denen keiner fragte, wie der Tag war, ob sie etwas brauchten, was sie sich noch wünschten und ob sie heute schon gestreichelt worden waren. Gruselig, wenn keiner einen mehr streichelt!

Mareike erhielt einen Brief von Bauer Fischhuber. Fassungslos las sie die Zeilen. Die geplante Umstrukturierung seines Hofes würde sich nicht rentieren – nach der letzten Berechnung seines Steuerberaters. Keine Boxen für Pferde. Der Bauer hatte schlaflose Nächte. Es half nichts, der Hof würde ihn in die Pleite treiben. Er musste verkaufen an einen Großinvestor, der top moderne Appartements draus machen wollte. Wohnen im Grünen, doch stadtnah. Der Bauer würde als Hausverwalter mit seiner Frau dort wohnen bleiben, in einer kleinen Wohnung im Erdgeschoss.

Wo blieb Oma Elfriede? Die Wohnung war zu klein für mehrere Köpfe. Sie reichte grade mal für zwei Personen. Elfriede müsste auf ihre alten Tage verpflanzt werden, in ein Seniorenheim. Mareike war entsetzt. Und wir nicht minder. In der Nacht schmiedeten meine Mutter und ich einen Plan. Damit müssten alle einverstanden sein, wir konnten ja nicht allein entscheiden. Ich dachte an unsere Familiensitzungen in Griechenland. Demokratische Entscheidungen hatten wir dort gefällt, darin hatten wir Übung, meine Mutter und ich. Wir beide dachten daran, Elfriede zu uns zu holen. Das mussten wir nur noch Mareike und Hauke klar machen und ihre Zustimmung einholen.

Da unser Heim in Ackerberg auch dem Verkauf zum Opfer fiel, mussten wir unverzüglich nach Bayern fahren und die letzten Dinge aus unserer Wohnung holen. Mama blieb hier auf dem Hof, ich fuhr mit Frauchen die 600 Kilometer runter. Es war Spätsommer. Bald würden die Kastanien herunterprasseln. Der Spätsommer war noch eine gute Jahreszeit, um neu zu starten in einer neuen Umgebung. Im Winter bewegte man sich nicht so gerne, da wurde man auch mental unflexibler. Der Winter war die Zeit, sich auszuruhen auf dem, was man bis dahin erschaffen hatte.

Elfriede war sehr glücklich, uns zu sehen. Sie fragte auch gleich, wie es Gaia ging.
„Sehr gut, sagte Mareike. Sie freut sich schon, dich zu sehen." Plups, war ihr Angebot raus. „Gaia braucht dich", untermauerte Mareike noch ihr Anliegen. „Ich mag diesen Hund", stimmte Elfriede zu. „in ihrer Nähe habe ich mich so wohl gefühlt." Na, also! Elfriede kam mit uns. Ein Sprung in eine neue Umgebung auf ihre alten Tage, bevor es kalt werden würde und der Winter einzog.
Auch Hauke war einverstanden. Längst trug er sich selbst mit einem Gedanken, den er Mareike noch nicht offenbart hatte. Er hatte Furcht, wie sie reagieren würde. Das war auch keine einfache Entscheidung, es würde ein trautes Leben zu zweit - beziehungsweise zu viert, uns Hunde eingeschlossen – massiv verändern. Aber jetzt war genau der richtige Zeitpunkt, uns seinen Wunsch mitzuteilen.
Hauke hatte einen alleinstehenden Onkel, der in ein Alter gekommen war, in dem auch er überlegen musste, wo er die nächsten Jahre seines Lebens verbringen wollte - oder könnte. Auch hier stand eine Seniorenresidenz zur Debatte. Nur gefiel es ihm nicht wirklich dort. Zu steril, zu abgeschottet, zu sehr wurde man dort damit konfrontiert, dass man nicht mehr teilhaben konnte am täglichen Fluss des Lebens. Er wünschte sich ein Leben mit vielen Generationen unter einem Dach, von ganz jung bis ganz alt. Diese Seniorenresidenz war komfortabel, aber da gab es natürlich nur alte Menschen. Das wollte er nicht!
Hauke liebte seinen Onkel, er hatte keine Großfamilie. Er hatte keine Eltern mehr und er hatte keine Kinder. Auch deshalb wollte er gerne für seinen Onkel sorgen und ihn einfach in der Nähe haben. Das Gutshaus hatte

diesen großen Trakt, neben der Praxis, der leer stand. Man könnte bestimmt zehn Wohnungen dort unterbringen – und Onkel Börnstetten. Das besprach er mit Mareike am Telefon. Schwieriges Thema am Telefon! Aber Mareike war froh darüber. Schließlich musste sie Hauke auch am Telefon erzählen, dass wir Elfriede quasi schon im Auto hatten. Davon wusste Hauke noch nichts.

So beschlossen Hauke und Mareike – eigentlich kam die Idee von uns Hunden – das Gutshaus als alternatives Seniorenheim zu nutzen. Kein Seniorenheim im herkömmlichen Sinne, nein, mehr eine Wohngemeinschaft, in der aktiv gelebt werden sollte. Die Senioren würden sich gegenseitig unterstützen, jeder konnte noch irgendwas.

Also sagte Mareike am Telefon: „Hauke, ich finde das prima, dass du deinen Onkel zu uns holen möchtest. Ich möchte gerne Oma Elfriede mitbringen. Ich denke, das wird beide länger jung halten, wenn sie zusammen sind statt allein. Weder Elfriede noch dein Onkel Peter sind so gebrechlich, dass sie in ein Heim müssten, aber sie brauchen jemanden, der ihnen zur Seite steht und da ist. Sie könnten sich gegenseitig helfen. Wir haben so viel Platz und bestimmt würde es auch uns gut tun, uns ab und an um diese Menschen, die uns am Herzen liegen, zu kümmern. Was hältst du davon?"

„Du nimmst mir da eine Last von den Schultern. Ich hätte es nicht über das Herz gebracht, Onkel Peter in einem Seniorenheim zu wissen. Ich danke euch."

„Wir danken dir!", sprach Mareike in den Telefonhörer. „Dass wir Elfriede mitbringen können. Immerhin gehört sie nicht zur Familie. Was auch Vorteile haben kann, Familie ist nun auch nicht immer ganz leicht. Die stellen ganz andere Forderungen an einen, das weißt du ja bestimmt."

„Lass uns sehen. Wenn es dir zu viel wird, eines meiner Familienmitglieder dicht bei uns zu haben, dann müssen wir eine andere Lösung finden."

„Wird schon werden. Ich bin da optimistisch. Zudem geht mir in der letzten Zeit viel durch den Kopf, was aus uns beiden mal werden wird, wenn wir alt sind. Ohne Kinder, die nach uns fragen werden. Ganz realistisch betrachtet, werden wir am Krückstock durch Pflegestufe minus eins schlurfen oder wir werden nach Polen abgeschoben und dort billig gepflegt werden.

Wollen wir später einmal so leben? Mir macht das ein bisschen Angst. Dir nicht? Und jetzt? Sollten wir nicht das uns Mögliche tun, wo wir doch so viel Platz haben? Auch wenn es nicht unsere leiblichen Eltern sind?"

„Ja, du hast Recht, Mareike. Ich bekomme genug von den Menschen in der Praxis mit. Von den Alten. Nicht nur Armut im Alter ist ein Problem, sondern auch Einsamkeit. Es gibt viel Einsamkeit in alten Menschen. Zusammen wären sie weniger allein. Und das Haus steht leer."

Onkel Börnstetten und Elfriede wurden die ersten Bewohner unseres Mehrgenerationen-Hauses.

Alles fließt

Es war ein schönes Bild, das unsere drei Altsemester zusammen auf der Gartenbank abgaben. Elfriede und Peter saßen mit einer Decke auf ihren Knien in der Sonne und Gaia hatte sich einfach zwischen sie auf den Boden gesetzt. Mareike und Hauke standen mit zufriedenem Lächeln in ihrer efeuumrankten Eingangstür und schauten sich dieses Idyll an. Sie freuten sich für die beiden Senioren, aber sie freuten sich auch für sich selbst.
Es gab keinen reinen Altruismus in der Welt, wie ich mit meinen jungen Jahren beobachtet hatte. Nicht unter den Menschen und unter uns Hunden auch nicht. Wir suchten immer etwas, womit es auch uns gut ging. Auch wenn wir uns nur deshalb gut fühlten, weil wir etwas gegeben hatten, so lag auch im Geben ein kleiner Eigennutz. Im Nehmen und im Geben. Ich war auch nicht ganz frei davon.
Ich hatte mir damals eine deutsche Familie auf diesem Campingplatz gesucht, weil Deutschland als wohlhabendes Land galt, da sollte niemand verhungern und auch nicht frieren. Es war nicht diese spezielle Familie, die ich im Sinn hatte, es war Deutschland, das ich am meisten wollte. Diese Familie Müller war nur zufällig da.

Erst Mareike fühlte ich mich wirklich verbunden. Aber natürlich hing ich auch an ihr, weil sie mir ein Heim gab, einen Napf mit Futter und Wasser, eine Decke und ein Körbchen. Allerdings würde ich für sie töten, wenn ihr jemand was zuleide tun würde. Und, doch ja, ich würde mein letztes Krümelchen mit ihr teilen. Das grenzte schon fast an Altruismus.

Ein gewisser Hobbes hatte mal über die Menschen gesagt: Homo homini lupus est. Der Mensch ist dem Menschen ein Wolf. Recht dreist, von diesem Hobbes, da einen Wolf, meinen Urahnen, ins Spiel zu bringen. Der hatte echt null Ahnung. Wölfe beschützen ihr Rudel. Gut, notfalls töten sie. Aber nur, wenn es absolut notwendig ist. Wir hier, wir waren jetzt ein tolles Rudel, das alles füreinander tun würde.

Nanu, diesen Klingelton kannte ich doch. Aus Mareikes Handy dudelte eine vertraute Melodie. Haifisch Andreas. Dieser Immobilienmogul. Wenn man vom Wolf denkt! Was wollte der denn?

´Ich stehe hier auf dem Leuchtturm, in welchem du so gerne wohnen wolltest – und denke an dich. Gruß Andreas`

„Hmmmh????" Frauchen runzelte die Stirn.

Aufmerksam hob ich den Kopf. Ich lag zu Mareikes Füssen in ihrem Arbeitszimmer. Löschen, blickerte ich sie an. Einfach löschen!

„Er steht in unserem Leuchtturm. Von dort aus kann man auf das Wasser sehen, auf den unendlichen Horizont."

Und? Was brauchst du einen Leuchtturm? Du bist hier, in unserer Hütte. Du bist hier, bei uns.

Was sollte diese Vision von dem Leuchtturm? Wurde es Frauchen hier doch zu eng, mit Haukes Onkel in der Nähe? Keiner hatte behauptet, dass es immer leicht sein würde, sich um Familie und ältere Menschen zu kümmern. Da musste man Kompromisse machen und entscheiden, was das Wichtigste war. Eigentlich sollte Mareike das können. In ihrem Blog Downshifting behauptete sie das die ganze Zeit: Verzichten können, nicht alles haben müssen, Konzentration auf das Wesentliche. Elfriedes Wohl zum Beispiel war doch etwas sehr Wesentliches für sie.

Mareike war voller Widersprüche. Seit wir hier waren, verstand ich nicht alles an ihr. Sie wollte blühende Rosen konservieren - den perfekten Moment einfangen und in eine Glasvitrine sperren. Hatte wohl alles noch was mit dem Tod ihres Verlobten zu tun, mit dieser Schuld, die sie immer noch in sich spürte. Offenbar dauerte das länger als mein Thema. Meine Mutter hatten wir jetzt bei uns. Ganz verheilen würde meine Last aber auch nicht.

Ich konnte auch nicht die Zeit auslöschen, in der meine Mutter alleine auf der Straße gelebt hatte, während ich mir den Bauch vollschlug. Ich konnte nur das Leben, das vor mir lag, so gut wie möglich Tag für Tag gestalten und jederzeit für meine Mama da sein.

Mareike schrieb Andreas, dass es ihr sehr gut gehe, dass sie einen Partner habe und dass wir Zuwachs bekommen hatten. Nein, kein Kind, doch nicht in Mareikes Alter. Aber die beiden Senioren.

´Wir sind mittlerweile zu sechst statt zu dritt`, schrieb sie. ´Das freut mich für dich und für euch`, antwortete Andreas. ´Und wie ist es dir ergangen?` fragte Mareike weiter, Andreas war doch etwas einsilbig geblieben.

´Ich bin wieder in deutschen Landen, ich hatte eine kurze Beziehung in Flensburg, wo ich jetzt lebe. Ich habe doch hier mein Domizil aufgeschlagen, nicht in Hamburg. Die Küste hier ist einfach zu schön. Und, ach

ja, meine Mutter ist gestorben, während ich in den USA weilte. Ich hatte sie lange nicht gesehen. Zu lange. Ich hatte einfach immer so viel zu tun. Heute tut es mir sehr leid, dass ich sie nicht noch mal besucht habe. Ich kann das leider nicht mehr rückgängig machen.`
Ohhhh, war das dieser Andreas, der so kühl reagiert hatte, als es um ein Treffen in der Weihnachtszeit mit Frauchen ging? Dem sein Auto so wichtig war?
Nun, seine Mutter war gestorben, das machte ihn wohl sentimental. Sein Vater lebte noch. Aber die Wurzeln seiner Herkunft brachen weg, sie wurden porös und bröselig. Immerhin hatte er einen Sohn, aber der kurvte irgendwo in der Weltgeschichte herum. Job mal hier, Job mal dort. Das hatte er ja selbst hinter sich, der Andreas. Nun war er zurück in Deutschland.
Wurde man tatsächlich heimatverbunden mit dem Alter, so wie Frauchen und jetzt dieser Andreas? Sehnte man sich nach Beständigkeit und Überschaubarkeit?
Andreas meldete sich nochmal: ´Ich würde dich gerne treffen und einfach nur ein wenig mit dir reden.` ´Okay. Morgen? Wo treffen wir uns?` ´Ich würde dir gerne diesen Leuchtturm zeigen. 14 Uhr?` ´Ja, in Ordnung. Bis morgen, Andreas.`
Mareike hielt es für angebracht, Hauke aufzuklären, woher sie diesen Andreas kannte beziehungsweise ja noch gar nicht kannte.
„Ah ha", sagte Hauke knapp.
Mareike erklärte ihm: „Ich habe den Eindruck, es geht ihm nicht so gut. Seine Mutter ist gestorben, er macht sich Vorwürfe, sie nicht mehr gesehen zu haben. Er konnte nicht bewusst Abschied von ihr nehmen. Du weißt, wie das für mich war, als mein Verlobter starb. Das ist eine Schuld, die man lange mit sich herumträgt. Ich denke, er braucht jetzt jemanden zum Reden."

„Nun gut, ich verstehe." Hauke dachte an das letzte Tier, das er einschläfern musste. Das Leben ist so kostbar, jede Minute könnte die letzte sein. Dessen sollte man sich immer bewusst sein. Hauke und Mareike gingen niemals mit schlechter Laune ins Bett. Wenn es mal ein Missverständnis gab, klärten sie das noch am Abend. Seitdem waren ihre üblen Träume seltener geworden.

Sie hatten Recht: Jede Minute konnte die letzte sein, jeder Tag, an dem wir nicht unsere Zuneigung unseren Liebsten zeigten, war ein verschenkter Tag. Manche Menschen konnten ja über so vieles streiten, das musste mit ihrer komischen Sprache zusammenhängen, da gab es einfach zu viele Wörter. Aber was am Ende des Tages übrig blieb, das zählte. Und das war ein festes Fundament und flickte jeden Riss, so wie die Schafe auf dem Deich den Boden fest traten.

Hauke und Mareike passten sehr auf einen guten Umgang miteinander auf. Sie liebten sich, aber es brauchte etwas noch Größeres - ein gemeinsames Ziel, an welchem beide zusammen bauen konnten und was sie noch mehr verbinden würde als nur die Liebe allein. Ein gemeinsames Projekt. Andreas würde helfen, unser Projekt auszubauen.

Der Leuchtturm war prächtig und majestätisch wie die Berge im Bayerischen. Unverrückbar stand er dort auf seinem festen Ankerplatz und trotzte der Brandung und dem Sturm. Fast hätten wir in sowas gewohnt, zumindest hatte Mareike diesen Traum gehabt. Wie passend wäre das für uns gewesen. Für meine erdverbundene Mutter und für mich, der das Wasser liebte.

Ich schaute in die Höhe, oben war der Turm ganz weiß, an seinem Schaft rot bestrichen. Hmmmh, jetzt durchatmen und ein bisschen die Pfoten warm machen, der

Aufstieg lag vor uns und das Teil sah echt mächtig hoch aus. Oben stand nur ein Mann und schaute in die Ferne. Andreas! Er trug sein Haupthaar recht licht, Menschen würden Halbglatze dazu sagen, aber das ist ein unschönes Wort. Tiefes Brillenschwarz verdeckte seine Augen. Es war doch gar nicht sonnig heute?! Ich machte den ersten Schritt und beschnüffelte seinen wehenden Trenchcoat.
Hmmmh, okay, aber hätte nicht zu Frauchen gepasst. Alles ist bestens wie es jetzt ist, auch ohne einen ausgefallenen Wohnsitz in einem Leuchtturm zu haben; das Gutshaus war auch eine feine Sache.
„Hey, Großer", kam es dunkel aus diesem verdunkelten Gesicht. Ja, das wollte ich meinen: Großer! Ich war ein strammer Rüde mit muskelbepacktem Idealgewicht. Bestimmt wirkte ich sehr beeindruckend auf Fremde. Andreas trat auch gleich ehrfurchtsvoll einen Schritt zurück, er hatte ein klein wenig Angst, das roch ich sofort.
„Er tut nichts", sagte Mareike. Dieser Typ hatte ja echt überhaupt keine Ahnung von Hundesprache, da konnte ich beschwichtigend den Kopf wegdrehen, wie ich wollte. Womöglich hatte er damals im Internet nur vorgegaukelt, dass er Hunde mag. Puuh, da musste Hauke nun überhaupt keine Bedenken haben, dass sich hier ein Techtelmechtel anbahnen könnte, warum auch? Mareike und Hauke passten bestens zusammen, die Sorgen hatte ja auch ich mir gemacht, nicht Hauke. Eine vollkommen unbegründete Furcht von mir, nur weil diese Müllers sich getrennt hatten, grrhh, schüttel.
Ich versuchte es nochmal bei Andreas und legte mich auf den Bauch. Los, bitte kraulen! Keine Reaktion. Volle Niete, dieser Typ. Was sollte ich als Hund auch erwarten von jemandem, der mich einfach so ausgetauscht

hätte gegen was Handlicheres je nach aktueller Domizil-Situation.
Mareike hatte das alles in diesem Moment nicht in ihren Gedanken. Sie sah verquollene Augen hinter den dunklen Sonnengläsern.
„Hallo Andreas! Schön, dich zu sehen." Handschlag zur Begrüßung, so machten Menschen das. Manche Hunde mussten Pfötchen geben, das hatte ich schon oft gesehen. Ein Kunststück, jubelten dann ihre Menschen. Hmmh, die wussten wohl nicht, dass das der Milchtritt ist, ein Relikt unserer Welpenzeit, um an köstliche Milch ranzukommen. Na ja, die pfötchengebenden Hunde bekamen dann ja auch immer ein Leckerli reingestopft.
Eine Wolke riss auf und die Finger der Sonne zeigten auf Andreas. Er hatte seine Brille abgenommen. Er hatte blaugraue Augen, grau wie der Himmel im November. Sie waren rotunterlaufen - diese Augen hatten viel geweint in der letzten Zeit.
„Mein Beileid zum Tod deiner Mutter", kondolierte Mareike, ihre Worte kamen von Herzen. Darauf folgte ein kurzer Schwall von salzigen Tropfen aus Andreas Augen. Schnell fasste er sich wieder. „Tja, so ist der Lauf der Welt."
Ganz so einfach war es für ihn aber nicht, abgetan mit einem ´tja`. Die beiden erzählten und erzählten, fern am Horizont zog bereits das zehnte Schiff vorbei. Andreas war wieder mal Single. Mehrere Anläufe über das Internet hatte er hinter sich. Nun hatte er die Schnauze gestrichen voll. „Ist wohl wie ein Sechser im Lotto, auf diese Weise jemanden zu finden."
Nun ja, sagte ich doch, das mit dem Internet war Mist. Jemanden, der zu einem passte, zu finden, das geschah durch Zufall im Leben, dort, wo man auf ähnliche Interessen traf und dort, wo man sich gleich beschnuppern

konnte.

„Was ist denn dein Hobby? Darüber weiß ich gar nichts", Mareike versuchte, Andreas irgendwie abzulenken und zu helfen. „Ich gehe segeln."

Hmmh, das schien mir jetzt ein wenig schwierig zu sein für Andreas, da draußen auf den kalten Wellen die Dame seines Herzens zu finden. Mit Hunden lernt man viele Leute kennen. Da kommt man sofort ins Gespräch. Tja, Andreas hatte keinen Hund und eigentlich wollte er auch nicht wirklich einen. „Dir geht es also im Moment so richtig schlecht? Du bist allein und in der Trauer um deine Mutter bist du auch allein", Mareike schaute Andreas verständnisvoll an. „Wenn ich draußen bin mit meinem Boot, dann treiben meine Gedanken einfach dahin, dann vergesse ich alles, dann fällt der Kummer ein wenig von mir ab. An Land holt mich das wieder ein. Ganz merkwürdig."

Gar nicht so merkwürdig, dachte ich. Das Wasser hält dir das Panta Rhei vor Augen. Alles ändert sich, niemals steigst du in den gleichen Fluss, nun ist deine Mutter gestorben. Wasser beruhigt ungemein die Nerven und versöhnt mit den Wechseln des Lebens, versöhnt mit dem Tod und versöhnt mit dem nicht Wiederkehren, zumindest nicht in der gleichen Form.

Der Tod seiner Mutter war aber nicht alles, was Andreas seinen gewohnten Boden unter den Füssen nahm. Er hatte einen Herzinfarkt erlitten. Wegen seines Jobs, wegen der vielen Reisen, wegen seiner Konstitution, wegen irgendwas. Das war eine Zäsur in seinem Leben und in seinem Denken. Er war erst 56 Jahre alt. Herzinfarkte kommen manchmal über Nacht. Sie klopfen nicht an die Tür, sie brechen einfach herein. Danach ist das Leben nicht mehr das Gleiche. Wer einmal dem Tod von der Schippe gesprungen ist, der ändert seine

Werte und seine Ziele. Andreas war früher sehr erfolgsorientiert gewesen und war immer dem Neuesten hinterher. Wer auf dieser Welle reitet, der kommt niemals an.

Andreas hatte einen bedeutsamen Traum, als er mit seinem Infarkt im Krankenhaus lag. Er kletterte eine Leiter hoch, Sprosse für Sprosse, sobald er eine erklommen hatte, wuchs oben eine nach, unendlich ging das so weiter. Deutlicher konnte man kaum träumen. Schluss mit dem Leiterklettern für ihn. Sein Leben sollte jetzt ein ruhigeres sein. Und eventuell sogar ein erfüllteres, das war meine Meinung und meine Hoffnung für ihn.

Der Wind frischte auf, es wurde ziemlich kühl hier oben auf der Plattform. Wir wollten Andreas noch nicht allein lassen. So gingen wir zusammen essen. Richtig schön bürgerlich, gute schleswig-holsteinische Küche nach alten Rezepten, welche hier die Großmütter schon gekocht hatten. Dementsprechend war die Gaststätte besetzt. Fast nur alte Leute. Es gab an die 150 Plätze, kaum ein Stuhl war frei. Der Laden war beliebt und ein Stammplatz für einige, die nichts anderes mehr sahen.

Viele der Gäste schoben mit ihren Rollatoren durch die Gegend, der Gang war zugeparkt mit 20 Rollatoren. Es waren heute zudem zwei Busse mit je 30 Gästen hier, mit den Bewohnern zweier Altersheime. Der Unterschied zwischen den beiden Heimen fiel sofort auf. Die einen waren körperlich und geistig noch rege und hatten ein helles waches Gesicht, die anderen schienen mehr oder weniger im Dämmerschlaf dahinzuvegetieren.

Lag das nur am Alter oder kamen ihnen unterschiedliche Pflege und Aufmerksamkeit zu? Hmmh … Auch die Rollatoren waren nicht gleich. Es gab sperrige Trecker und es gab elegante, leicht federnde Gefährte, die sahen richtig schick aus. Letztere gehörten den agilen Personen mit den wachen Gesichtern. Diese waren privat versichert. Ich schüttelte den Kopf. Unglaublich, wie verschieden das Alter aussehen konnte! Es hatte was mit Aufmerksamkeit zu tun, mit Zuwendung, mit dem Fördern der noch vorhandenen Fähigkeiten und: offenbar auch mit Geld.

Elfriede alterte in Würde bei uns. Weil sie uns hatte, weil sie gebraucht wurde von uns und auch von Peter und weil sie Aufmerksamkeit erfuhr.

Endlich bekamen wir einen Platz. Am Tisch saßen bereits zwei Damen mit weißem Haar. Zufrieden aßen Sie ein Steckrüben-Gericht, ganz neu auf der Wochenkarte. Aber neu war das Rezept überhaupt nicht.

„Sieht interessant aus", sagte Andreas.

Nun ja, einen Geschmack hat der, ich runzelte die Stirn. Andreas wollte nur nett sein. Und schon fingen die Damen an, zu erzählen, vom Kohlrüben-Winter der Kriegsjahre, die sie durchgemacht hatten.

Mann, geht es mir gut, man geht es uns allen gut, dachte ich mir unter dem Tisch zusammen. Jedenfalls jetzt hier in Deutschland ging es mir ungeheuer gut. Ich schaute um die Ecke, hob meinen Kopf gen Tisch und sog den Rübendampf ein. Okay, da war offensichtlich auch ein wenig Speck mit dabei. Das ging dann ja noch. Macht mal, ihr beiden, bestellen. Ich habe Hunger.

Die Damen plauderten munter weiter drauf los. Erzählten weiter ihre Kriegs-Geschichten von Muckefuck, einem Kaffee-Ersatz, von Maisbrot und von Zuckerei. Ah, das kannte ich von Elfriede schon. Hatten tatsächlich auch diese Menschen im heute reichen Deutschland einst Hunger gelitten? Das klang ja fast wie unsere Müll-Touren in Griechenland.

Ich hörte von Einkäufen auf dem Schwarzmarkt unter

Lebensgefahr, von verdunkelten Fenstern und laut aufgedrehtem Radio, wenn verbotenerweise ein Schwein geschlachtet wurde. Bei dem Wort Schwein lief mir dann doch der Speichel aus dem Mund. An den Rest wollte ich nicht denken. An das Blut, aus dem Schlachtschüsseln gemacht wurden und an die gesäuberten Därme, in die das zerhackte Schweinchen gestopft wurde.
„Wissen Sie, wie viele Wurstsorten es heute auf dem Markt gibt? Unzählige", plauderte die Dame weiter. „Und 300 Brotsorten in etwa. Wir backten Brot aus Maismehl. Immer das gleiche."
Andreas erinnerte sich an seine Kindheit, als der Duft frischen Brotes aus dem Ofen zog und das ganze Haus erfüllte. Düfte schien das Gehirn lange zu speichern. Die Brotgeschichten der Damen vermitteltem ihm ein wohliges Gefühl. Ein Gefühl von Geborgenheit, ein Gefühl von sorgenfreier Kindheit.
Unsere Kohlrouladen kamen. Steckrüben würden wir ein anderes Mal probieren. Jetzt gab es in Weißkohl gewickeltes Fleisch. Ich bekam auch etwas ab, Mareike steckte mir heimlich ein paar Häppchen unter dem Tisch zu. Hhm, hätte ich mich dran gewöhnen können, es schmeckte deftig und bodenständig, ganz ohne Firlefanz.
Die beiden Damen hatten ihre Männer im Krieg verloren. Seitdem waren sie allein. Nicht einsam, aber allein. Sie waren beste Freundinnen seit ihren Kindheitstagen und wohnten heute wieder dicht beieinander. Noch konnten sie sich selbst versorgen, sie machten sich aber Gedanken, wie es weitergehen würde, wenn sie gebrechlich werden würden. „Dann sind wir auf dem Abstellgleis", tapfer lächelten sie. „Alles haben wir aufgebaut in diesem Land und dann werden wir abgeschoben." Ein

leichtes Seufzen hing über dem Tisch. Nebenan rumpelte ein Rollator an die Sitzbank. Aus- und Einparken war nicht so einfach. Das galt hier ausnahmsweise auch für die Männer. Andreas sprang auf und war beim Rangieren behilflich. Das Lächeln, das der Mann ihm schenkte, war ein mildes und gütiges Lächeln und machte Andreas sehr betroffen. In früheren Jahren wäre ihm so etwas vielleicht gar nicht aufgefallen, in den Jahren seines Lebens auf der Überholspur. Wer hätte das gedacht, dass ein 80-jähriges Lächeln ihm ein solches Wohlbehagen geben würde?!
Andreas musste sein ganzes Leben runterfahren. Er dachte daran, eine Segelschule zu gründen, zwei seiner Immobilien zu verkaufen und sich wohltätig zu engagieren. Erstmal musste er seinen Vater unterbringen, noch war er jung genug, dass man ihn verpflanzen konnte. Insgesamt aber schienen Frauen länger rüstig und rege zu bleiben als Männer. Männer, die ihre Frauen verloren, bauten oft sehr schnell ab. Offenbar konnten sie sich schlecht selbst versorgen. Mein Vater war selbst schuld gewesen, dass er sich vom Acker gemacht hatte; meine Mutter hätte ihn durchgebracht und durchgefüttert. Frauen haben es einfach drauf! Ein Lob auf Gaia und auf Elfriede.

Die beiden alten Damen an unserem Tisch zahlten und brachen auf. Aber so schnell, dass ich mich gar nicht richtig verabschieden konnte. Mit zackigem Schritt sauste die eine zur Garderobe und holte beider Mäntel, während nebenan wieder ein Rollator polterte.
Gaia war manchmal auch nicht zu bremsen. An einigen Tagen drehte sie ausgelassene Runden mit mir im Garten, überschlug sich vor Begeisterung und dann blitzten und strahlten ihre braunen Augen. Sie war wieder jung

geworden, seit wir uns um sie kümmerten und sie nicht mehr allein war.
Die Kohlrouladen hatten wunderbar geschmeckt. Die zwei tranken noch einen Kaffee und dann verabschiedeten wir Andreas. Ich gab ihm eine zweite Chance, steckte ihm mein Köpfchen hin, einmal streicheln bitte. Besten Dank!
„Schön, dich kennengelernt zu haben", sagte er auch sehr liebenswürdig. Na ja, kannst uns ja mal besuchen kommen, dann zeige ich dir mein Land und Gaia, ich lächelte ihn nochmal an. Es ging ihm nicht gut, ich musste ihn aufbauen.
„Sehen wir uns wieder?", Mareike hielt Andreas Ihre Hand hin. „Komm doch mal vorbei. Dann backen wir einen Maiskuchen oder machen uns ein Zuckerei." Beide lachten. Okay, sie würden in Kontakt bleiben.

Schleifchen-Hund war zu Besuch bei uns. Ich stolperte quer über ihn. Er sah aber wirklich auch genauso wie die langhaarige Schafwolldecke aus, auf der er es sich gemütlich gemacht hatte. Hauke saß mit Frau Trautner, Schleifchens Frauchen, im Esszimmer bei einem Tee. Schleifchen jaulte hoch quietschend auf. „Sorry, ich dachte, du seist der Teppich. Wer trägt auch schon sein Fell derart lang, dass man sein Gesicht gar nicht sehen kann, das erschwert echt die Kommunikation! Aber sorry, treten wollte ich dich nicht. Nebenbei bemerkt, riechst du auch nur noch ganz entfernt nach Hund. Vor allem aber nach Badeschaum und Conditioner, etwas zu viel für meinen Geschmack.
Ich finde das ziemlich degeneriert, da geht man ja gar nicht mehr als Hund durch."
Oh ha, meine Meinung über Schleifchen musste ich revidieren. Er gehörte einer uralten Rasse an, womög-

lich älter als die meine. Er war ein Lhasa Apso, kein Collie. Komplizierter, ungewöhnlicher Name für einen komplizierten und ungewöhnlichen Hund. Für mich jedenfalls. Noch nie hatte ich so einen Teppich näher kennengelernt.
Er hieß Anna, also: Sie hieß Anna. Jetzt konnte ich das natürlich riechen. Wow, eine Dame im Haus! So ein Mist, dass ich kastriert war. Aber so wäre aufwendige Werbung natürlich unnötige Energieverschwendung, wenn das sowieso zu nichts führte. Mal schauen, ob ich überhaupt ihre Nase unter dem ganzen Fell finden konnte für ein Begrüßungs-Schlabberli. Annas Rasse kam aus Tibet. Wow!! Ich staunte wieder: Kam ja von weiter her als ich und meine Vorfahren. Die hatte bestimmt viel zu erzählen von fernen Sitten und Gebräuchen. Ich war ja immer offen, meine Bildung ein wenig aufzupeppen. Der Lhasa Apso wurde von Mönchen gehalten und als heilig angesehen. Der Name der Rasse könnte so etwas heißen wie bellender Wachhund.
Nun, das war auch nötig, ab und an zu bellen, sonst würde niemand unter diesem wandelnden Teppich einen Hund vermuten. Die Rasse galt als Glücksbringer für seinen Besitzer. Da konnte ich aber mithalten! Ich hatte Hauke und Mareike zusammengebracht. Mehr konnte man von seinem Glückshund wohl nicht erwarten, oder? Anna eignete sich bestens als Haushund. Vollkommen klar, wie sollte Hund sonst seine üppige Mähne so glänzend sauber halten? Mal sehen, ob Anna Deichspaziergang-tauglich war.

Frau Trautner hatte Probleme mit dem Gehen, sehr verständlich nach ihrer Hüftoperation. Gestern hatte sie immerhin Anna wieder aus dem Tierheim holen können, wo sie nur zur Pension bleiben musste.

Gaia kam von ihrem Lieblingsplatz aus dem Garten, sie musste sich auch dieses Langhaar-Teil aus der Nähe ansehen. Sie war toleranter Anna gegenüber. Sie hatte sich mit so vielen verschiedenen Hunden in ihrer Straßenzeit arrangieren müssen, so eine Type wie Anna war allerdings nicht mit dabei gewesen.
„Hast du Lust, mit uns eine Runde zu drehen, Anna?" Meine Mutter war sehr diplomatisch und auch gastfreundlich. Wir rannten rüber zu unseren Schafen, Anna hinterher. Ich muss zugeben, wie Anna da so auf dem Deich stand, ich meine, das was Anna war unter den wehenden Fellsträhnen, das sah schon sehr hübsch und sehr malerisch aus. Ein lebender Fahnenmast! Hoffentlich würde sie nicht abheben mit der nächsten Böe, wie einer der Drachen, welche die Kinder hier steigen ließen. Vielleicht sollte man Anna beschweren, ihr irgendein Gewicht zufügen.
„Man, machst du dir einen Kopf", säuselte Anna. „Ich sehe einfach nur anders aus als du, ich bin aber Hund vom Scheitel bis zur Sohle. Und ich habe Stammbaum. Super Vater, super Mutter, ganz ausgezeichnete Papiere."
Oh ha, ging jetzt hier ein Zickenkrieg los? Bestimmt musste Anna sich profilieren. Nun, wir hatten uns natürlich auch insgeheim über Anna lustig gemacht, da kam Pochen auf Stammbaum immer gut.
Ich sollte mal die diplomatische Schiene probieren wie meine Mutter: „Ist ja fein. Das freut mich für dich. Darauf kannst du stolz sein, einen Stammbaum zu haben und du kannst auch stolz darauf sein, deinen Vater zu kennen. Dieses Glück ist mir nicht beschieden."
„Ach?! Wie traurig", Annas Stirnhaar bröselte in sich zusammen, „das tut mir aufrichtig leid. Da kann ich ja wirklich glücklich sein, zu wissen, wo ich herkomme,

also auch zu wissen, wer mein Vater ist. Das habe ich mir noch gar nicht so klar gemacht. Ich dachte immer, das sei normal."
„Neh, neh, ist es nicht."

Anna hatte uns noch viel mehr zu erzählen. Dinge, die uns neu waren. Ihr Frauchen, Frau Trautner, engagierte sich im sozialen Bereich. Sie hatte schon ein paar Mal mit Anna zusammen ein Flüchtlingskind, eine Leila, besucht. Anna konnte mit ihrem lieblichen Aussehen dieses Kind sehr gut beruhigen. Dieses Kind kannte - genauso wie ich - seinen Vater nicht. Vermutlich war er von einer Bombe getötet worden, ganz übelst. Genaues wusste man aber nicht.
Das Kind war mit einem Treck aus Syrien geflohen. Letztes Jahr erst war sie nach monatelanger Odyssee hier im Norden eingetroffen. Ihre Mutter hatte sie unterwegs verloren. Auch das noch! Sie war ertrunken, von einem überfüllten Boot ins Meer gestürzt. Weder Vater noch Mutter!? Das war wirklich mehr als grausam! Ich hatte wenigstens meine Mutter. Ohne sie zu sein, das hätte ich mir jetzt gar nicht mehr vorstellen können.
Schweigend saßen wir drei nebeneinander auf dem Deich. Anna mit ihrem wehenden Fell in unserer Mitte. Weit hinten schlich ein Schiff über den Horizont. Ein dickes Schiff, ein sicheres Schiff. Ein Schiff, das seinen Hafen erreichen würde - dafür würde der lackierte Leuchtturm sorgen. Bei klarer Sicht konnte man ihn bis hierher sehen.
Es dunkelte bereits. Helle Punkte streiften in regelmäßigem Abstand unser Trio, kurze Pause, dann wieder ein Licht. Wie beruhigend, diese Regelmäßigkeit, wie beruhigend für das Schiff und für die Leute, die auf ihm fuhren. Was für eine beruhigend sichere Welt, in der wir

hier auf dem Deich lebten. Gut, das Wasser konnte zerstörerisch sein und auch töten, aber zumindest töteten hier nicht Menschen andere Menschen. Wir saßen weiter schweigend nebeneinander. Ein Pfiff tönte durch die Dunkelheit. Mareike holte uns nach Hause. Frau Trautner musste los.

Greta Trautner würde morgen wiederkommen, mit Anna. Hauke und Mareike setzten sich am Abend mit einem Glas Wein auf die Terrasse. In eine dicke Decke geschlungen, eng umeinander gewickelt, schauten sie in den Abendhimmel. Nichts wärmt so gut wie Körperwärme und eine tolle Wolldecke - und Zufriedenheit und Glück.

Drüben im Gutshaus brannten eine Menge Kerzen. Am Küchentisch saßen Onkel Peter und Oma Elfriede beim Abendessen. Gaia und ich schlummerten auf den übermoosten Steinen der Terrasse. Der Oktober stand vor der Tür, fast ging es schon auf Weihnachten zu. Wieder ein Jahr, das bald zu Ende sein würde. Hauke rauchte seine Pfeife, das tat er manchmal. Bedächtig blies er graue Wölkchen in die Luft. Pfeife Rauchen brauchte Zeit; sie musste gestopft und gesäubert werden. Stopfen, ziehen, stopfen, säubern.

Die Erweiterung unserer Senioren-Wohngemeinschaft brauchte Zeit. Wir müssten sanieren. Zwei neue Bewohner standen auf dem Plan: Hans Müller, so hieß Andreas Vater, und Greta Trautner. Nebst Schleifchen-Anna selbstverständlich.

Wo das Geld hernehmen für ein paar Renovierungsarbeiten? Vielleicht könnte Andreas helfen. Er hatte davon gesprochen, sich caritativ zu engagieren. Wir dachten an Wohnrecht auf Lebenszeit für seinen Vater, dafür würde er eine kleine Finanzspritze für die Renovierung der Fenster und vielleicht auch für das Verlegen einer

Fußbodenheizung beisteuern. Und zwei Bäder müssten wir seniorengerecht einbauen sowie die Gemeinschaftsküche auf Vordermann bringen.

Wir brauchten nur die Materialkosten. Onkel Peter war handwerklich sehr begabt. Und er war noch kräftig genug, mit Hand anzulegen. Auch Elfriede konnte einiges. Auf dem Bauernhof war immer was zu tun gewesen. Da hatte sie viel gelernt in ihrem Leben. Beide konnten mithelfen. Das würde das Ganze auch zu ihrem Projekt machen. Sie sollten selbst mitgestalten, unsere Senioren.

Hauke blies zufrieden eine Rauchwolke in die Luft. So wäre das alles machbar. Onkel Peter kam rüber und brachte uns eine Kartoffelsuppe. Dafür hatte Elfriede ein paar Stunden in der Küche gestanden. Er störte auch gar nicht lange, er ging schnell zurück ins Gutshaus.

Nanu? Ob sich da was anbandelte? In manch einem Lebensherbst war schon eine neue Liebe erblüht. Nicht so überschwänglich wie in der Jugend vielleicht. Ruhiger, stiller, ein sanfterer See statt rauschender Brandung. Wir schmunzelten alle vier. Wie hübsch die Kerzen drüben brannten. Ein paar in gelb, die anderen in rot. Peter und Elfriede steckten ihre Köpfe zusammen. Wie schön! Die Herbstzeitlosen schmückten grade die Weiden mit ihrem blassen violett. Es waren die letzten Blumen dieses späten Herbstes.

Wir hatten uns nicht geirrt, was wir da beobachtet hatten. Peter und Elfriede leuchteten uns einen guten Morgen entgegen. „Was für ein wunderschöner Herbstmorgen", sagten sie mit einer Stimme, während sie liebevoll das Laub zusammenkehrten. Blatt für Blatt. Feuerrote Blätter neben sonnengelben. „Was für eine Farbenpracht", freuten sich die beiden, als wäre es ihr erster

Herbst.
Oooh, ja, die Farben sind wunderschön, ich hob meine Nase in die Luft und überblickte den ganzen Garten. Man sagte, Liebe mache blind. Was für ein Unfug, dachte ich. Liebe macht sehend!
Genau in dem Moment kam Schleifchen-Anna nebst ihrem Frauchen auf den Hof gerollt. Anna sprudelte mitten in das Herbstfarben-Mosaik und wirbelte mit ihren besenlangen Haaren alles wieder durcheinander. So ein Temperament hatte ich Anna gar nicht zugetraut. Ich ging mit meinen Vorderpfoten herunter und forderte Anna zum Spiel auf. Zack, tobten wir drei durch die Gegend. Gaia, Anna und ich. „Hallo, ich bin Greta Trautner. Entschuldigen Sie bitte, jetzt haben wir hier alles durcheinander gebracht. Ich helfe Ihnen, das wieder zusammenzusammeln." Greta war die Aktion von Anna unangenehm. Alle drei lachten und amüsierten sich über uns Hunde. „Lassen Sie mal", sagte Peter, als er sah, dass Greta nicht so gut laufen konnte, „aber Sie könnten mir diesen Eimer halten."
So kehrten und sammelten die drei und wir hielten uns ein wenig abseits mit unseren tollen Runden. Andreas war bei uns zum Mittagessen eingeladen. Er brachte seinen Vater mit. Auch Greta war unser Gast. Dann luden wir auch noch Elfriede und Peter ein. Es gab einen Auflauf mit Käse überbacken. Duftete herrlich, ein wenig was Vernünftiges kochen konnte Frauchen schon.
Mareike hatte mit Andreas telefoniert und ihm unsere Idee erklärt: seinem Vater ein Heim zu geben in unserer Senioren-Wohngemeinschaft. Jetzt sollten sich alle vier kennenlernen und gemeinsam das Projekt absegnen.
Wir brachten den Auflauf rüber ins Gutshaus, dort war mehr Platz und zudem war das der Ort, wo unsere Al-

ten leben sollten. Der Tisch war voll, es gab Stühle für sieben Personen. Andreas hatte erst in letzter Minute zugesagt, dass er auch kommen würde. Die Ehrenplätze an den Stirnseiten der Tafel waren für die Neu-Ankömmlinge, für Greta und für Hans. Die vier Senioren waren sich auf Anhieb sympathisch. Puuuh, das war schon mal der erste Schritt. Das Essen schmeckte auch allen wunderbar. Nach dem Essen führten wir sie durch das Haus. Wir hielten die Punkte fest, was renoviert werden müsste. Peter und Elfriede konnten Ersparnisse einbringen. Auch Greta und Hans verfügten über einen Notgroschen.

Den Löwenanteil aber würde Andreas beisteuern; dafür wurde ihm ein Teil des Hauses überschrieben. Sein Vater bekam Wohnrecht auf Lebenszeit und auch Andreas selbst würde später einmal hier wohnen dürfen. Peter und Elfriede sollten natürlich auch hier wohnen, so lange es ging. Noch brauchte keiner eine Pflegekraft und das würde sich hoffentlich lange Zeit nicht ändern.

Schleifchen und Greta zogen in einen Raum im Erdgeschoss. Das Zimmer daneben bekam Hans. Oma Elfriede und Onkel Peter bezogen einen größeren Raum im ersten Stock. Möbel waren ausreichend vorhanden und ein paar ihrer Erinnerungsstücke brachten die Senioren aus ihren alten Wohnungen mit. Am letzten Samstag des Oktobers war der Einzug vollzogen. Am Abend würde die Zeit umgestellt werden und eine neue Zeit brach für unsere Senioren an. Eine Zeit, die sie miteinander verbringen würden statt allein - zusammen ging alles einfacher, selbst dem Alter entgegenzugehen.

Greta hatte eine sonderbare Pflanze mitgebracht. Die sah total verschrumpelt aus. Es war eine Art Kaktus, würde ich sagen. Lange faltige Arme hingen ausgedörrt und schlaff von diesem merkwürdigen Körper herunter

wie die Finger einer widerlichen Krake. Ganz ehrlich, schön war diese Pflanze nicht. Warum brachte Greta so etwas Unschönes mit?
An diesem Abend, am Abend des Einzugsfestes, entfaltete sich diese Pflanze. Sie trug nur eine einzige Blüte, aber diese überstrahlte mit ihrem Zauber alles. Es war eine Königin der Nacht. Sie blühte nur ein einziges Mal im Jahr und sie blühte ausgerechnet heute und krönte den Beginn unserer Senioren-Wohngemeinschaft.
Fortan hieß unser Seniorenprojekt schlicht Flora. Und Flora begann zu blühen.

Ich machte mich jetzt wieder öfter mit Mama vom Acker, hinaus zu den Schafen. Trotz der kühlen Witterung. Auf dem Hof wurde es uns buchstäblich zu bunt. Die Schafe waren jetzt in Ihrem Unterstand, draußen rumwandern mit ihnen war nicht mehr drin, aber wenigstens waren wir so weg von der Farbbrühe rund um die Flora.
Dort wurde gestrichen, was das Zeug hielt. Und ab und an auch gestritten. Welche Farbe welches Zimmer bekommen sollte. Geschmäcker sind eben verschieden. Anna lief schon ganz bunt gestreift durch die Gegend. Was musste sie auch jede Wand anwedeln. Currygelbe, grasgrüne, mohnrote Flecken verzierten oder verschandelten ihren Langhaar Look – das war ganz Ansichtssache.
Wir machten jetzt auch öfter Ausflüge am Wochenende, ohne Anna allerdings. Ein wenig Privatsphäre musste schon sein. Hauke, Mareike, Gaia und ich fuhren an die Ostsee. Nur unsere kleine Kernfamilie. Nun ja, Emma hätte noch dazugehört. Das wäre aber etwas schwierig gewesen, sie zu einem Ausflug mitzunehmen und ich bezweifelte auch, ob sie Lust dazu gehabt hätte.

Eine ganz andere Küste war das hier, diese Ostseeküste. Dort ging es richtig steil herunter. Uuuuuih, da wurde einem ja ganz mulmig, wenn man da so runter schaute, lieber ganz vorsichtig an der Kante stehenbleiben. Für Mama war das auch ganz neu. Das hatte sie noch nicht gesehen. Die großen Schiffe konnte man hier viel näher erleben als an der Nordsee. Viele fuhren hinauf nach Skandinavien, bis in die eisigen Kälten des Nordkaps.
Bestimmt segelte dort draußen auch irgendwo Andreas herum. Hoffentlich nicht zu weit draußen. Das Wetter passte grade noch so für einen kleinen Törn, aber nicht mehr für lange Touren. Neben seiner Segelschule würde Andreas im kommenden Sommer Ausflugsfahrten für Senioren anbieten. Das würde bestimmt eine gute Abwechslung für die alten Leute werden. Autsch, Gaia schrie auf. Sie war in eine Scherbe getreten. Jetzt humpelte sie mit ihrem Fuß. Hauke musste das umgehend verarzten. Zu dritt knieten wir vor Gaia, ich assistierte und leckte ihr tröstend das Gesicht. Hauke sammelte die Splitter aus ihrem Ballen raus. Wuuuiih, das tat weh.
Dumme Scherbe, dumme Menschen, die einfach Scherben durch die Gegend warfen. Wir sammelten die restlichen Scherben aus dem Sand und taten sie in eines unserer schicken Beutelchen für Hundekot. Sowas hatte man schließlich als Hundebesitzer immer dabei. Am Strand einen Haufen zu hinterlassen, das konnte ein Vermögen kosten, vor allem in Kurstrand-Gebieten. Wie schade, dass das nicht auch für das Hinterlassen von Scherben galt. Ziemlich ungerechte Sache, fand ich, Scherben konnten schließlich richtig übel verletzten. Was war dagegen schon ein ehrlicher Haufen? Löste sich sowieso irgendwann in Wohlgefallen auf. Aber Menschen hatten offenbar eine andere Meinung darüber.

Ein paar Schritte weiter lagen eine Menge schwarze Tütchen auf einer Sandburg, sorgfältig geknotet und sorgfältig auf der Turmspitze platziert. Mit Inhalt! Vielleicht eine besondere künstlerische Note? Wer weiß, was sich der Burgarchitekt dabei gedacht hatte. Wahrscheinlich nichts. Eine Abfalltonne war allerdings weit und breit nicht in Sicht. Auch blöd! Oh ha, da hinten kam ein Typ an, der sah aus wie ein Strandwächter - irgendwie hatte der so einen kontrollierenden Blick drauf.
„Schnell hier verduften, Mama, sonst schiebt der die ganze Burggeschichte unseren Leuten in die Schuhe."
„Beruhig dich Kleiner, eine kurze Schnupper-Stichprobe sollte reichen, zu beweisen, dass das Zeug nicht von uns stammt."
Weise überlegte Worte aus dem weisen Mund meiner Mutter. Die hatten einfach mehr Durchblick und mehr Ruhe, die älteren Semester.
„Aber ob das diese Kurznase drauf hat, unseren Geruch erkennen zu können? Wohl eher nicht." Mama stimmte mir zu und so machten wir uns schleunigst am Ufer zu schaffen, als ob wir hier schon stundenlang die über unsere Pfoten spülenden Wellen bewundert hätten. Bisschen Wasser schlabbern, konnte auch nicht schaden. Ääähh, würg. War ja genauso salzig wie an der Nordsee. Unser Erbrochenes lenkte wenigstens von der Burg ab, sah aber auch nicht nett aus. Hauke verhielt sich vorbildlich. Er zückte so ein schwarzes Tütchen und packte kurzerhand unser sämiges Zeug zusammen mit einer guten Portion Sand in den Kotbeutel.
Der Typ drehte um und wanderte dorthin, woher er gekommen war. Da hätten wir uns den ganzen Zirkus auch sparen können. Was ein Mist, unsere ganze Show war umsonst gewesen! Schuldbewusst schauten wir Hauke an. „Alles gut", meinte er nur, „Wasser zum

Nachspülen gibt es beim Auto." Den Nordsee-Ausflugskanister hatten wir heute im Wagen gelassen. Es war ja kein Sommer mehr.

Den nächsten Ausflug mit unserer Kleinfamilie machten wir an den Nord-Ostsee-Kanal. Wahnsinn! Wenn ich das in Griechenland erzählen würde, würde mir keiner glauben. Ein Pott nach dem anderen auf dieser meistbefahrensten Wasserstraße der Welt. An der Ein- und Ausfahrt gab es Schleusen, da wurde extra das Wasser aufgestaut und wieder abgelassen für diese ganzen Schiffe, damit sie passieren konnten. Was für ein Service! Was wohl so viele Schiffe auf dem Kanal wollten? Nach Ausflugsdampfern sahen die nicht aus. Waren die alle voller Hundefutter-Dosen? Wir könnten so einen Pott nach Griechenland schicken, zu unseren Kollegen auf dem Campingplatz.
Wir wollten auch etwas tun für unsere notleidenden vierbeinigen Kameraden, wenn nicht in Griechenland, dann zumindest hier. Wir würden dem Tierheim in der Nähe, wo Anna kurz auf Pension gewesen war, ein paar kostenlose Kastrationen spendieren. Hmmh, ob dieses Geschenk die Rüden dort erfreuen würde? Wohl eher nicht. Dann eben noch ein paar Ochsenziemer dazulegen. Die Kastrationen sollten aber trotzdem gemacht werden, waren doch für einen guten Zweck. Ich fragte mich, wo diese abgeschnittenen Teile eigentlich landeten? Auf dem Müll? In einem Grab mit einem Stein mit der Aufschrift: Hier ruht, woraus viele Leben hätten entstehen können. Heul!
Nein, war schon okay so, es gab zu viele Hunde auf der Welt. Hoffentlich müsste ich nicht an sowas denken, wenn ich auf meinem nächsten Ziemer knabberte, des Ochsens bestem Stück, aber das Zeug schmeckte ein-

fach so verdammt gut.

In dieser Nacht träumte ich von all den Pötten, die auf dem Kanal rumtuckerten und alle waren voller Ochsenziemer, bis unters Dach. Ochsenziemer, die so lang waren, dass sie vom Bug bis zum Heck reichten - und darüber hinaus. Ob es tatsächlich irgendwo so einen Ochsen gab, der 30 Meter lange Ziemer lieferte? Das mussten die Nachwehen meiner Hungerperiode in Griechenland sein, solch grandiose Futterträume zu malen.

In der Früh musste ich erstmal nach Emma sehen, meine nächtlichen Visionen hatten ja irgendwie auch was mit Schlachten zu tun gehabt. Was machte Emma? Alles noch dran, an der Emma. Puuuh, Gott sei Dank.

Ich hätte mich gerne beim Zeus dafür bedankt, aber diese Adresse hatte ich mittlerweile gestrichen. Es gab da keinen für uns auf dem Olymp. Keinen, der für uns Hunde zuständig war. Gut, Gott war auch nicht für uns zuständig. Nur für die Menschen. Ich sollte vielleicht Buddhist werden. Oder ich werde in meinem nächsten Leben ein heiliger Hund so wie Anna. Alles, nur nicht in China erwachen, wo sie Hunde essen. Schauerlich!

Heute war Lesestunde drüben in der Flora. Die Flora erstrahlte in ihren frischen Farben. Sogar ein gestreiftes Zimmer gab es, da hatte man sich wohl nicht auf blau, grün oder rot einigen können. Gestreift bis hüfthoch – dann waren die Farbeimer leer. Der Rest war schneeweiß geblieben. Ein Resteanstrich-Zimmer, dieses Lesezimmer. Nun ja, ein Gemeinschaftszimmer eben.

Heute las Greta vor. Aus den schönsten Tiermärchen der Welt. Sie las vom schneeweißen Hühnchen. Zum Schluss konnte ich meine Pfoten nicht mehr sehen vor lauter Tränenschleier.

Das Hühnchen lief einer bitter armen Familie zu. Diese hatte ein kleines Mädchen. Sie waren so arm, dass sie kaum was zu beißen und zu brechen hatten. Trotzdem behielten sie das Hühnchen und fütterten es irgendwie durch.
Das Mädchen und das Hühnchen wurden beste Freunde und wuchsen zusammen auf. Über Jahre scharrte das Hühnchen emsig in dem Boden vor einer kleinen Bank, auf der das Mädchen gerne saß. Es schlief des Nachts mit dem Mädchen im Bett und scharrte und scharrte am Tage.
Eines Jahres starb das Hühnchen. Mädchen leben länger als Hühnchen. Das Hühnchen wurde dort begraben, wo es emsig gebuddelt hatte. Dort fanden die armen Leute einen Schatz und mussten fortan nicht mehr hungern.
„Puuuh", triefte ich meine Mutter an. „Wenn wir unseren Leuten nur auch sowas zurückgeben könnten. Sie brauchten Andreas Vermögen, um die Flora bewohnbar zu machen, so wahnsinnig viel werden die beiden auch nicht haben."
„Mein Kleiner, ich denke, sie haben einen Schatz. Sie haben uns und wir haben sie. Ein jeder gibt das, was er kann. Und Andreas ist glücklich mit seiner Investition, da bin ich mir sicher. Jedes Mal, wenn ich ihn sehe, sieht er sehr zufrieden mit sich und der Welt aus."
Ja, da hatte sie Recht. Mareike und Hauke waren glücklich, so wie es war. Und Andreas freute sich fast schon, selbst einmal, in vielen Jahren, hier in dieser Wohngemeinschaft leben zu können, da er sah, wie glücklich hier alle miteinander waren. Hauke und Mareike würden wohl auch hier leben bleiben. Alle waren glücklich und zufrieden.
Dieses Projekt hatten wir angestoßen, vielmehr Gaia - ohne sie wäre das alles hier gar nicht ins Rollen gekom-

men. Wir hatten eine Menge geben können, den Menschen, die uns so geholfen hatten und die uns ans Herz gewachsen waren.

Wieder ein Weihnachten. Es war ein bezauberndes Weihnachten! In unserem Haus hatten wir nur ein kleines Tannengesteck; der Tannenbaum stand drüben in der Flora, für uns alle zusammen. Einer reichte wirklich. In der letzten Vorlesestunde hatte Peter mit einer seiner liebsten Weihnachtsgeschichten aufgewartet. Mit dem Märchen vom kleinen Tannenbaum. Der kleine Tannenbaum träumte Jahr für Jahr davon, einst geholt zu werden für den großen Tag, an dem er festlich geschmückt erleuchten würde. Er war aber noch viel zu klein, um genommen zu werden. Ganz sehnsüchtig und neidisch äugte er auf die großen Bäume, deren große Stunde geschlagen hatte. Eines Jahres war es so weit. Er war endlich an der Reihe. Er wurde geschmückt, er wurde beleuchtet und Geschenke wurden unter seine Zweige gepackt. Die Stubentür ging auf, die Kinder stürzten herein, holten sich ihre Geschenke und beachteten ihn danach gar nicht mehr. Ein paar Tage später stand der Tannenbaum vertrocknet auf dem Dachboden und nadelte sein Leben ab.
Ja, ein Tannenbaum reichte wirklich für unsere große Familie. Wir waren ja sowieso alle zusammen.
Unter dem Nadelzweig in unserem Haus war ein kleines Päckchen versteckt. Ich tat nichts dergleichen, wusste von gar nichts. Hey, war ich gut im Schauspielern, hätte ich gar nicht von mir gedacht, dass ich das so gut konnte.
Kurz vor dem dritten Advent hatte ich mit Hauke dieses Geschenk für Mareike besorgt. Frauchen war mit Stollen Backen beschäftigt gewesen. Es wurde ein super

Stollen, dicht an dicht gefüllt. Der Duft strömte durch das ganze Haus, als wir zurückkamen. Hauke hatte ein wenig Herzklopfen gehabt. Was würde Frauchen zu seinem Geschenk sagen? Noch musste er sich gedulden bis zum Heiligen Abend. Wir waren in einer Goldschmiede gewesen. Hauke wollte einen Ring für Mareike. Ah ha! Wir schauten in die Auslagen im Fenster.
„Ob das ihr Geschmack ist?" Was fragte Hauke da mich? Hey, ich bin auch nur ein Mann, schaute ich entschuldigend, was kenne ich den Geschmack von Frauen?! Aber ja, würde ihr gefallen. Schlicht und breit. Ohne Schnörkel. Ich denke schon, das ist ihr Geschmack.
Wir wollten noch eine Gravur. Die mussten wir in Auftrag geben, das wurde echt knapp bis zum 24sten, aber die Goldschmiedin versprach, es zu schaffen. Sie wollte die Namen wissen, die auf die beiden Ringe sollten.
„Es kommen drei Namen rein: Aurelius, Emma, Gaia. In beide das gleiche." „Ah ha", die Goldschmiedin konnte sich das Schmunzeln nicht verkneifen. „Drei Namen, das habe ich noch nicht gehabt. Und so außergewöhnliche Namen. Sollen es etwa drei Ringe werden?", scherzte sie.
Sie hatte die Sache immer noch nicht verstanden. Konnte sie auch nicht. „Nein, nur diese beiden Ringe. Mit jeweils den gleichen Gravuren. In beide das Gleiche. Damit es optisch hübscher aussieht, würde ich sagen, Aurelius in die Mitte. Gaia, Aurelius, Emma."
„Und beide gleich?" „Ja, beide gleich."
Schwerer Auftrag!
In den Augen der Goldschmiedin funkelten tausend Fragezeichen. Ich strahlte über meine ganzen Fellbacken. Mach schon, klär sie auf.
„Das sind Tiere. Zwei Hunde und ein Schaf. Ohne diese wären wir nicht zusammen gekommen, meine Mareike

und ich."
Das hatte die Goldschmiedin noch nie erlebt. „Mareike ist aber auch ein schöner Name", konnte sie da nur noch sagen.
Am 22sten Dezember holten wir die Ringe ab. Unsere Namenszüge brauchten den ganzen Platz innen im Ring. Wir schlossen einen Kreis um unsere beiden Menschen.
Mareike fand das Päckchen, kurz bevor wir rübergingen in die Flora. Gaia, ich und Hauke waren ganz aufgeregt, als das Papier in Mareikes Händen raschelte. Schweigend schaute sie auf und lächelte - ja, sie wollte! Als sie dann die Inschriften las, schwappten ihr die Tränen aus den Augen und sie nahm uns alle drei in die Arme. Emma bekam an diesem Tag ein extra schönes Essen von uns gebracht.
In der bunten Flora war emsiges Treiben. Der Braten schmorte im Ofen, es wurde gedeckt und noch der Baum geschmückt. Alle werkelten zusammen. Die Männer reichten die Kugeln zu, die Frauen hängten sie an den Baum. Wir schenkten uns nichts Materielles, wir schenkten uns Gemeinschaft.
Weihnachten ist ein schlimmes Fest für die Einsamen. Es gab zu viel Einsamkeit hinter den Fenstern dieses dicht besiedelten Landes. Bestimmt waren auch Hunde, die kein Heim hatten, an diesen besonderen Tagen besonders einsam, irgendwie spürten auch sie, das dieses Tage waren, wo man zusammen sein sollte. Wir waren nicht einsam, Mama und ich und keiner hier. Andreas war nicht bei uns, er war in die Karibik geflogen. Er hatte es vorgezogen, ein wenig Wärme zu tanken in dieser trüben Jahreszeit.
Unendlich viele Kerzen brannten an dem waldig duftenden Tannenbaum und brachten Licht in die Dunkel-

heit, als wir ein paar Lieder sangen. Auch wir Hunde jaulten dazu, mehr oder weniger melodisch. Greta spielte auf ihrem Klavier. Mit großen Mühen hatten wir dieses aus ihrem früheren Haus hertransportiert. Es stand jetzt in dem Raum, der an die Diele anschloss. Dieses war zum großen Wohnzimmer geworden und hier stand auch der Tannenbaum. Hans konnte schreinern, er hatte sich eine kleine Werkstatt im Keller eingerichtet und für das Weihnachtsfest einen Schwibbogen und eine Pyramide geschnitzt. Die Pyramide drehte ihre Runden auf der langen Tafel und warf lustige Figuren auf die bunten Streifen der mit den Farbresten bemalten Tapete. Unsere Senioren waren wirklich sehr kreativ.

Ein ausladender Lüster aus Kristall hing über der Tafel, er stammte aus Elfriedes Besitz. Die Decke auf dem Tisch, aus weißem Damast und mit Spitzenrand versehen, kam von Greta, von ihr war auch das Tafelbesteck in Silber. Wir brachten Teile unseres Porzellanservice von drüben mit. Es war nicht mehr vollständig und bunt gemischt, verschiedene Motive waren über die Jahre zusammengekommen. Ein paar Teller hatten Sprünge, sie hielten aber noch sehr gut. Der Lack war ab von dem einst prächtigen Service, Gebrauchsspuren waren nicht zu übersehen. Bunt gemischte Motive mit ein paar Sprüngen, so gemischt wie die einzelnen Teilnehmer unserer Gruppe. Der frischeste Teller sah fast wie ein Fremdling aus; steril und ohne Lebensspuren glänzte er nackt und leer am Rande der Tafel.

Mareike füllte ihre selbstgebackenen Zimtsterne in eine Schüssel. Die Kekse waren meinem Frauchen gut gelungen, obwohl sie und der Herd sich nicht immer allzu gut verstanden. Es gab falschen Rehrücken, zum Glück nicht von Mareike gemacht und zum Glück kein echtes Reh, denn sonst wäre womöglich doch mein Tempera-

ment mit mir durchgegangen. Die Sache mit den Rehen würde ich nie in den Griff bekommen. Weder mit Lebenden noch mit Gekochten. Dagegen konnte ich nichts machen, beim besten Willen nicht. Allein der Gedanke an ein Reh brachte mein Blut in Wallung.
Es gab Blaukraut und Kartoffeln, alles sehr reichlich, was wollte man mehr an so einem Heiligen Abend?! Die Senioren hatten eine kleine Ansprache vorbereitet. Jeder trug ein paar Worte vor. Sie dankten Hauke und Mareike dafür, dass sie diese Wohngemeinschaft möglich gemacht hatten. Ein winzig kleines Geschenk hatten sie auch in der Hand: Mareike und Hauke bekamen eine Königin der Nacht für drüben, für ihr Haus.
Nach dem Essen wurden Geschichten erzählt und dabei aus Marzipanrohmasse Kartoffeln selbst gemacht, gewälzt in tief dunklem Kakao. Das kannten die Senioren aus ihren jungen Jahren. Weihnachten war hier nicht nur ein Fest der Familie, es war auch eine Zeit der Erinnerungen an die Kindheit. In der Rückschau erschien ihnen vieles ganz wundervoll, trotz der Kriegszeiten mit all ihren Entbehrungen, mit all den Ängsten und Verwundungen, die alle Älteren am Tisch hier erlebt hatten. Aber, so wie sie mit inbrünstiger Stimme erzählten, so musste das Weihnachten ihrer Kindheit ganz wunderbar gewesen sein. Die Zeit, als der Tannenbaum so groß und sie noch so klein waren und sie mit staunend leuchtenden Augen aufschauten zum Stern ganz oben auf der Krone.
Peter hatte einen Engel auf das Haupt unseres Baumes gesteckt. Er brauchte nicht einmal eine Leiter dafür. Nur einen Schemel. In ein paar Jahren würde er vielleicht eine Leiter brauchen. Menschen werden kleiner im Alter, werden wieder zu staunenden Kindern und lassen sich verzaubern von den Schönheiten ihrer Erin-

nerungen.
Gaia staunte auch. Sie konnte sich nicht satt sehen an den glänzenden Kugeln am Baum, in denen sie sich selbst und mich erblicken konnte. Wie ähnlich wir uns sahen, Mutter und Sohn. Nur, dass sie sehr ergraut war um die Schnauze. Es war ein wunderschönes grau, ein weises Grau. Ich leckte ihr über die Nase. Was für eine schöne, liebe Mama ich hatte, mit der ich Weihnachten feiern konnte.
Peter öffnete eine Flasche Portwein und schenkte aus. Der Wein hatte eine tief rote Farbe und roch intensiv süßlich nach Rosinen. Alle machten es sich gemütlich im großen Wohnzimmer und Hauke las, in einem Ohrensessel sitzend, die Weihnachtsgeschichte vor. Die Menschen hörten diese Geschichte wohl jedes Jahr in der Kirche. Für mich war sie neu und das war echt allerhand, was wir da zu hören bekamen.

Nicht nur Hunde flüchten aus ihrer Geburtsheimat, weil es dort nichts zu essen gibt, auch Menschen flüchteten. Auch noch hochschwanger, mit neuem Leben im Bauch. Und nicht alle Menschen hatten offensichtlich ein warmes Heim und einen so schönen Braten auf dem Tisch wie wir.
Diese beiden werdenden Eltern aus dieser Geschichte fanden Unterschlupf in einer Herberge, das war wohl so eine Art Asyl auf Zeit. Wie gut, dass sich da jemand gekümmert und diese beiden aufgenommen hatte, sonst gäbe es heute keine Weihnachtsgeschichte zu erzählen und auch keine Festtafel in unserer Gemeinschaft.
Die Geschichte, wie alt bekannt auch immer, rauschte auch an den alten Menschen nicht spurlos vorbei. Besinnliches Schweigen nahm den ganzen Raum ein, während die Kerzen am Baum herunterbrannten. Als das

letzte Flackern mit knisterndem Zischen erlosch, brach Elfriede das Schweigen. Wir sammelten die Krippe und die Pyramide ein und beschlossen, sie in das nächste Flüchtlingsheim zu bringen, statt die Mitternachtsmesse zu besuchen. Zur Messe hätten wir Hunde natürlich nicht mitkommen können, aber jetzt stand was anderes auf dem Plan. Viel Zeit hatten wir nicht, wir mussten uns beeilen, denn wir mussten noch Emma abholen. Sie war leibhaftig als Schaf aufgetreten im Krippenspiel der Kirche.

So fuhren die Senioren allein ins Flüchtlingsheim. Anna nahmen sie mit. Peter setzte sich ans Steuer, er war noch ausreichend fahrtüchtig. Und wir, Mareike, Hauke und wir beiden Hunde holten Emma ab und brachten sie zu ihrer Herde in den Stall. Emma thronte stolz auf der Ladefläche. Sie war zum ersten Mal öffentlich aufgetreten, da konnte Schaf schon mal stolz sein. Die goldenen Ringe an Mareikes und Haukes Fingern glitzerten im fahlen Mondlicht, als wir Emma ein schönes Weihnachten ins Ohr flüsterten.

Kaum waren wir zurück, fuhren auch schon unsere Senioren wieder auf den Hof. Sie waren zu fünft. Sie brachten Leila mit, das Mädchen aus dem Flüchtlingsheim. Leila kam aus Syrien, sie mochte vielleicht neun Jahre alt sein, so genau wusste das keiner. Auch sie selbst nicht. Leila trug ein Kopftuch und wurde gehänselt, sogar von einigen, die ebenfalls im Heim lebten, aber kein Kopftuch trugen. Menschen können grausam zueinander sein, dachte ich. Elfriede war jetzt auch betucht. Sie hatte ihr Kopftuch aus Bauerszeiten aus ihrer Handtasche gekramt und es sich ums Haupt geschlungen; sie wollte solidarisch mit Leila sein und ihr zeigen, dass sie hier nicht fremd war und dass wir sie willkommen hießen. Früher hatte Elfriede stets ein Kopftuch auf dem Feld getragen, das war einfach praktisch und schützte vor Wind.

Leila war verstört und anhänglich zugleich. Ich spürte ihre Unsicherheit sofort, deshalb hielt ich mich lieber auf Abstand. Ich durfte Leila nicht verschrecken. Anna kannte Leila ja schon, mich musste sie neu kennenlernen. Wir Hunde kannten uns gut aus mit Distanzen, die man Fremden gegenüber wahrte, es war ein Gebot der Höflichkeit und förderte ein gutes Miteinander. Auch Menschen kannten verschiedene Distanzen, die man nicht überschreiten sollte, wenn sich beide Seiten wohlfühlen sollten.

Wir gingen in den Wohnraum, Leila wurde mit einer Handbewegung das Sofa angeboten. Ihre schwarzen Augen unter ihren dicken, schwarzen Wimpern schauten sich vorsichtig um. Keiner verstand sie und sie sprach kein Wort Deutsch. Wir mussten mit Körpersprache agieren.

Ein Sofa ist echt ein merkwürdiges Möbelstück, was sich die Menschen da haben einfallen lassen, grübelte ich. Das eignete sich meiner Meinung nach nur für zwei Menschen, die einander umarmen möchten. Ansonsten schien mir diese Nähe zu dicht, in der die Leute da nebeneinander saßen und sich verdrehten und verbogen, wenn sie versuchten, sich anzuschauen. Ich als Hund, ich würde eindeutig Sessel bevorzugen, wenn ich überhaupt so etwas Bequemes brauchte. Sessel kann man in einer Runde aufstellen, jeder kann den anderen im Blick haben und dabei auf gutem Abstand bleiben. Sofas waren prima, um die Pfoten in die Luft zu strecken und Mittagsschlaf zu halten.

Leila war hundemüde. Kaum auf dem Sofa angekommen, kippte ihr Kopf auf die Lehne und sie schlummerte ein. Greta legte eine Decke über ihren mageren Körper und Anna bewachte dieses kleine Mädchen die ganze Nacht. Leila blieb über die drei Weihnachtstage bei uns. Sie beobachtete alles aufmerksam, alles, was wir taten. Ich trabte ganz langsam um den Tisch herum, wo Leila grade saß und strich wie zufällig an ihrem Bein entlang, während ich meinen Blick woanders hingerichtet hielt. Leila spürte die Wärme meines Fells und wurde zutraulicher. Bald durfte ich Leila die Wange abschlecken und sie kicherte vor Vergnügen aus ihren schönen, tiefschwarzen Augen.

An den Abenden wurde erzählt, erzählt und nochmal erzählt. Leila verstand absolut nichts, aber der ruhige Klang der Stimmen umspielte sie wie eine sanfte Musik. Erzählt wurde schon wieder von Weihnachten aus Kindheitstagen, ein schier unerschöpfliches Thema für die alten Leute. Hauke und Mareike hielten sich da zurück. Was hatten sie schon zu berichten? Sie lauschten höflich den Worten der vier Senioren.

Greta erzählte von einem Weihnachten, als sie nur einen Wunsch auf ihrem Zettel stehen hatte: Sie wünschte sich, dass ihr Vater zurückkommen würde. Es war in dem harten Kriegswinter 1945. Ihr Wunsch wurde nie erfüllt. Sie sah ihren Vater niemals wieder. Schlimmer noch, er wurde als vermisst gemeldet. Greta hatte nie ein Grab gehabt, an welches sie gehen und ihren Vater betrauern konnte und nie hatte sie die Gewissheit bekommen, ob er überhaupt tot war oder vielleicht doch noch lebte, in irgendeinem Gefangenlager in Sibirien. Uuuih, ich wusste wenigstens, wo mein Bruder lag. Greta war mit ihrer Mutter aus Ostpreußen geflohen. Fast wären sie auf ein Schiff gekommen, das unterging, so wie heute manches Flüchtlingsboot untergeht. Dieses Schiff verpassten sie nur knapp, was für ein Glück für Greta!

Es folgte ein langer Marsch über das eisgefrorene Haff. Viele kamen dabei um. Gretas Mutter schaffte es, sich und ihre Tochter in den Westen zu bringen. So kamen sie als Flüchtlinge nach Schleswig-Holstein. Viele aus Ostpreußen kamen hierher und sie wurden nicht besser behandelt als manch eine Leila aus Syrien heute. Auch Greta wurde viel gehänselt und gedemütigt in ihrer Kindheit. In der kleinen Stadt, wo sie wohnte, in der Schule, in dem Erholungslager, wohin man sie schickte.
„Du Flüchtlingskind, du Schmarotzer, verschwindet wieder. Ihr habt hier nichts zu suchen, was sind wir beschimpft worden", erzählte sie. Mehr oder weniger an Hauke und Mareike gerichtet. Sie hatten diese Zeit ja nicht erlebt. Das waren keine schönen Erfahrungen für Greta gewesen und das tat alles so weh, wenn sie daran dachte, noch heute oder heute wieder. Deshalb hatte sie so großes Verständnis für Leila. Auch Leila verstand, was sie erzählte, auch ohne wirklich zu verstehen. Sie ging zu Greta rüber und umarmte sie. Greta rannen Tränen über die Wangen - weil Leila jetzt ihre Nähe suchte und nicht mehr auf Distanz blieb. An dem Abend machten alle zusammen ein Zucker-Ei. Nun gut, nicht nur eines, schon mehrere. Wir hatten sie im Überfluss. Wir Hunde bekamen auch ein Ei. Ohne Zucker. Ein rohes Ei mitsamt Schale. Das knackte und spritzte so herrlich und war gut für unsere Knochen.

Leila kam Silvester wieder zu uns. Puuh, das war aber wirklich nicht einfach, dass hätten wir uns zuvor besser überlegen sollen. Wir wohnten weit draußen, fernab von der nächsten Stadt, aber selbst hier wurde geknallt und geknallt. Punkt 24 Uhr schossen die Böller in die Luft und zischten mit bunten Schweifen durch den nebligen Himmel. Leila hielt sich die Ohren zu und versteckte sich im Keller. Auch Greta durchzuckte ein Schauern. Lange hatte sie nicht mehr dran denken müssen, nun holten sie die Bilder und Geräusche ein - die Erinnerungen an die dunklen Stunden, die sie in einem Keller verbrachte, während Bomben durch die Gegend hagelten.

Leila ließ sich gar nicht trösten, weder von Greta noch von Anna. Wir brauchten Hilfe. Wir hatten uns zu viel zugetraut. Der Psychologe des Flüchtlingsheimes kam, wir hatten seine Notruf-Nummer. Er war am Feiern, aber das hier war echt wichtiger. Er nahm Leila mit und brachte sie ins Heim zurück. Bestimmt wurde er sowieso im Heim benötigt, an diesem Abend mit den vielen Schießereien. Leila bedankte sich dennoch bei Greta, soweit es ihr möglich war. Sie wusste, dass Greta es nur gut mit ihr gemeint hatte.

Ooooh, wo war eigentlich meine Mutter grade? Gaia war weit und breit nicht zu sehen. Ich machte mich auf, kämmte alle ihre Lieblingsplätze durch. Im Garten war sie nicht, in der bunten Flora war sie nicht. Sie lag zusammengekauert in ihrem Körbchen bei uns im Haus und hatte ihre Decke über die Ohren gezogen. Auch Gaia konnte der Knallerei nichts abgewinnen, es ängstigte sie ganz furchtbar.

Ich fand die bunten Lichter eigentlich ganz spannend, aber ich hatte auch nicht so viel Übles erlebt wie meine Mutter. Bestimmt war sie viel geschlagen worden, die Monate, nachdem ich sie verlassen hatte in Griechenland. Sie sprach darüber nicht mit mir und sie hatte sich so gut erholt hier von ihren Blessuren – aber heute, das war einfach zu viel für sie. Hoffentlich war dieses Böllerschießen bald zu Ende. Eine nutzlose Sache und zudem verschlang das Ganze eine Menge Geld, wie gut, dass wir selbst drauf verzichtet hatten. Am frühen Neujahrsmorgen blieb von dem Ganzen nichts zurück als ein dicker Dunst - und jede Menge Müll.

Die Senioren konnten das Flüchtlingskind Leila nicht dauerhaft betreuen, das war jetzt klar. Da brauchte es professionelle und sehr langfristige Hilfe; das Heim suchte eine erfahrene Pflegefamilie für sie. Aber dieses zarte Mädchen hatte die Senioren auf die Idee gebracht, ihre Zeit sinnvoll an kleine Kinder zu verschenken. Wie allerorts im Lande, gab es auch hier nicht genug Krippenplätze. Händeringend suchten junge Eltern nach Betreuungsplätzen. In der bunten Flora war noch immer Raum genug und die Senioren waren alle ohne Enkel, die in der Nähe wohnten.
Binnen kurzem wurde aus der bunten Flora eine wahre Villa Kunterbunt. Auch Gaia, Anna und mir gefiel das helle Kinderlachen, die Flora blühte schon wieder neu auf und mit ihnen die Senioren. Sie flitzten mit den Kleinen um die Wette, texteten lustige Reime und machten kleine Tanz- und Theaterspiele mit ihnen. Die Jüngste war zwei Jahre alt, die Ältesten gingen in die Grundschule. Hausaufgaben betreuen, zusammen kochen, malen, Geschichten erzählen, das reinste Multitasking - unsere Senioren hätten jeden Job bekommen. Die sechs Kinder kamen drei Tage die Woche. Die Senioren lernten auch von den Kindern. Eines Tages kam Greta mit einem Notebook aus der Stadt zurück. Interessiert schaute sie sich Facebook an, das hatten ihr die Kleinen gezeigt, die kannten sich richtig gut mit sowas aus. Die Kinder hatten zwar noch kein Profil dort, aber die wussten genau, worum es da ging.
„Facebook was?", runzelte Elfriede die Stirn. „Was für ein Teufelszeug." Elfriede war missmutig, sie hatte heute einen schlechten Tag. „Schau dir das mal in Ruhe an,

Elfriede. Ist nicht alles schön, aber ist auch nicht alles schlecht. Solche Möglichkeiten hatten wir früher nicht. Stell dir vor, du kannst hier die Aktivitäten deiner Enkel verfolgen." Peter versuchte, Elfriede dazu zu bewegen, sich das Ganze wenigstens mal anzusehen.

Hmmh, hatte sie nicht schon von Facebook gehört, als wir noch in Bayern lebten? Irgendwie meinte ich, mich daran zu erinnern. Elfriede fing an, vergesslich zu werden, sie war eben doch schon ein wenig alt. „Nein, komische Nachrichten hier und dann sagen alle: gefällt mir. Gefällt mir nicht, nein."

Ja, ich gab Elfriede Recht. Ziemlich komische Kommunikation da und niemand sah sich wirklich. Die Senioren ließen Facebook Facebook sein, hatten aber, entdeckerfreudig wie sie geworden waren, die Idee, einen Blog aufzumachen. Mareike machte das doch auch und verdiente damit sogar Geld. Der neue Blog der Senioren sollte aber nur zum Vergnügen betrieben werden – und auch, um eine Erinnerung an ihr Leben im Netz zu hinterlassen. Digitale Spuren einer alten Generation. Was sie noch zu erzählen hatten, würde später keiner mehr erzählen können. Das war ganz schön viel, was hier an Lebenserfahrung zusammen kam, im Blog der Bunten Flora! Und er etablierte sich sehr schnell. Mareike war technisch ein wenig behilflich, aber nur zu Beginn. Die Senioren sollten selbst tüfteln.

Zu den Lesern des Blogs gehörten unter anderem alte Menschen, die allein in einem Zimmerchen in einem Heim saßen. Für diese Menschen wurde der Flora Blog die tägliche Zeitung, sie konnten kaum die neueste Ausgabe erwarten, das gab ihnen ein Gefühl, aufgehoben zu sein und verstanden zu werden. Da waren Menschen, die auf ähnliche Erfahrungen zurückschauten wie sie und die ihrer Generation jetzt eine Stimme gaben. Die

Senioren bekamen viele Zuschriften von ihren Lesern, wie ´Bitte gebt diesen Blog niemals auf. Er ist ein Licht in meinem tristen Alltag.`
Hmmmh, dachte ich und zog mein Stirnfell kraus, diese sonderbare digitale Menschenwelt. Und jetzt machten sogar diese alten Menschen so ein Zeug. Aber gut, es schien die Einsamkeit da draußen ein wenig zu mindern und es musste echt viele einsame alte Menschen geben. Bereits Ostern hatte die digitale Flora so viele Follower, dass Firmen Werbung schalten wollten in diesem Blog. Rheumadecken mit Goldfaserrand und so ein Zeug.
„Neh", beratschlagte der Seniorenclub, „nicht so was. Nicht etwas, wohinter wir nicht stehen." Das war der Vorteil ihres Alters, sie mussten ihre Überzeugungen nicht mehr verkaufen. „Wir sind, wie wir sind und grade deshalb lieben uns so viele hier. Nicht wahr, Aurelius?"
Hey mich kannste damit wirklich nicht meinen. Ich bin ein junger Hüpfer von drei Jahren, immer noch frisch und knackig, aber verbiegen muss ich mich auch nicht. Und ihr auch nicht. Gut so, wie ihr das macht. Weiter so! Ach, du meintest, dass euch so viele lieben, weil ihr schreibt und redet wie euch das Herz gewachsen ist? Ja, das ist wahr. Und ich habe euch auch sehr lieb. Ihr sollt immer so bleiben, wie ihr seid. Authentisch und gütig und lebensfroh.
Sie hatten mich bestimmt verstanden. Hunde können vieles übermitteln.

Aber nicht nur alte Menschen folgten diesem Flora Blog. Auch jüngere Leute lasen ihn, Menschen, die an der Zeit ihrer Elterngeneration interessiert waren, Menschen, die ihre eigenen Eltern nicht mehr fragen konnten oder Menschen, die Rat und Anregung suchten im Umgang mit ihren altgewordenen Eltern. Auch diese

Menschen lasen den Blog.
So bloggten die Senioren munter drauf los und wählten auch unbequeme Themen wie Umweltverschmutzung oder Massentierhaltung und machten sich Gedanken über die heutige Gesellschaft, die so viel wegwarf. Sie selbst hatten den Krieg erlebt und mussten sehr sorgfältig und erfindungsreich umgehen mit dem Wenigen, das sie hatten. Ihre Mütter hatten Kleider geschneidert und alles kunstvoll ausgebessert. Und sie hatten noch eine Wertschätzung der Ressourcen der Natur gehabt.
´Die Natur ist die Basis eures Lebens, denkt immer daran!` bloggten sie, während Mutter Gaia zu ihren Füssen lag, aufmerksam zuhörte und mit einem Grunzen ihre Zustimmung gab.
Da der Blog so erfolgreich war, trafen wieder Werbeangebote ein. Diesmal kamen welche von Unternehmen mit grünem Label, von Unternehmen, die nichts in Kinderarbeit herstellten, von Unternehmen, die zeitlose Produkte anboten, etwas teurer zwar als Massenware, aber langlebiger und somit sehr umweltschonend sowie sozialverträglich. Nach eingehender Überprüfung dieser Firmen nahmen die Senioren einige Werbeplätze an.
Peter war derjenige, der mittlerweile am meisten von der Technik des Internets verstand. Mareikes Hilfe war nicht mehr notwendig. So sollte es sein; die Senioren sollten eigenständig ihren Blog betreiben und auch stolz drauf sein dürfen. Es gab für den Blog fertige Systeme, die, einmal verstanden, leicht zu bedienen waren. Wäre gut gewesen, wenn alle der vier Autoren sich damit auskennen würden, falls Peter mal krank werden sollte.
„Elfriede, ich zeige dir die Grundzüge. Ich werde nicht immer da sein." Den letzten Satz sagte Peter ganz leise.
Das klang nicht wirklich gut. Mir wurde ganz mulmig. Ich lag da und fiepte ein wenig. Was meinte er damit?

Würde er uns verlassen? Und wohin wollte er? Das hier war doch sein Zuhause. Meinte er, dass er für immer fortgehen würde? Ganz und gar? Sein leiser Ton erinnerte mich an das schlappe Gemurmel meines Bruders an dem Tag, bevor er starb.
Onkel Peter zwang sich zu einem breiten Grinsen und klopfte Elfriede auf die Schulter: „Hey, das Internet ruft, dein Tee kann warten." Er lachte! Okay, noch schien alles in Ordnung mit ihm zu sein. Gegessen hatte er an dem Tag auch gut. Wenn es Hunden schlecht geht, dann mögen sie nicht mehr essen. Selbst die Verfressendsten nicht. Also war es ein gutes Zeichen, dass Peter einen ausgezeichneten Appetit hatte. Peter ging es gut. Puuuh, ich stöhnte tief zufrieden durch.

Elfriede entwickelte richtige Freude am Internet. Wer hätte das gedacht? War bei mir aber auch so: Was ich selbst machte, daran hatte ich viel mehr Spaß als an dem, was ich nur vorgesetzt bekam. Selbstmachen ist klasse! Löcher buddeln beispielsweise, in die Frauchen dann Blumen pflanzte im Frühjahr.
Elfriedes Lachen, wenn wieder etwas klappte mit der Technik des Internets, machte sie gleich zehn Jahre jünger. Ein schöner Anblick! Voller Zufriedenheit lümmelte ich mich auf meine Schafwolldecke, die ich von drüben rübergeschleppt hatte. Ich reckte und streckte meine Beine, drehte mich wohlig um und wieder zurück. Ich war im Moment sehr viel hier, es war hier einfach ungeheuer spannend. Zudem war Januar, noch nicht die richtige Zeit, bei Emma auf dem Deich zu weilen. Mama war auch viel hier. Und Anna ja sowieso. Heute waren sie beide bei Greta im Zimmer. Greta strickte wohl irgendwas. Vielleicht wurde das ein Pullover für Peter? Er hatte im Mai Geburtstag.

Im Februar brach eine gruselige Kältewelle über das Land. Ganz plötzlich. Zuvor hatte es aus Kübeln geschüttet, dann purzelten über Nacht die Temperaturen in die Minusgrade. Es war spiegelglatt auf den Straßen und auch auf unserem Hof. Gaia und ich rutschten nach dem Frühstück rüber in die Flora. Mama legte sich erstmal lang und landete auf ihrer Nase. Hihihi, ein Lachen konnte ich mir nicht verkneifen. Drüben kam grade Peter aus dem Haus und ging strammen Schrittes die Treppe herunter. Er wollte unbedingt Körner ins Vogelhäuschen streuen, das war seine Aufgabe, er machte das sehr gerne und auch sehr gewissenhaft. Zack, lag auch er lang auf den Stufen. Das gefährlich glitzernde Eis hatte er übersehen. Peter schrie auf. Sofort waren Gaia und ich zur Stelle und schlugen jaulend Alarm.
Da musste ein starker Mann her, wir konnten hier nicht helfen, wir konnten nur beruhigend Peter über das Gesicht lecken und unser Mitgefühl ausdrücken. Peter rührte sich immer noch nicht von der Stelle. Und auch noch keine helfende Hand in Sicht. Wir verlegten unser Jaulkonzert vor Haukes Praxis. Noch immer nichts. Okay, noch lauter jaulen. Hauke kam raus. Na endlich! Oh ha, Haukes Gesichtsausdruck sah nicht gut aus. Es hatte Onkel Peter wohl schlimm getroffen. Zehn Minuten später heulte die Sirene des Krankenwagens auf unseren Hof.
Peter blieb zwei Wochen im Krankenhaus. Ganz schön lang, fand ich. Was hatte er vor kurzem zu Elfriede gesagt? ´Ich werde nicht immer da sein!` Wie konnte er nur so etwas wissen? Und konnte man an einem Sturz sterben? Nein, nein, ganz bestimmt nicht. Mama hatte auch ein wundes Bein gehabt, als wir sie aus Griechen-

land geholt hatten. Das hatte Hauke bestens wieder hinbekommen.

Leider war nicht nur Peters Bein krank. Der ganze Peter war ganz furchtbar krank. In der Klinik teilte man seinem Neffen mit, dass Peter Krebs gehabt hatte, da war der Sturz das kleinere Übel, obwohl auch so etwas für alte Menschen schlimme Folgen haben kann. Peter war robust, Peter war stark, das angebrochene Bein würde er schaffen, aber Peter hatte Krebs. Und dieser war zurückgekommen. Warum hatte er Hauke nie davon erzählt?

„Er hat mir gesagt, Junge, ich wollte dich nicht damit belasten", erzählte Hauke am Abendtisch. Ungläubig starrte er Mareike an. Hauke hatte keinen Hunger. Sein Teller stand unberührt, kein Bissen wollte ihm schmecken. „Er hat noch vieles gesagt", fuhr Hauke fort. „Er sagte, er wisse, dass ich ein sehr guter Tierarzt sei, aber er wisse auch, dass ich darunter leide, wenn ich ein Tier einschläfern muss. Er sagte, du nimmst kein Leben, du verkürzt nur die Leiden. Und die Tiere wären damit einverstanden, sie würden dir die Erlaubnis dazu erteilen, wenn sie könnten. Du bist ein guter Tierarzt. Ich bin so stolz auf dich. Das hat er mir gesagt." Mareike stand auf und nahm Hauke in die Arme. „Ja, das bist du, du bist ein guter Tierarzt."

Ich leckte Haukes Hand ab, um Mareikes Worte zu bestätigen und legte meinen Kopf in seinen Schoß. „Glaubst du das auch, Aurelius? Ist das in Ordnung, wenn ich einen Hund einschläfern muss?"

Ja, hätte ich ihm gerne gesagt, du richtest nicht über Tod und Leben, das macht das Leben selbst. Wir alle müssen irgendwann gehen. Schau dir Ebbe und Flut an. Wenn es an der Zeit ist, dann ruft uns die Flut, wir gehen wieder ein in das Wasser, aus dem alles gekommen

ist. Du machst nur den Weg kürzer.
Ich hoffte nur, dass mein Bruder nicht zu viele Schmerzen gehabt hatte, in der Nacht, als er starb. Und wenn, dann wäre es ihm bestimmt Recht gewesen, wenn Hauke ihm beim Unvermeidlichen geholfen hätte. Wenn jemand geht, so ist das vor allem ein Problem für die, die bleiben. Nicht für den, der geht. Derjenige, der gehen muss, wird dir dankbar sein, Hauke, wenn du seine Schmerzen verkürzt. Da draußen, da gibt es bestimmt keine Schmerzen mehr, da gibt es nur die ruhige Ewigkeit … Ach, könnte ich Hauke nur noch mehr trösten!
Ja, er schien ein wenig besser gestimmt zu sein. Er kraulte mir über den Kopf und ließ seine Hand in Gedanken auf mir liegen. Essen konnte er immer noch nichts. Er fuhr sofort wieder ins Krankenhaus.
Jetzt wollte er nicht mehr schweigen und die Tage dahinziehen lassen und so tun, als ob nichts geschehen sei. Es war etwas geschehen. Er wusste, dass er seinen Onkel bald verlieren würde. Er wollte wissen, wie sein Onkel sich seinen letzten Weg vorstellte und ob er noch irgendwas für ihn tun konnte. Vielleicht hatte sein Onkel noch irgendeinen Wunsch. Er wollte das alles aussprechen und nichts verdrängen. Onkel Peter war das sehr recht. Er wollte ernst genommen werden und er wollte, dass man ihm zuhört.
Er wollte weg aus der Klinik, er wollte mit nach Hause kommen. Er wünschte sich, seine letzten Tage in der Flora zu verbringen - wenn es uns nicht zu viel sein würde und uns nicht zu sehr belastete. Die Senioren und auch Mareike waren damit einverstanden. Da gab es für sie gar keine Debatte. Sie wollten um ihn sein, sie wollten ihm die Hand reichen und einfach nur für ihn da sein in den wenigen Tagen, die ihm noch blieben.
Peter hatte noch zwei Wochen. Dann ging alles sehr

rasch. Wir alle waren an seinem Sterbebett versammelt, als er mit letzter Kraft sagte: „Es ist gut. Jetzt kann ich gehen."
So wurde Peter als Erster in der Gemeinschaftsgruft der Flora beigesetzt. Alle unsere Senioren hatten diese Entscheidung getroffen und sich zusammen diese Grabstätte ausgesucht. Tränen flossen, Blumen wurden ins Grab gegeben, Greta legte den halbfertigen Pullover, an dem sie für Peter gestrickt hatte, mit hinzu. Nun brauchte er ihn nicht mehr. Hätte sie ihn nur früher begonnen. Greta weinte und weinte, der Pullover wurde ganz nass.
Mit dem letzten Schäufelchen Erde, das auf den Sarg hinunter prasselte, wurden alle ganz ruhig. Es begann, leise zu regnen. Wir standen noch eine halbe Stunde vor Peters Grab, über dem sich langsam ein kleiner See aus Regentropfen bildete.

In den kommenden Tagen brachten die Senioren ein unangenehmes Thema auf den Tisch. Ein Thema, dem viele Menschen auswichen, bis es zu spät war. Die Senioren aber machten konsequent damit weiter, über ihr Leben selbst zu bestimmen und eigenverantwortlich zu handeln. Und sie wollten nicht anderen die Last aufbürden, wie mit ihnen zu verfahren sei, im Falle eines Falles. Sie setzten alle ihren letzten Willen auf, was sie möchten, wenn sie einst sterbenskrank werden würden und was nicht.
Wollten Sie lebensverlängernde Maßnahmen? Wollten sie im Kreise ihrer Liebsten die letzten Tage erleben? Wollte sie Organe spenden? All das regelten sie. Und sie riefen auch die Leser ihres Blogs dazu auf. ´Regelt das, schaut euch das an. Weicht dem nicht aus. Sonst bürdet ihr die Entscheidungen eurer Familie auf. Nehmt ihnen diese Last. Und bekundet euren eigenen Willen. Wir hier

machen das so, bitte macht das auch.`
Elfriede war sehr, sehr traurig, sie hatte den Partner verloren, den sie erst im hohen Lebensalter kennen- und lieben gelernt hatte. Sie wäre daran zerbrochen und hätte keine Kraft mehr gehabt, weiterzumachen, wenn sie nicht uns alle um sich gehabt hätte. Elfriede trauerte, aber sie wurde gebraucht, von uns, von den Kindern und von den Lesern des Blogs. Elfriedes Tränen rollten nur noch manchmal über ihre Wangen.
Andreas brachte uns einen weißhaarigen Herrn, der Gast auf seinen Segeltörns gewesen war. Er zog in die Flora ein. Niemand würde Peter ersetzen, aber wir hatten wieder Raum zu vergeben und wir wollten weitermachen mit unserer Alten-Wohngemeinschaft. So gab es wieder ein Quartett, das durch die Flora tobte, nur anders.

Der Neue hieß Ernst. Ein lustiger Name, ich schüttelte mein Fell vor Lachen. Ernst war alles andere als ernst, ein smarter Typ, der den Schalk im Nacken hatte. Und der lustige Ernst brachte wieder Schwung in die Bude. Die traurigen Stunden wegen des Verlustes von Peter wurden nach und nach weniger.
Ernst hatte immer ein Lächeln auf den Lippen, ob ein Kind ihm Kakao über die Hosenbeine schüttete oder ob ich mein dreckverschmiertes Fell an ihm rieb. Ernst blieb immer gut gelaunt. Im Frühsommer zimmerte er mit Hans zusammen ein Baumhaus für die Kinder, so eine Luxusvariante eines griechischen Campingplatz-Bungalows, nur viel höher und viel schöner. Keiner in der Umgebung hatte so ein schönes Baumhaus. Eine stabile Leiter führte in dieses kleine Paradies, von dem die Kinder so begeistert waren, dass sie ihre Geburtstagsfeiern nur noch hier machen wollten. Ständig gab es

hier jetzt Feste, mit Topfschlagen, Blinder Kuh, Sackhüpfen und Baumhaus-Klettern und die Welt aus einer anderen Perspektive betrachten.
Neben dem Baumhaus stand ein Mirabellenbaum. Da konnten die Kinder wunderbar die Früchte im Herbst abpflücken. Und das taten sie mit Gekrach und Geschrei. Die ausgespuckten Kerne sausten durch die Gegend. Was für ein Trubel hier! Zehn Welpen wären nichts dagegen. Anna war gemütlich geworden. Ihr genügte es, am Rande zu sitzen und den Kindern stundenlang beim Spielen zuzuschauen. Gaia und ich machten uns fort zum Deich. Sonst hätten wir noch die ganzen bunten Bälle, die wild durch die Gegend rollten, geklaut und schicke Löcher reingeknabbert. Später könnten wir sie immer noch zusammensammeln. Wenn die Kinder wieder weg sein würden, am Abend. Da könnten wir dann Ball spielen.

Ach, schöööön hier auf dem Deich - Wind reinziehen, Fell durchlüften. Erstmal den Lärm abschütteln. Da draußen schwebten dicke Wolken herum. Schwer geladen legten sie sich aufs Meer. Was mochte dahinter sein? Kam man da direkt zum Mond, der über Ebbe und Flut herrschte? Konnte man von diesem Erdball herunter fallen? Ins Nichts? Frauchen hatte doch mal diesen seltsamen Traum gehabt.
Was machte diesen Erdball aus? Warum lebten hier die Menschen und warum nicht woanders? War es da draußen auch hell oder nur dunkel? Die Menschen schienen mit der Erde nicht mehr zufrieden zu sein oder aber die Erde nicht mit ihnen. Die Ozonschicht schwand, die die Menschen ganz unbedingt brauchten, um hier leben zu können. Diese Schicht wurde immer dünner und die Sommer wurden heißer. Suchten die Menschen schon

mal nach anderen Planeten, wo Leben möglich sein könnte? Wollten sie irgendwann mal auswandern, einfach flüchten von dieser bunten Erde, wo Kinder rumtollten und Senioren laut lachten?

Würden die Menschen dann Erdflüchtlinge werden? Gefiel es ihnen hier nicht gut genug? Mareikes Rosen, die blühten bestimmt nur hier und auch Haukes Disteln, die auf ihre Weise auch wunderschön waren. Ganz da oben, ich konnte es nicht sehen, irgendwo tausende Meilen entfernt, unzählige Meilen, da musste der Mars sein. Wollten dort die Menschen hin? Könnten dort Babys und Welpen geboren werden? Und überleben? Was brauchten sie, um mit ihrem ganzen Leben auszuwandern?

Leben brauchte Wasser, das war mit vollkommen klar. Ohne dieses war kein Leben möglich. Das gab es da oben vielleicht gar nicht? Hier gab es das in Hülle und Fülle. Konnten die Menschen das nicht erkennen? Ich würde immer nur auf dieser Erde leben wollen, mit diesem vielen schönen Wasser. Bestimmt war das der schönste aller Planeten. Eine Plastiktüte sauste auf das Ufer zu, aufgebläht durch den Wind. Schnell rannte ich hin und sammelte sie weg. Kein Plastik bitte sollte in meinem guten Wasser landen. Wie unachtsam die Menschen mit dem umgingen, was die Basis ihres Lebens war.

„Denkst du eigentlich noch manchmal an Griechenland, Mama? An die Haine und das Singen der Zikaden? Wärest du lieber dort geblieben?"

„Nein, mein Kind. Das hier ist jetzt meine Heimat. Heimat ist für mich das, wo du bist und wo unsere Leute sind und Heimat ist das, wo wir unser Revier markieren. Leider kann ich nicht so gut Beinchen heben wie du, aber ich tue mein Bestes. Heimat ist das, was ich mir

vertraut gemacht habe. Wo ich aufgehoben bin, wo man sich um mich kümmert. Nein, ich möchte nirgendwo anders mehr sein. Hier ziehen wir unsere Kreise. Ich möchte mein Körbchen nicht mehr missen und auch nicht meinen Lieblingsplatz unter der Kastanie. Und natürlich auch nicht Mareike und Hauke. Dieses Land hier ist mein Platz, auf ewig."
Mama liebte ihren Platz unter der Kastanie so sehr wie ich die raue See.

Die Jahre gingen ins Land. Die Kinder wurden älter, es kamen andere zur Betreuung in die bunte Flora. Nicht mehr so viele, es waren nur noch vier und nur noch Ältere, die nach der Schule auf den Hof kamen. Denn auch die Senioren waren älter geworden. Die ganz kleinen Kinder wurden ihnen langsam zu wirbel-wild.
Die Jahre hatten bei uns allen ihre Spuren hinterlassen. Haukes braunes Haar war an den Schläfen grau geworden, silbern wie der Mond. Auch Mareikes dunkelblond durchzogen helle Strähnen. Und Mama war langsamer geworden in den vergangenen Wochen. Und sie schlief sehr viel. Hauke sagte, sie habe ein stolzes Alter für ihre Größe. Zwölf Jahre, meinte er. Manchmal trank sie nicht mehr so gut. Da konnte ich machen, was ich wollte.
„Schönes frisches Wasser, du musst was trinken", plätscherte ich ihr dann oft vor. Bei den Senioren musste man auch richtig gut aufpassen, dass sie noch ausreichend tranken. Alte Menschen verloren ihr Durstgefühl.
Es wurde wieder Herbst und Mama ging trotz der einbrechenden Kälte viel raus, an ihren Lieblingsplatz. Ich versuchte, sie ins Warme zu holen, in unsere Körbchen mit den Kissen, die mit unserem Fell gefüllt waren. Die lagen noch immer in unseren Bettchen und waren so

herrlich gemütlich. Mama kam meist erst sehr spät ins Haus. Noch ein bisschen die Erde riechen, noch ein wenig das Land unter ihren Pfoten spüren, ihr ewiges Land. Sie konnte sich gar nicht trennen. Besonders viel lag sie auf ihrem Platz zwischen den Disteln und dem Teich.
Ich verstand, was sie mir sagen wollte: ´Hier möchte ich begraben werden. An meinem Lieblingsplatz im Garten.` Wo im Herbst die Kastanien niederregneten und im Sommer Mareikes Rosen so betörend dufteten.
Auch Hauke hatte verstanden. Gaias letzter Wunsch war, hier ihren Ruheplatz zu finden. Anfang Dezember sank das Thermometer und Gaia ging es schlechter. Ihr Zustand machte Hauke Sorgen. Sie war nicht krank, es war einfach das Alter. Hauke befürchtete das Schlimmste. Womöglich würde Mama den nächsten Frühling nicht mehr erleben. Und sie wollte hier begraben werden, unter ihrer Kastanie. Was, wenn die Erde hart gefrieren würde? Wir wussten nicht, was für einen Winter wir bekommen würden. Die Bauern sagten, es würde sehr streng werden.
So hob Hauke schon mal vorsorglich eine Grube für Gaia aus. Ihren letzten Willen wollte er ihr erfüllen. Gaia saß dabei, während Berge von Erde zu einem kleinen Wall anwuchsen und die Grube immer größer wurde. Sie leckte Hauke die Hand, die Schwielen vom Spaten bekommen hatte. ´Danke, dass du dir diese Mühe machst`, schien sie ihm zu sagen. Hauke brachte die ausgeschaufelte Erde mit einer Schubkarre in den Schuppen, in dem unsere Campingausrüstung lagerte. Dort würde die Erde weich und geschmeidig bleiben und wir könnten sie wieder holen, um die die Grube zuzuschütten.
Wir hatten ein friedliches Weihnachtsfest, das wir dieses

Mal zu viert verbrachten. Wir gingen dieses Jahr nicht rüber in die Flora. Nur Hauke, Mareike, Mama und ich, wir wollten in unserer Kernfamilie bleiben. Es wurde unser letztes gemeinsames Weihnachtsfest.
Im Januar starb Gaia. Sie war ruhig eingeschlafen in ihrem Körbchen. Dort lag sie zusammengekauert wie ein Embryo - ein dichtes Bündel an cremefarbenem Fell, als umarme sie sich selbst in einem Kreis, der alles schließt und den Anfang zum Ende bringt. Ich hörte noch ihren schwachen, warmen Atem des letzten Abends. Sanft fächelte er rüber zu mir in mein Körbchen: ´Alles ist gut. Und jetzt mache ich die Augen zu und schlafe.`

War das ganze Leben nur ein Traum? Ich war wirklich verwirrt. Ich hatte schon einige sterben sehen, Hunde und auch Menschen, aber jetzt war es meine Mutter. Das rüttelte gewaltig an meinen Grundfesten.
War das ganze Leben nur ein kurzer Auftritt? War jede Nacht, in der wir schlafen gingen, ein kleiner Tod? Konnte es sein, dass der Schlaf die Realität war und nicht das Erwachen? Hatte ich mir das Ganze hier nur eingebildet? Das ganze bunte Leben?
Puuh, ich war wirklich richtig durcheinander. Haukes und Mareikes Stimmen kamen wie von ganz weit weg. Wie durch einen dicken Nebel drangen ihre Worte zu mir durch, es kamen nur Bruchstücke bei mir an. Hauke kontrollierte Gaias Puls und Herzschlag. Das war eigentlich nicht nötig, ihr Körper war steif wie ein Brett. Aber er wollte ganz sicher gehen oder er tröstete sich damit, einfach nur irgendwas zu tun, angesichts dieser zur Ohnmacht verurteilenden Stille. Dann brachen beide in Tränen aus. Meine Ohren waren immer noch wie in Watte gepackt. Langsam vernahm ich ihr Schluchzen

lauter und lauter. Dann versiegte es. Nur geweinte Tränen können versiegen. Kummer, den man in sich vergräbt, macht schlechte Träume.
Drüben in der Flora wurde auch geweint. Gaia war das Herzstück unseres Mehrgenerationen-Hauses gewesen. Ohne sie hätten wir niemals Elfriede mitgenommen, die unsere erste Bewohnerin geworden war. Alle waren sich dessen bewusst, was Gaia für sie getan hatte. Elfriede hielt eine kleine Rede, als die letzten Erdklumpen auf Gaias Körper fielen.
„Du gehst von uns, aber wir werden deiner immer gedenken. Du hast die Welt ein wenig besser verlassen, als du sie betreten hast. Du hast uns hier zusammengebracht."
Gaia bekam als Grabstein eine Kugel aus Stein gesetzt. Gaia, die Mutter der Erde, die Mutter dieses Projekts. Die graue Weltenkugel auf ihrer Ruhestätte würde immer daran erinnern.
In den Tagen und Wochen, die folgten, waren wir alle etwas stiller. Kein lautes Lachen war auf dem Hof zu hören, es war schwer, in den Alltag zurückzufinden. Das Leben musste wieder neu gestaltet werden.
Ich schleppte Gaias Kissen, das mit ihrem Fell gefüllt war, in mein Körbchen. Ich lag jetzt auf zweien, auf meinem und ihrem. So war ihr Geruch immer noch um mich und ich konnte an ihr schnuppern, wenn ich einschlief.

Drüben in der Flora änderte sich einiges. Die Grundschul-Kinder brauchten keine Betreuung mehr. Sie gingen jetzt auf weiterführende Schulen, sie waren selbstständiger geworden und gestalteten ihre Nachmittage mit Freunden. Die Senioren beratschlagten mit Hauke, was sie nun tun könnten. Hauke riet ihnen ehrlicherweise, jetzt ältere Semester ins Haus zu holen. Und vielleicht alles umzudrehen: Jemanden zu holen, der ihnen helfen konnte und nicht mehr selbst der Hilfe bedurfte. Ja, das stimmte, dem konnten die Alten nicht ausweichen. Jetzt waren es die Senioren, die Unterstützung brauchten. Sie konnten den Kindern nicht mehr ihre volle Aufmerksamkeit schenken, sie waren auch etwas langsamer geworden.

Hans musste oft zu einem sonderbaren Arzt, der noch sonderbarere Sachen fragte. Ob er noch einen strammen Bogen pinkeln könnte. Wie bitte? Mich schüttelte es, das Lachen kam in mich zurück; seit Mamas Tod hatte ich nicht mehr so laut gelacht. Was konnte man(n) für ein Problem mit dem Pinkeln haben? Bein heben, Baum anvisieren, fertig! Das sollte einen strammen Bogen ergeben, wollte ich meinen. Ich hatte lange gebraucht, das richtig zu lernen und nachzumachen, was ich als heranwachsender Rüde bei den Älteren so bewundert hatte. Ich hatte mich so tüchtig bemüht, es genauso hoch und so elegant zu schaffen wie sie. Hatte dann ja auch irgendwann geklappt und ich war der Meinung, dass das für immer so bleiben würde, dass ich auf ewig meine Zeitung schön würde verteilen können, an die höchsten Stellen.

Dass das irgendwann nicht mehr so einfach gehen würde, das war mir noch nicht klar mit meinen jetzt sechs Jahren. Was untersuchten die da bei Hans und hatte ich so ein Teil dann auch?! Schließlich war ich auch ein Mann. Ich beschloss, ab sofort meine Pinkel-Zeitung doppelt auszugeben, für den Fall der Fälle, wenn nichts mehr gehen sollte. Bis dahin musste ich mein Revier markieren, was das Zeug hielt.

Die Senioren waren nicht mehr so vorrausschauend, jedenfalls nicht mehr beim Autofahren. Also eigentlich schon, ihr Blick ging strengstens und höchstens konzentriert grade aus, aber was links und rechts passierte, das bekamen sie nicht mehr mit. Autofahren wurde zu einem gefährlichen Spiel für sie und ihre Umwelt. Nie wussten wir, ob sie wohlbehalten wieder auf dem Hof anrollten.

Also die Senioren brauchten jetzt wirklich Hilfe, aber dringend. So holten sie zwei Studenten ins Haus. Diese bekamen Kost und Logis gegen Hilfe für die Alten. Die Studenten kutschierten fortan die Senioren durch die Gegend, halfen im Garten, machten Einkäufe und erledigten den monatlichen Großputz im Haus. Das funktionierte ganz prima. Na ja, kochen mussten sie noch lernen. Mehr als Spaghetti aus dem Topf holen und Dose aufmachen hatten sie bislang noch nicht drauf. Diese Arbeiten am Herd machten immer noch die Altsemester. Die Studenten waren froh, so gut beherbergt zu werden und die Senioren hatten wieder die Jugend im Haus. Natürlich waren die Studenten auch hundetauglich. Sonst wäre das ja gar nicht gegangen mit Anna und mir.

Lars und Hendrik studierten Wirtschaft, sie würden einen ganz komisch klingenden Abschluss machen: Bachelor. Noch nie hatte ich was davon gehört. Dabei dachte ich, ich sei weit rumgekommen. Nun gut, es war schon ein bisschen länger her, seit ich aus Griechenland hier hergekommen war und seitdem war ich nicht mehr so viel im Ausland unterwegs gewesen. Und in den Universitätsstädten kannte ich mich auch nicht aus. Dieser Bachelor hatte wohl was damit zu tun, dass die jungen Leute heutzutage überall einsetzbar sein mussten, sie sollten mobil sein und auch willens, in andere Länder zu gehen. Wie sollten sie da ständig mit total vielen Möbeln umziehen? Das würde sehr teuer werden und wäre auch sehr anstrengend.

Frauchen kam da auf eine neue Idee. Es mussten Möbelstücke her, die schnell auseinander zu legen waren und nicht viel Material kosteten. Der Rohstoff der Wahl war etwas, was jeden Tag als Abfall auf den Müllbergen landete: Pappkarton. Darüber machte sie eine eigene Rubrik in ihrem Downshifting Blog auf: mit wenig Möbeln auskommen, weil man es so mag oder weil es praktisch ist, in einer Welt, in der die Jugend ständig umziehen musste. Das hatte sie schon früher mal überlegt. Jetzt hatte sie neue Impulse durch die Anwesenheit der Studenten. Die kamen mit nichts. Sie brauchten auch nichts, da in der Flora alles da war. Aber bald würden sie aufbrechen, Praktikum hier, Praktikum da. Kartonpappe konnten sie überall sehr günstig oder sogar kostenlos erstehen. Aus dieser Pappe ließen sich sogar Betten bauen, wenn man sie nur geschickt faltete.

Das war zwar nichts, was Erinnerungen verströmte, so wie die Möbel hier in unserem Heim. Aber das wäre auch erst passend für diese jungen Leute, wenn sie sich irgendwann mal niederlassen könnten - nach ihren Jahren der Praktika. Wenn sie Familien aufbauen und vielleicht auch Hunden ein Zuhause geben würden.

Die Senioren fanden das erstmal sehr merkwürdig, aus Pappe Möbel herzustellen. Sie waren in anderen Zeiten groß geworden, da mussten sie noch nicht so oft ihr Zeltchen schnüren und auf Wanderschaft gehen. Gut, Greta schon, sie hatte die Flucht aus Ostpreußen hinter sich, aber danach war auch sie sesshaft geworden. Die Studenten erzählten ihnen, wie das heute lief. Mal hier, mal dort.

„Ah, ist das okay für euch? Gefällt euch so ein Leben der Wanderschaft?" wollte das ehemalige Flüchtlingskind Greta wissen. Ob das für sie okay war? Was sollten sie machen?! Mobilität war unabdingbar geworden für die jungen Leute von heute. Die Heimat trugen sie im Herzen mit.

So bastelte Mareike mit den Studenten und auch den Senioren in der kleinen Keller-Werkstatt der Flora die lustigsten Möbel zusammen. Nur als Prototyp erstmal, nur in Kleinformat. Der Kreativität waren keine Grenzen gesetzt und bald tüftelten die Senioren mehr als alle anderen.

Neben Betten entstanden Tische, Regale und sogar Stühle. Eigentlich alles, was man zum bescheidenen Wohnen brauchte. Gut, ein Sofa fehlte und ein Körbchen für einen Hund. Einen Hund würden die Studenten aber erstmal ja auch nicht haben können. Eher schon Leute, die auf der Straße lebten.

Wir kannten so einen Straßenmusiker in Flensburg. Er hatte ein kleines Hündchen dabei. Für diesen Mann bedeutete der Hund sein Leben. Die Verantwortung für seinen Kameraden zu tragen, war ein Grund für ihn, früh aufzustehen oder überhaupt noch aufzustehen - in einer Gesellschaft, aus der er herausgefallen war. Nach einer schweren Krankheit hatte ihm keiner mehr eine Chance gegeben, ins normale Berufsleben zurückzukehren.

Mir tat das Hündchen leid, so ohne festen Wohnsitz. Die beiden kamen mal hier, mal dort unter. Im Sommer schliefen sie nur am Strand. Ich dachte schon daran, diese beiden mit in die Flora zu nehmen. Aber das Hündchen flüsterte mir zu: „Neh, lass mal, das würden wir nicht mehr schaffen. Wir sind zu lange daran gewöhnt, den freien Himmel über uns zu haben. Wir würden Angstzustände bekommen, wenn wir hinter Mauern leben würden."

Hmmh, darüber musste ich mal nachdenken. Ja merk-

würdig eigentlich, dass Menschen solche Mauern um sich bauten. Und Tapeten an die Wände klebten. Wer hatte das eigentlich mal erfunden? Nun, genau das hatte ich allerdings gewollt, als ich mich aus Griechenland aufgemacht hatte. Ich wollte feste Mauern um mich und das wollte ich noch immer. Das tat einfach gut!
Tapeten allerdings fand ich echt total unsinnig und überflüssig. Die Wände der Senioren hatten mittlerweile den achten Anstrich hinter sich. Obwohl sie so genügsam waren. Ich schätzte mal, das beflügelte ihre Kreativität. Als Gaia starb, da wurde die Tage drauf wieder gestrichen und gestrichen; das geschah aber wohl eher, um irgendetwas zu tun in jenen traurigen Tagen. Mir genügte der nackte Backstein in unserem Haus. Nicht in jedem Raum war es so, aber in den meisten. Und so brauchten wir auch keinen neuen Anstrich, der Backstein wurde mit den Jahren, mit all seinen alten Spuren, nur immer schöner. Ganz bezaubernd, fand ich. Gaia hatte das auch gefallen. Er war so erdnah, dieser Backstein. Die erdverbundene Gaia.

An ihrem ersten Todestag hatte ich einen merkwürdigen Traum. Tausende Kangal-Hunde rannten über den Mars, mittendrin meine Mutter. Sie waren sehr durstig, auf dem Mars war es wohl sehr heiß. Nach Stunden der Suche fanden sie eine Quelle, die sich in einen Wasserfall verwandelte, der einige Erdklumpen mit sich spülte. In den Erdklumpen wuchsen Rosen, schöne, süß riechende Bauernrosen. Ihr Duft verströmte sich über den ganzen Mars. Meine Mutter trank aus der Quelle. Dann wurde sie von den Kräften eines Wasserfalles erfasst und auf die Erde katapultiert. Die Winde da draußen, weit im All, pressten sie in eine Spirale zusammen, so wie sie sich in ihrem Körbchen zusammengerollt hatte in der Nacht, bevor sie starb. Kurz bevor sie auf die Erde aufprallte, entrollte sich die Spirale wieder, die meine Mutter war. Sie fiel genau in ihr ausgeschaufeltes Grab, auf den Zentimeter genau in die Grube, die auf der Erde für sie bestimmt war.

Puuh, erschreckt fuhr ich aus dem Schlafe auf. Am nächsten Tag schnappte ich mir eine von Mareikes getrockneten Rosen, die sie in einen Tonkrug neben Haukes Disteln gestellt hatte, und legte sie vorsichtig auf das Grab meiner Mutter. Ich beschwere die zarte, trockene Rose ordentlich mit einer Pfote voll Erde.

„Hier bist du richtig, Mama. In deiner Erde auf unserer Welt." Ob sie noch da war? Oder ob ihre Überreste schon versunken und in das Grundwasser übergegangen waren? Sowas dauerte bestimmt sehr, sehr lange, bis sie über kleine Bäche und Rinnsale im Meer, das alles miteinander verband, angekommen sein würde.

Nach allem, was ich so in den Jahren von den Menschen gehört hatte über Gott, über verschiedene Religionen, über jemanden, der über uns wachte - ... je nachdem, an wen man so glaubte und diesem Jemand gab man natürlich sein Antlitz ... - so konnte ich an keinen persönlichen Gott mehr glauben, das hatte ich eigentlich auch noch nie. Ich glaubte an die Kräfte der Natur und an eine alles umfassende Energie. Etwas, woher wir alle kamen und worin wir wieder eingingen. Und das konnte nur das Wasser sein.

Wiedergeburt? Neh, daran glaubte ich nicht. Also schon irgendwie. Wir würden uns alle wiedersehen, aber in einer anderen Form. Wir würden uns als Welle umschlingen, uns als Tautropfen begegnen oder in einer Wolke aufeinander treffen. Aber nicht in dieser Form, wie wir hier aussahen und einander ansahen – einfach anders.

Solange wir hier auf dieser Erde in unserer individuellen Form wandelten, mussten wir die Zeit, die uns geschenkt war, nutzen. In dieser Zeit waren wir aber auch getrennt vom Ganzen, jeder gefangen in seinem einzigartigen, eigenen Körper. Überbrücken konnten das nur mächtig viele Streicheleinheiten, wärmende Gesten für Körper und Seele und ganz viel Verständnis füreinander. Und Mitgefühl haben mit dem nächsten Hund und dem nächsten Menschen und Aufmerksamkeit geben, in dieser merkwürdig geschäftig- umtriebigen Zeit.

Das dachte ich mir jedes Mal, wenn ich Frauchen und Hauke beobachtete, wie sie sich anblickten. Augen sind das Tor zur Seele, sagten die Menschen. Das waren sie für mich auch. Mein Tor zu Mareike war, ihr in ihre blauen Augen zu schauen und ihre Hände auf meinem Fell zu spüren.

Hunde sind die idealen Begleiter für den Menschen seit Jahrhunderten. Ob für die Arbeit, den Sport oder heute für viele Menschen einfach als treue Begleiter durch den Alltag. Gaia und ich waren Alltagsbegleiter für unsere Senioren und wir waren Kameraden für Mareike und Hauke.

Das Dumme ist, dass wir meist zuerst gehen müssen, wir Hunde. Chronos, dieser dumme Grieche, der die Zeit verwaltet, der hat uns einfach nicht so viele Jahre zugedacht wie den Menschen. Im Schnitt werden wir Hunde zwölf Jahre alt, wir können durchaus auch 16 werden. Aber wir werden lange nicht so alt wie Menschen. Sogar manche unserer Senioren überlebten uns beide, Gaia und mich. Peter war bereits gegangen. Elfriede war immer noch da. Schneeweißes Haar krönte ihr Haupt, darunter strahlte ein immer noch klarer Blick in die Welt. Weil wir uns kümmerten. Elfriede war über

90 Jahre alt, als ich gehen musste. Das hatte Chronos jetzt beschlossen. Ich hatte Jahre Zeit gehabt, meinen Stunden Inhalt zu geben und für andere da zu sein, trotz aller Trennung, trotz meines kleinen eigenen Lebens in meinem eigenen Körper. Das ist vielleicht die einzig wichtige Aufgabe unseres irdischen Daseins. Jeder gibt das, was er kann.

Als es mir schlechter ging, als mein Körper nicht mehr so wollte, wie ich gerne hätte, machten Mareike und Hauke mir ein Geschenk. Sie luden mich in ein Ruderboot und wir fuhren auf die See hinaus. So weit, dass wir das Land nur noch schemenhaft erkennen konnten. Nichts als Wasser. Mareike prustete – das Rudern gegen die mächtigen Wellen war sehr anstrengend. Niemand sagt, dass Abschied nehmen leicht ist. Hier würde ich einst begraben werden wollen – in der Weite des Wassers. Mich hier verändern, schneller, als wenn ich in der Erde verfaulen würde. Panta rhei, alles würde sich ändern. Frauchen und Hauke würde ohne mich zurückbleiben. Meine Mareike, die mich so gut verstand. Ob das alles in der Palmblattbibliothek geschrieben stand? In diesen sagenumwobenen Seiten, die irgendwo in Indien lagen und in welchen unser aller Leben zu lesen sein sollte? Vorherbestimmt? Nein, unser Leben schreiben wir selbst. Es sind unsere Entscheidungen, es ist unser Zusammenleben mit unseren Liebsten. Mareike und ich hatten uns gut entschieden: für ein Leben mit Hauke, dafür, meine Mutter aus Griechenland zu holen, für die Flora mit den Senioren, für die Zeit mit den Kindern und den Studenten. Ein Leben gegen die Einsamkeit, gegen das sich allein durchschlagen.
Ich war jetzt 13. Der Frühling zog ins Land. Den Winter hatte ich überstanden mit einigen Schmerzen in den

Beinen. Mit 13 war ich nicht mehr traurig, dass es da keinen Gott für mich auf dem Olymp gab, keinen, der über mich wachte. Ich war Aurelius und hatte mich selbst entschieden für ein besseres Leben, für eine Welt, die die beste aller für mich denkbaren Welten war, hier mit meiner großen Familie. Ich hatte meinem Leben einen Sinn gegeben.

Nach der Rudertour saßen wir drei schweigend auf dem Deich. Die Sonne ging feurig rot am Horizont unter. Ein milder Spätfrühlingsabend mit einer frischen Brise. Wir saßen alle drei umschlungen dort auf dem aufgeschütteten Erdwall, die Schafe grasten um uns herum. Mareike saß links, den Arm um mich gelegt, ich in der Mitte, rechts Hauke, der auch seinen Arm um mich legte und sich mit Mareikes Arm verband.

Wir saßen dort, bis die Sonne ganz versunken war. Langsam neigte sich der Ball tiefer und tiefer und wurde verschluckt vom Wasser am fernen Horizont. Ich drückte mich ganz fest an meine Menschen.

Nutzt euer Leben, so lange ihr hier seid. Macht weiter mit der Flora. Ich werde immer bei euch sein. Werft mein Kissen nicht fort. Gedenkt meiner, ohne zu lange traurig zu sein. Ich bin sicher, wenn ihr einst alt sein werdet, wird man sich auch um euch kümmern, in dieser Flora mit Menschen um euch herum, die euch wichtig sind. Ihr werdet nicht allein gelassen werden.

Es wird eine Zeit, geben, wo Roboter die Pflege alter Menschen übernehmen. So ein Zeug gab es bereits jetzt in Japan. Es gab dort auch Hunde aus Metall, die echtes Leben vorgaukeln sollten. Hunde aus Metall pulsieren nicht. Sie können keine Wärme geben, sie haben keine Haut. Ich bin froh, dass ich als Hund pulsieren durfte, auch wenn mein Herz ein Ablaufdatum von Chronos bekommen hatte. Niemals hätte ich die metallene Un-

sterblichkeit gewählt im Austausch gegen dieses zeitlich beschränkte Dasein in meinem fellbewachsenen Körper auf meinen vier Pfoten, die den sonnenwarmen Sand unter ihren Ballen spürten.
Und ich hatte mich um Gaia, um meine Mutter, gekümmert statt ihr einen Metallhund zu schenken. Meine Mutter, sie hatte mir das Leben geschenkt. Die Senioren hier waren die Elterngeneration von Haukes und Mareikes Mitmenschen. Es war nicht immer einfach, mit mehreren Generationen dicht an dicht zu leben. Aber das Positive hatte bei uns immer überwogen.
Ich würde wieder genau dieses Leben wählen, dieses Leben mit euch. Das ist ein gutes Gefühl. Nichts zu bereuen. Alles ist gut!
Ich schlabberte Mareikes und Haukes Wangen ab. Ich konnte beruhigt gehen. Gerne hätte ich noch einiges auf die Pfoten gestellt. Ich dachte beispielsweise an einen Rikscha-Service für Senioren. Das wäre eine super Geschichte für Schlittenhunde. Man könnte einfach einen schicken Rollstuhl nehmen, ein paar Hunde davor spannen und ab ginge die Post. Das würde bestimmt lustig aussehen für manche Spaziergänger auf dem Deich – aber egal, wir waren nicht dazu da, für andere richtig auszusehen, wir hier in der Flora. So vieles könnte man noch machen. Dafür fehlte mir die Zeit. Peter war der erste gewesen, der die Truppe der Flora-Senioren verlassen musste, Gaia war die erste gewesen, die aus unserer kleinen Kernfamilie weggebrochen war.
Jetzt war ich an der Reihe. Ich musste meine Reise antreten, zurück zum Quell, aus dem wir alle kamen, zurück ins Wasser. Ich werde dort auf euch warten. Nicht in dieser Form, aber in einer anderen. Wir werden uns bestimmt erkennen, wir drei und wir vier, unsere Puzzlesteine werden sich erneut finden und wieder zusam-

menfügen. So unendlich dieses Meer auch ist, es hängt mit allem zusammen und irgendwann fließt alles dorthin zurück.

Es war am Tag der Sommersonnenwende, als die Tage kürzer wurden und die Nächte wieder länger. Wir waren wieder draußen auf dem Deich. Mich durchzuckte ein kurzer Schmerz, ich strauchelte und fiel in Frauchens Arme. Mein Herz versagte. Mit mattem Blick suchte ich ihre meerblauen Augen. Sie küsste mich auf die Stirn und lächelte mich unter Tränen an. Das war das Letzte, was ich von ihr sah.
Zwei Tage später wurde meine Asche dem Meer übergeben.

P–a–n–t–h–a r-h-e-i … alles fließt!

Von meiner irdischen Form blieb nur das gelb-creme-champagnerfarbene Fell in meinem Kissen zurück.